박근혜 정부의 사물인터넷(IoT) 비리 사건

저자 신효진은 대학원 졸업 후
인터넷 신문사를 운영 중임.

10년 전, 첫 번째 소설 출간한 후
이번이 두 번째며, 현재 후속작을 준비 중임.

# 박근혜 정부의
# 사물인터넷(IoT) 비리 사건

**1판 1쇄 발행** 2020년 11월 16일

**발 행 처** 애견타임즈
**지 은 이** 신효진

**제 작 처** 하움출판사
**제    작** 문현광
**교    정** 김은성
**편    집** 조다영

**주    소** 전라북도 군산시 축동안3길 20, 2층(수송동)
**홈페이지** http://haum.kr/
**이 메 일** haum1000@naver.com

**I S B N** 979-11-972278-0-6

이 도서의 국립중앙도서관 출판예정도서목록(CIP)은 서지정보유통지원시스템 홈페이지(http://seoji.nl.go.kr)와
국가자료종합목록 구축시스템(http://kolis-net.nl.go.kr)에서 이용하실 수 있습니다.(CIP제어번호 : CIP2020046315)

노무현, 이명박, 박근혜, 문재인 그리고 또 누군가로 이어질
대한민국의 4차 산업혁명은 어디로 가는가?

# 박근혜 정부의
# 사물인터넷(IoT) 비리 사건

### 당신이 모르는 이야기

안녕하세요. 독자 여러분!

2020년을 살아가는 우리 사회의 가장 큰 핫 이슈는 무엇일까요?

올해 초, 중국에서 발생한 신종 코로나바이러스가 끝도 없이 기승을 부리고 있습니다. 이 때문에 우리나라는 물론 전 세계인들이 많은 고통을 겪고 있습니다. 어떤 보건의료 전문가들은 코로나19 이전으로 돌아가기 힘들다고 말합니다. 더욱이 올해는 역대급으로 긴 장마와 폭우, 태풍으로 이중, 삼중고를 겪은 힘든 한 해였습니다.

예전에도 많은 전염병과 자연재해, 천재지변이 있었지만, 사람들은 잘 극복하고 더 나은 삶을 살고 있습니다. 오늘날 우리 사회의 발전은 과학 기술에서 비롯된다고 생각합니다. 코로나19 이전으로 못 돌아간들 그 이전보다 더 밝은 미래를 가져다줄 것입니다.

현재 우리 삶에 가장 밀접한 과학 기술은 바로 IT 기술입니다. 스마트폰을 필두로 컴퓨터와 인터넷, 모바일, 네트워크 등 우리 삶에서 한시도 떨어져 있지 않습니다. 특히 4차 산업혁명 시대에 IT 기술은 우리 삶에 더욱 중요하게 다가올 것입니다.

소설 '박근혜 정부의 사물인터넷(IoT) 비리 사건'은 4차 산업혁명을 이끌어 갈 IT 기술(사물인터넷, 클라우드, 빅데이터, AI 등)을 중심으로, 등장 인물들이 겪는 사건 사고들을 사실적인 대화체로 구성했습니다. 대화 내용이 어렵지 않아 고등학생 이상이면 누구나 쉽게 읽을 수 있도록 묘사했습니다.

또한, IT와 인터넷, 경제경영, 사회문화, 법, 문학, 연예/스포츠 등 생활 속에서 한 번쯤 들어보거나 경험했을 법한 용어와 에피소드를 곁들여 책 내용이 친숙하게 다가올 것입니다. 더불어 독자 여러분들의 이해를 돕기 위해 60여 개의 용어를 각주로 설명했습니다.

소설 '박근혜 정부의 사물인터넷(IoT) 비리 사건'은 인터넷신문인 애견타임즈의 창간 5주년을 맞아 기획된 연재소설입니다.

2020년 2월부터 6월까지 약 4개월간 애견타임즈 홈페이지(www.dogtimes.co.kr)와 블로그, SNS 등에 소개되어 독자분들의 많은 관심과 사랑을 받았습니다. 연재소설 종료 후, 독자분들의 요청으로 이번에 활자로 인쇄된 신간 도서를 발간하게 됐습니다.

신간 도서는 연재소설의 내용을 더욱 가다듬고 풍성한 문장과 단어들을 더해 새롭게 재탄생했습니다. 연재소설에선 등장하지 않았던 외국인(미국, 중국, 일본, 이집트, 태국, 카자흐스탄)들이 우리나라의 IT 기술을 부러워하고, 4차 산업혁명 시대에 선두국가로 나갈 전략들을 포함했습니다(영문 대화 및 번역 확인).

이와 함께, 우리 사회의 과거와 현재를 바라보는 서로 다른 입장을 비교하고, 같음과 다름의 경계선에서 살기 위해 몸부림치는 인간 군상들의 적나라한 모습도 보실 수 있습니다.

이 밖에도 등장인물의 대화 내용을 세부적으로 보완해 연재소설에서 볼 수 없었던 새로운 재미와 뒷얘기들을 즐기실 수 있을 것입니다.

이 책의 목차는 다음과 같습니다.

책 내용은 시간 순서상, 2012년 3월에 시작해 2014년 5월에 마무리 됩니다. 하지만 내용 전개를 위해 이 기간 이외에 일들도 연계해 담 았습니다.

책에서 찾을 수 있는 흥미로운 내용은 다음과 같습니다.

- 마이클 잭슨이 과다 투여해 사망하게 된 약은?
- 3D 영화가 사라진 이유는?
- 일하기 좋은 회사의 평가 방법은?
- 빌 게이츠가 하버드 법대를 중퇴하고 창업할 때 엄마가 한 얘기는?
- 소설의 첫 문장이 유명한 3개의 해외 문학 작품은?
- 4차 산업혁명의 성공 전략은?
- '세상에서 가장 어려운 일은 새로운 생각을 수용하는 것이 아니라 과 거의 생각을 잊는 것'이라고 말한 경제학자는?
- 마이크로소프트보다 클라우드 시장 점유율이 높은 기업은?
- SNS가 인생 낭비라고 말한 사람은?

- 창조경제에서 최고의 비즈니스는?
- 언론사에게 군사독재보다 무서운 것은?
- 4차 산업혁명이라는 용어를 처음 사용한 사람은?
- 지번 주소를 대체한 주소명은?
- 자신의 태도와 행동이 일관되지 않고 모순되어 양립할 수 없는 상태는?
- 인터넷이나 모바일, SNS 등을 통해 다수의 개인들에게 자금을 모으는 펀딩은?
- 일본 도쿄 지하철에 독가스를 살포해 많은 사상자를 낸 종교 집단은?
- 박근혜 대통령 취임식장에서 싸이의 말 춤을 춘 태국 총리는?
- 낙후된 도심 지역이 활성화돼 기존에 거주하던 저소득층들이 내몰리는 현상은?
- 거북선이 그려진 지폐로 투자를 받아서 우리나라 조선 산업을 일으킨 사람은?
- 사람과 동물이 교감을 통해 정서적, 인지적, 사회적, 신체적 발달을 촉진시키고 다양한 문제 예방과 회복 효과를 얻을 수 있는 활동?
- 거위 털을 고통 없이 뽑아야 한다고 한 사람은?
- 인터넷 포털사이트에서 이명박 정부의 경제정책을 비판한 사람은?
- 자신의 현실을 부정하면서 존재하지 않는 허구의 세계를 진실이라 믿고 거짓말과 거짓 행동을 하는 증상은?
- 특정 기업의 협찬을 받고 영화나 드라마에 해당 기업의 상품이나 브랜드 이미지를 끼워 넣는 광고는?
- 포털사이트에서 포털의 의미는?
- 마케팅 전략의 4P는?

- 시장개방 정책과 자본주의 도입으로 중국 경제발전의 토대를 마련한 사람은?
- 부당한 거래 제한과 불공정행위를 규제해 공정하고 자유로운 경쟁을 촉진시키는 법으로 공정거래법이라고도 불리는 법은?
- 기업 가치가 10억 달러(약 1조 원) 이상인 스타트업 기업을 이르는 말은?
- 피해자 중 한 사람 또는 일부가 가해자를 소송 시, 다른 피해자들은 별도 소송 없이 그 판결로 피해를 구제받는 제도는?
- 가해자 행위가 악의적이고 반사회적일 경우 실제 손해액보다 훨씬 많은 배상액을 부과하는 제도는?
- 박근혜 정부가 설립한 부처로 당시 17개 부처 중 서열 2위였던 부처는?
- 향후 10년간 한국 경제에 약 37조 원 이상의 가치를 가져다줄 것으로 예상되는 아이돌 가수는?
- 데이터센터(Date Center)의 별명은?
- 미국 내 6대 스포츠화에 선정됐으며 해외 스포츠 잡지에서 5성 등급을 받은 우리나라 브랜드는?
- 2008년부터 2010년까지 3년 연속 롯데 자이언츠를 포스트 시즌에 진출시킨 감독은?
- 체스와 퀴즈 대결에서 사람을 이긴 슈퍼컴퓨터를 만든 회사는?
- 크로아티아의 두브로브니크를 지상 천국이라고 한 작가는?
- 왕가위 감독, 양조위, 장만옥 주연의 홍콩 영화는?
- 드라마 『서울의 달』 최종회에서 한석규가 가고 싶었던 곳은?
- 남아프리카 희망봉의 옛날 이름은?

- 터키가 우리나라의 형제 국가인 이유는?
- 클라우드(Cloud)는 IT 기술인가? 구름인가? 맥주인가? 아니면 침대인 가?
- 해외여행을 안 가도 다 알 수 있는 프로그램은?
- 부정 청탁 및 금품 등 수수의 금지에 관한 법률의 다른 이름은?
- 근거 없는 사실을 조작해 상대편을 모략하거나 내부를 교란시키는 흑색선전은?
- 빨치산의 원래 이름은?
- 호수에 비친 자기 모습을 사랑해 물에 빠져 죽은 사람은?
- 국가주의, 전체주의의 형태를 띤 운동이나 경향, 단체, 체제를 뜻하는 말은?
- 클래식 음악에서 악장이 끝날 무렵 등장하는 독주 악기의 기교적인 부분은?

위 질문들의 내용과 이어지는 또 다른 이야기, 그리고 반전의 반전 끝에 마무리되는 최종 결말을 확인해 보시기 바랍니다.

이 책으로 잠시나마 코로나19의 갑갑한 일상을 잊으셨으면 좋겠습니다.

독자 여러분들의 많은 관심과 성원 부탁드립니다. 감사합니다.

박근혜 정부의 사물인터넷(IoT) 비리 사건

# 제1장 사건의 결말

## '보이는 게 전부가 아니다'

"시청자 여러분 안녕하십니까. KBS 9시 뉴스입니다. 4월 1일 오늘의 첫 소식입니다. 2014년에 들어, 박근혜 정부에서 비리 사건이 연이어 발생되고 있는데요. 이번에는 우리나라 창조경제 실현의 주무 부처인 미래창조과학부 산하 연구원에서 발생했습니다. 만우절인 오늘, 거짓말 같은 비리 사건이 사실로 드러났습니다. 단독 보도에 송민수 기자입니다."

"2013년 새 정부 출범과 함께 설립된 미래창조과학부. 우리나라의 미래 먹거리 산업을 육성하고 특히, 정보통신과 소프트웨어 산업에서 새로운 창조경제를 실현할 미래창조과학부 산하 연구원에서 비리 사건이 발생했습니다. 이 연구원의 관계자들은 지난 1월, 정보통신 관련 외부 용역 사업자 선정에서 모 중소기업과 사전 모의를 통해, 사업 입찰을 담합한 것으로 드러났습니다.

이번 사건의 주동자들은 올해 시행된 소프트웨어 산업진흥법을 근거로, 대기업 IT 계열사들이 공공분야 정보화 사업에 참여하기 힘들다는 점을 악용했습니다. 이에 따라, 사업 발주처인 연구원은 해당 중소기업에 사업을 몰아주고, 인건비 부풀리기와 사업비 횡령, 입찰 성공에 따른 리베이트, 향응 접대와 같은 사업비 유용 등 법 시행 이전에 발생했던 비리 사건보다 더 조직적이고 음성적으로 진행됐다는 점에서 충격을 주고 있습니다.

특히, 사건을 일으킨 연구원의 사물인터넷 팀장은 몇 년 전, 부인 명의로 회사를 설립하고 자신의 우월적 지위를 이용해 관련 사업 정보를 부인 회사에 유출하는 등 이번 사건에 깊숙이 개입한 것으로 조사됐습니다. 또한, 자신의 친인척과 지인을 부인 회사에 위장 취업시켜 인건비 명목으로 수십억 원을 횡령했으며, 어린 자녀들을 등기이사에 올려 회사 지분을 나눈 것으로 밝혀졌습니다.

더욱이, 횡령한 사업비를 부동산과 주식, 펀드에 투자해 높은 수익을 올리고 서울 잠실과 부산 해운대 부근에 고급 아파트와 건물, 경기도 가평 인근에 호화 별장을 매입한 것으로 알려졌는데요. 사물인터넷 팀장은 심지어, 자신의 비리를 숨기기 위해 전직 행정고시 출시의 공무원을 내세워 회사 고문에 앉히는 등 처음부터 사건을 주도한 것으로 전해졌습니다. 현재 기자가 서 있는 문제의 연구원 건물 입구는 출입이 통제된 상태입니다."

## | 연구원 경영지원실 담당자 인터뷰

"갑작스럽게 벌어진 일이라서 저희도 아직 드릴 말씀이 없습니다. 사업 담당자와 기업 관계자들을 불러 조사한 후에 구체적인 답변을 드리겠습니다. 죄송합니다."

"해당 연구원은 아직 사건의 파악조차 못 한 실정인데요. 이번 사건은 소수의 인원들이 비밀리에 진행했기 때문에 비리의 범위가 어디까진지 알 수 없는 상황이며, 검찰 조사가 있어야 밝혀질 거 같습니다.

시청자 여러분들도 최근에 사물인터넷(Internet of Thing), 클라우드(Cloud), 인공지능(AI), 빅데이터(Big Data)란 말을 많이 들어보셨을 텐데요. 이번에 적발된 비리 사업은 사물인터넷이었습니다. 사물인터넷은 빅데이터, 클라우드와 함께 미래창조과학부가 선정한 차세대 IT 신산업으로, 우리나라는 물론 미국, 일본 등 해외 선진국에서도 각광 받는 IT 기술입니다.

올해 초, 미래창조과학부는 국내 사물인터넷 시장 확대와 관련 기업들의 경쟁력 강화 계획을 발표했는데요. 이렇게 중요한 업무를 소수의 인원과 한 개의 중소기업이 독점했다는 점이 의문을 들게 합니다."

## | IT 기업 관계자 인터뷰

"이번에 문제가 된 게 사물인터넷이잖아요. 정부가 확실히 밀어주는 사업이고 예산도 많아서 IT 기업들의 관심이 많았는데, 결과가 이렇게 돼서 안타깝네요. 그동안 연구원에서 하는 일들이 좀 이상했지만, 이런 비리가 있을 줄은 정말 몰랐습니다."

"현재 경찰은 이번 사건을 검찰에 넘긴 상탠데요. 검찰 관계자 얘기 들어보겠습니다."

"이번 사건은 정부 산하 연구원 팀장이 직접 가담된 경제범죄 사건으로, 공정해야 할 사물인터넷 시장을 파괴하고 교란한 만큼 죄질 또한 극히 불량합니다. 따라서 저희 검찰은 무관용 원칙을 적용해 관련자 전원을 구속할 방침이며, 엄정한 법 집행과 철저한 수사로 조속한 시일 내에 사건을 마무리 짓도록 하겠습니다."

"검찰은 이번 사건을 서울중앙지검 경제범죄전담부에 배정하고 부장검사를 대책반장에 임명하는 등 그 어느 때보다도 사건 해결에 단호한 의지를 보여주고 있는데요. 이미 검찰은 지난주에 연구원과 관련 중소기업 사무실을 압수 수색하는 한편, 이번 주에는 연구원 실장과 해당 중소기업 이사를 소환하고, 캐나다로 출국한 사물인터넷 문모 팀장과 부인 황모 씨에 대해 인터폴 적색 수배령을 내린 상태입니다. 지금까지 KBS 뉴스 송민수입니다."

"다음 소식입니다. 어제 국회에서 민주당 대변인의 박근혜 대통령 귀태 발언이 있었는데요. 논란이 일자 오늘 결국 대변인직을 사퇴했습니다. 문제의 발언을 한 민주당 대변인은 19대 초선 국회의원으로, 노무현 정부에서 통일부 정책보좌관을 지냈으며, 민주당 내에서는 386 운동권 세대로 알려졌습니다.

귀태란 태어나지 말아야 할 사람을 뜻하는 단어로, 어제 민주당 대변인은 박정희 전 대통령을 귀태, 박근혜 대통령을 귀태의 후손으로 언급했습니다.

여당인 새누리당은 이번 발언을 표현의 자유를 넘어선 대통령에 대한 심각한 명예훼손이라고 비판하고 모든 원내 일정을 중단했습니다.

민주당 내에서도 이번 발언이 부적절했다는 평가가 나오는데요. 정작 문제 발언을 한 대변인은 아직 사과하지 않은 채 외부와의 연락과 두절한 상태입니다."

"이번에는 연예계 소식입니다. 올 초 불어닥친 연예계의 프로포폴 광풍이 식을 줄을 모르고 있습니다. 오늘 서울 강남 경찰서는 지난 1월 프로포폴을 불법 상습 투약한 혐의로 적발된 10여 명 중, 유명 연예인 3명을 불구속 기소 의견으로 검찰에 송치했다고 밝혔습니다. 해당 연예인들은 프로포폴을 투여한 건 맞지만, 의사 처방에 따라 받았을 뿐이라며 억울함을 호소했는데요. 자세한 소식은 김민홍 기자를 연결해 듣겠습니다. 김민홍 기자!"

"네, 김민홍입니다."

"오늘 경찰이 프로포폴을 불법 투여한 연예인들을 검찰에 송치했는데요. 어떻게 된 일인지 자세히 전해주시죠."

"네, 알겠습니다. 지금 제가 들고 있는 것이 바로 프로포폴 약병입니다. 특유의 하얀색 때문에 일명 우유 주사라고도 하는데요. 정맥마취제이자 수면유도제인 프로포폴은 마약류 관리에 관한 법률에 의거, 마약류로 지정된 향정신성 의약품입니다. 히로뽕이나 대마초 등 다른 마약에 비해 중독성의 부작용이 적은 것으로 알려지면서 연예인과 유명인, 심지어 일반인들 사이에서도 인기가 높은 것으로 전해지고 있습니다.
프로포폴은 기분을 좋게 하는 도파민을 비정상적으로 많이 분비시

커 흥분과 쾌락을 느끼게 하고, 다른 마약처럼 신체적 중독성 없이 체내에서 빨리 배출되는 특징을 갖고 있습니다. 하지만, 지속적으로 투여하면 호흡 불안정과 심정지 같은 부작용이 발생할 수 있고, 내성으로 인해 투여 횟수를 늘려야 하는 등 정신적 의존성이 매우 높은 것으로 알려졌습니다. 지난 2009년 6월에 사망한 미국의 팝 스타 [1]**마이클 잭슨**도 프로포폴 과다 투여에 따른 심장마비로 밝혀졌습니다. 전문가 의견을 들어보겠습니다."

## ┃ 성형외과 의사 인터뷰

"프로포폴은 내시경이나 수술 시 마취를 위해 사용되는 정맥투여용 전신마취제의 일종입니다. 많은 분께서 프로포폴은 중독성이 없는 걸로 알지만, 그것은 매우 잘못된 사실입니다. 프로포폴 특성상, 짧은 시간 안에 잠이 들고 깨어났을 때 느끼는 쾌락이 스트레스나 피로감 등을 해소한다고 생각하는데, 이런 착각이 오히려 중독을 일으킬 수 있습니다. 특히, 프로포폴의 원료가 대두유여서 콩이나 땅콩에 과민 반응이 있는 환자는 세심한 주의가 요구됩니다."

· · ·

1    마이클 잭슨(Michael Jackson, 1958~2009). 20세기 최고의 팝 스타로 손꼽히는 미국 가수. 1964년 형제들과 '잭슨 파이브'를 결성해 데뷔했으며, 사망하기 전까지 수십 곡의 히트곡을 남겼다. 2009년 6월 프로포폴 과다 투여에 따른 심장마비로 사망한 것으로 알려짐.

"김민홍 기자, 이번 사건은 어떻게 적발된 건가요?"

"네, 이번 사건은 작년 말 식품의약안전처의 신고가 결정적 계기였습니다. 식약처는 서울 강남 지역의 일부 성형외과에서 프로포폴 사용량이 지나치게 많은 점을 의심해 경찰 수사를 의뢰했는데요. 이후 경찰은 해당 병원들을 압수수색하고 환자 명단과 진료기록 등을 조사해 병원 관계자들이 특정인들에게 프로포폴을 불법 투약한 정황을 포착했습니다.

경찰에 따르면, 해당 병원들은 프로포폴 불법 투여 사실을 은폐하기 위해 차명 진료기록부를 만들어 관리하고 진료기록도 허위로 작성한 것으로 밝혀졌습니다. 특히, 의사가 아닌 간호사가 참여해 프로포폴을 투여하는 무면허 의료 행위가 만연한 것으로 조사됐습니다. 이에 따라, 경찰은 지난달에 해당 병원들의 원장과 간호사들을 구속하고 오늘은 해당 병원들에서 프로포폴을 불법 투여한 연예인들을 불구속 기소 의견으로 검찰에 송치했습니다.

경찰은 프로포폴 투여 횟수에 따라 관련 연예인들을 구분했다고 설명했는데요. 불구속 기소 의견을 받은 연예인 3명은 지난 2011년부터 올해 초까지 최소 95회에서 최대 185회에 이르기까지 프로포폴을 불법 투여한 것으로 드러났습니다. 반면, 투여 횟수가 42회로 상대적으로 적은 연예인 1명에 대해서는 벌금형에 해당하는 약식 기소 의견을 냈다고 밝혔습니다.

하지만, 탤런트 A씨는 '피부 미용 시술을 위해 병원에서 의사 처방에 따라 받았을 뿐'이며, 프로포폴 불법 투약 사실을 부인했습니다. 미스코리아 출신 배우 B씨도 '허리 통증을 치료할 목적으로 적법한 절차에 의해 프로포폴을 투약했다'며, 불법 투약은 절대 아니라고 항변했습니다. 그러나 경찰은'시술할 때 투약해도 적절한 처방이 아니거나 과다 투약할 경우 엄연한 불법'이라고 강조했습니다.

이렇게 유독 연예인과 유명인들이 프로포폴에 노출되는 이유는 직업 특성상, 불규칙한 식습관과 불면증, 스트레스에 따른 피로감 등을 들 수 있습니다. 프로포폴은 짧은 시간 안에 잠이 들고 회복 역시 빨라, 바쁜 연예인들의 피로 회복에는 안성맞춤이라는 것입니다. 또한, 악덕 의료업자들의 상술이 더해져 마구잡이식으로 투약한 점도 오남용의 원인으로 지목되고 있습니다."

## | 대중문화 평론가 인터뷰

"연예인들이 프로포폴을 투약하는 이유로 바쁜 스케줄에 따른 수면 부족과 인기 유지를 위한 중압감, 화려한 조명 뒤의 허무함, 우울증 등을 얘기하지만, 이런 증상들은 일반인에게도 나타나는 증상입니다. 요즘 시대에 바쁘지 않은 사람이 어딨습니까. 스트레스 없이 사는 사람은 없죠. 먼저, 연예인이라는 특권의식을 버리고 우리 사회의 일원으로서 준법정신을 지키는 모습이 필요합니다. 일부 연예인들의 개인적인 문제를 전체 연예인들에게 덮어씌우는 일은 이젠 없어야죠. 미꾸라지 한두 마리가 시냇가를 어지럽히는 꼴입니다. 그런 차원에서 이번에 언급된 연예인들은 연예계에서 퇴출시켜야 한다고 생각합니다."

"경찰은 오늘 검찰에 송치된 연예인 이외에도 기획사 대표와 재벌 3세, 스포츠 선수, 패션 디자이너 등을 수사 중이라며, 앞으로 프로포폴 불법 투여에 따른 관련자 소환은 계속 이어질 것으로 보입니다. 이상, KBS 뉴스 김민홍입니다."

"이번에는 안타까운 소식입니다. 한국인 최초로 일본 최고의 야구 명문 구단인 요미우리 자이언츠에서 투수로 활약했던 A씨가 오늘 오전, 서울 강남의 한 아파트에서 숨진 채 발견됐습니다. A씨를 처음 발견한 사람은 A씨의 여자 친구로, 화장실에 들어간 A씨가 오랫동안 나오지 않아 이를 수상히 여겨 문을 열고 들어갔지만, 이미 숨져있는 A씨를 발견하고 경찰에 신고해 알려졌습니다. 보도에 문혜원 기자입니다."

"지난 1996년 일본 요미우리 자이언츠에 입단한 A씨. 97년에 마무리 투수로 등판해 11세이브를 올리고, 98년에는 상반기에만 7승을 올려 일본 프로야구 올스타전에도 선발됐는데요. 그날 경기에서 예상치 않은 팔꿈치 부상을 당해 이후 야구선수로서 내리막길을 걷게 됩니다.

여러 차례 팔꿈치 수술 후 재기를 노렸지만 계속 실패하면서 2002년 10월 요미우리 자이언츠에서 방출됐고, 2005년 국내 프로야구단에 입단했으나 별다른 성적 없이 2007년에 은퇴했습니다.

A씨 인생에서 가장 화려했던 순간은 2000년 12월, 유명 탤런트 B씨와 올린 세기의 결혼식이었습니다. 당시 최고의 인기를 얻던 B씨와 깜짝 결혼으로 화제를 모은 A씨는 하지만, 2년 뒤에 B씨와 이혼하고 싶다는 기자회견을 열어 많은 관심을 받았는데요. 다시 2년 뒤인 2004년 9월에 B씨와 결국 합의 이혼에 이릅니다. A씨는 이혼 과정에서 B씨를

폭행하는 등 논란을 빚기도 했습니다.

지인들은 A씨가 이혼 후 연이은 사업 실패로 극심한 스트레스와 우울증에 방황했고, 이혼 과정에서 벌어진 B씨에 대한 폭행 사건 때문에 인터넷 악성 댓글에도 시달렸다고 말합니다. 특히, 먼저 자살한 B씨의 경우도 우울증과 함께 인터넷 악성 댓글이 거론되면서 댓글 문화의 정화 운동과 포털사이트의 강력한 대책 마련이 필요하다고 전문가들은 주장합니다."

## | 포털사이트 관계자 인터뷰

"댓글은 인터넷 소통 문화의 하나로, 많은 네티즌들이 의견을 표출하는 창구입니다. 최근 연예인들과 유명인들의 자살 원인으로 악성 댓글이 지목되면서 일부에선 댓글을 없애야 한다고 주장하는데, 저희 입장에서는 현실적으로 어려운 일입니다. 앞으로 저희는 네티즌들과 소통을 통해 댓글 자율 규제를 시행하고 각 분야의 전문가 의견들을 반영해 댓글 문화가 긍정적인 방향으로 발전하도록 노력하겠습니다."

"이처럼 포털사이트는 석연치 않은 이유를 들어 댓글 차단이나 폐지를 사실상 거부한 상탠데요. 댓글 문화 개선에 포털사이트의 역할을 기대하기는 묘연해 보입니다. 하지만 10대 청소년 대부분이 인터넷을 이용하는 만큼 교육 차원에서라도 악성 댓글을 이대로 방치하면 안 된다는 목소리가 커지고 있습니다."

## | 전국 학부모 연합회 회장 인터뷰

"어린아이들은 악성 댓글이 뭔지도 모른 채 따라 하고 있습니다. 이런 환경에 계속 노출되면 악성 댓글을 당연한 것으로 여겨 다른 사람을 이유 없이 욕하고 말과 행동이 폭력적으로 변할 수 있어요. 더 이상 포털사이트의 자율 규제에 맡기지 말고 이번 기회에 정부가 나서 댓글 심의 규정을 강화하고 댓글 실명제나 연령별 등급제를 도입해야 합니다."

"지난 2008년 B씨에 이어 2010년에는 B씨의 남동생, 그리고 오늘 A씨 마저 자살로 생을 마감함으로써, 한때 가족이자 부부였던 이들의 인생이 비극적인 결말을 맺게 됐습니다. 이상, KBS 뉴스 문혜원입니다."

"다음은 경제계 소식입니다. 오늘 박근혜 대통령은 취임 후 처음으로 국내 10대 대기업 회장들을 청와대로 초청해, 기업인과의 간담회를 개최했습니다. 오늘 초청된 인사에는 삼성의… "

…생략…

박근혜 정부의 사물인터넷(IoT) 비리 사건

# 제2장 2년 전 어느 한 통의 전화

## '없던 계획이 시작되고'

## | 2012년 3월 어느 날

"여보세요?"

"여보세요? 이 팀장, 나야! 오랜만이야. 잘 지냈어?"

"네. 한 부장님, 안녕하세요. 오랜만이에요. 한 부장님도 잘 지내셨죠. 바쁘신데 어떻게 전화하셨어요?"

"왜 또 이래. 우리가 무슨 일 있어야 전화하는 사이야? 이 팀장 보고 싶어서 전화했지."

"하하, 그러셨어요. 저도 항상 부장님 생각하고 있어요."

"내가 이래서 이 팀장 좋아한다니까. 다른 게 아니고, 지난번 프로젝트도 잘 끝나고 해서 얼굴 한번 보려고 전화했어."

"아, 그러세요. 저야 부장님이 불러주시면 언제든지 달려가죠."

"역시 이 팀장은 시원시원해서 좋아. 그럼, 오늘 시간 어때?"

"네, 좋습니다."

"그래, 좋아. 말 나온 김에 오늘 저녁에 보자구. 저녁에 광화문으로 올 수 있어?"

"그럼요. 제가 광화문으로 갈게요. 몇 시까지 갈까요? 7시쯤 광화문에서 뵐까요?"

"그래, 그때 보자. 우리 회사 어딘지 알지? 회사 앞에서 전화하면 내가 나갈게."

"알겠습니다. 제가 도착해서 전화 드릴게요."

## | 그날 저녁 광화문

"이 팀장, 어떻게 지냈어? 왜 이리 연락을 안 해. 꼭 내가 먼저 연락을 해야 하나?"

"죄송해요. 한 부장님 바쁘신데 전화하기가 미안해서요."

"서운하게 왜 그래. 다른 사람은 몰라도 이 팀장이 전화하면 내가 시간을 내지."

"하하, 그러세요."

"이 팀장 덕분에 지난번 프로젝트 잘 끝나서 밥 한번 사려고 연락했어. 나도 늦게 연락해서 미안해."

"부장님이 미안하긴요. 제가 죄송하죠. 아무튼, 지난번 프로젝트는 잘 끝나서 저도 기분이 좋습니다."

"이 팀장은 요새 뭐해?"

"아직 학교에 있어요."

"뭐? 아직 졸업 안 했어? 학교에서 뭐 하는데?"

"교수님이 시키는 거 하고 논문 쓰고 시간 되면 강사도 하고, 이것 저것 하고 있어요."

"아니 언제까지 학교에 있을 거야. 빨리 졸업하고 우리 회사 오라니까."

"에이, 제가 대기업을 어떻게 들어가요."

"무슨 소리야, 이 팀장이 어때서? 생각 있으면 얘기해. 이 팀장만 오케이 하면 바로 들어올 수 있어. 우리 상무님도 요새 이 팀장 뭐하냐고 자주 물어봐."

"저야 고맙지만, 아직 논문이 다 안 끝났어요."

"그럼, 언제 졸업해?"

"글쎄요. 논문이 통과돼야 하는데 그게 쉽지가 않네요."

"그건 교수한테 잘 보이면 되는 거 아니야? 요샌 고등학생도 논문 쓴다고 뉴스에 나오던데, 걔들은 도대체 뭐야? 어떻게 하길래 그래? 이 팀장도 그냥 대충 쓰고 우리 회사에 와. 지금 사람 없어서 난리야."

"왜요? ²KIT면 우리나라 IT 회사 중에서 제일 큰 회산데, 왜 사람이 없어요. 똑똑한 사람도 많을 텐데."

"사람만 많지 쓸 만한 놈들이 없어."

"그래도 부장님이 계시잖아요."

"이젠 나도 힘들어. 나 혼자 어떻게 다 해. 이 팀장 같은 사람이 도와줘야 하는데 그런 사람이 없어. 그리고 요새는 조직문화다 뭐다 해서

...

2  KIT(Korea Information Technology의 약자). 책 내용을 위해 만든 가상의 회사임.

임원 아래는 직급도 없다니까. 그래서 일 시키기도 힘들어.”

“네? 직급이 없어요?”

“그래. 조직문화가 좋아야 일을 잘한다나? 어디서 주워들은 건 있어서 직급 파괴네 어쩌네 저쩌네 하더라구. 세상에 망조가 들었는지, 이젠 갓 들어온 신입한테도 이름 뒤에 ‘님’ 자 붙여서 불러야 해. 그래야 회사가 수평조직이 되고 소통이 잘 된대요. 내 어이가 없어서.”

“그러니까 부장님이 꼰대 소리 듣는 거예요. 밑에 사람들한테만 일 시키지 말고 같이하세요.”

“이 팀장도 나이 들어봐. 꼰대 소리 안 들을 거 같애. 관리자는 1번 얘기하고 10번, 20번 확인하는 게 일이야. 안 그러면 일을 못 해요.”

“부장님이 잔소리만 하니까 그렇죠. 좋게 어울리면서 잘해주면 되잖아요.”

“뭘 잘해줘. 아침 출근도 딱 9시에 맞춰서 와. 좀 일찍 와서 준비하면 얼마나 좋아. 같이 밥 먹자고 하면 지들끼리만 가고, 저녁에 회식이라고 하려면 무슨 핑계들이 많은지 다들 퇴근하기 바빠. 잘해주고 싶어도 마음이 싹 가신다니까. 어쩔 땐 얄미워. 나 땐 부장님 기침 소리만 들어도 벌벌 떨었는데 말이야.”

“맞다! KIT가 일하기 좋은 회사라고 TV에 나오던데, 직급 파괴가 그런 건가요?”

“일하기 좋은 회사 같은 소리하고 앉아있네. 세상에 일하기 좋은 회사가 어딨어? 다 빛 좋은 개살구지. 몰라서 물어?”

“부장님 왜요? 요샌 그런 게 중요해요. 젊은 사람들이 조직문화 좋은 회사를 얼마나 선호하는데요.”

"그런 건 개나 주라 그래. 젊은 놈들 뽑아봤자 1년도 안 돼서 나가는 놈들이 태반이야. 지 싫으면 관두는 놈들한테 무슨 조직문화가 필요해. 잘해 줄 거 없어."

"KIT를 나가는 사람이 있어요?"

"그나마 우린 양반이야. 중소기업들은 사람이 없어서 외국인들 쓴다잖아. 요새 취업이 어렵다고 하는데, 정말인지 난 못 믿겠어."

"부장님, 정말 어려워요. 졸업하고도 학교 도서관에 나오는 학생들이 얼마나 많은데요."

"그건 못하는 게 아니라 안 하는 거지. 다 대기업하고 좋은 데만 가려니까 그런 거야. 자기 수준도 모르고 쓸데없이 눈만 높잖아. 찾아보면 일자리가 얼마나 많은데. 나 같으면 중소기업이라도 얼른 들어가겠다."

"요즘 대학생들이 부장님하고 같나요? 학생들도 바빠요."

"학생들이 뭐가 바빠? 공부만 하면 되지."

"에이, 그건 옛날 얘기죠. 공부만 잘해서 되는 게 아니에요. 다른 거 준비할 게 얼마나 많은데요. 요새 학생들 보면 불쌍해요. 오히려 부장님 같은 586세대가 혜택받은 거예요."

"밑에 직원들 눈치 보는 건 쉬운 줄 알아. 아무튼, 난 모르겠고 그놈의 조직문환지 뭔지 때문에 아주 골치야."

"이상하네. 난 거기 조직문화 좋다고 들었는데."


"내가 이 팀장한테만 얘기하는데, 이번에 이명박 정부에서 일하던 여자가 KIT에 왔어."

"누구요?"

"전에 방송국 아나운서 하다가 청와대에 있었다고 하는데, 그런 사람이 IT를 알겠어? 그런 놈들만 오니까 회사에 일할 사람이 없지. 우리 회사 와서도 할 게 없으니까 [3]GWP인지 뭔지, 이상한 조직문화 만들어서 직원들만 고생한다니까."

"그래도 청와대에 있었으면 능력 있을 거 아니에요?"

"능력은 무슨 개뿔! 막말로 거기 있는 놈들 뻔한 거 아니야."

"뭐가요?"

"청와대 이름 달고 나와서 자리 하나 얻는 거지. 대통령하고 찍은 사진 돌리면 국회의원 되는 줄 아는 놈들이야."

"아, 맞다. 국회의원 선거가 4월에 있죠. 이제 얼마 안 남았네요."

"이명박 대통령도 1년밖에 안 남았어. 그 양반도 이제 집에 갈 준비해야지."

"벌써 그렇게 됐나요?"

"시간 앞에 장사 없어. 단물 빠지기 전에 한자리하려는 놈들이 지금 얼마나 많겠어. 하라는 나랏일은 안 하고 지들 잇속 챙기려는 놈들이 우글우글할 거야. 아무튼, 청와대 있다가 나와서 정치하려는 놈들 이번에 뽑아주면 안 돼. 그런 인간들이 금배지 달고 설레발치는 모습을 어떻게 봐."

"근데 그 사람은 왜 정치 안 하고 KIT에 왔대요?"

"오죽하면 낙하산으로 왔겠어. 꼴에 청와대에 있었다고 나이도 어

...

3    Great Work Place의 약자. 우리나라 말로 일하기 좋은 회사라는 뜻임.

린데 임원으로 왔어. KIT에서 임원 달려면 어떤 줄 알아? 30년 넘게 죽어라 일해도 못하고 나가는 사람이 태반이야. 이런 거 보면 세상 참 불공평해."

"하긴 그렇죠."

"우리 회사 온 사람도 그 정돈데 국회의원 하면 더 할 거 아니야. 정의네, 공정이네, 선한 척하면서 지들 해 먹을 건 다 해 먹을 거야. 힘없는 사람만 불쌍하지."

"그러니까 부장님도 이제 쉬엄쉬엄하세요. 퇴근도 일찍일찍 하시구요. 아직도 늦게 퇴근하시죠?"

"나야 맨날 그렇지. 내년이면 우리 집에 대학생이 둘이야. 등록금이라도 주려면 늦게까지 해야지 어쩌겠어."

"부장님, 그러다가 큰일 나세요. 평소에 운동도 하시고 주말에는 집에서 좀 쉬세요."

"그래야 하는데 그게 쉽지 않네. 이 팀장 같은 사람만 있으면 딱 좋은데 말이야. 나는 이 팀장만 기다리고 있으니까 빨리 졸업이나 해."

"알겠습니다. 제가 부장님을 봐서라도 빨리 졸업할게요."


"이 팀장, 실은 오늘 이 팀장한테 부탁할 게 있어서 보자고 했어."

"무슨 부탁이요?"

"지난주에 지식경제부에서 클라우드(Cloud) 사업이 하나 나왔거든. 4월 말까지 제안서를 내야 하는데, 이 팀장하고 같이하고 싶어서 말이야. 내가 믿을 사람이 이 팀장밖에 없잖아."

"에이 부장님, 제가 클라우드 사업을 어떻게 해요? 저 클라우드 몰라요."

"이 팀장 왜 그래. 이 팀장이 모르면 누가 알아. 그러지 말고 시간 좀 낼 수 없을까?"

"부장님, 힘들어요. 클라우드 이름만 알지 제가 클라우드 사업을 어떻게 해요. 그리고 부장님 회사에 사람 많잖아요. 거기서 찾으세요."

"이 팀장, 그게 말이지. 지금 우리도 클라우드 일할 사람이 없어서 난리야. 내가 얘기했잖아. 회사에 이상한 놈들만 있다구. 그리고 이번 일이 정부 사업이야. 회사에 클라우드 쪽으로 정부 사업을 해 본 사람이 없어. 이 팀장이 클라우드 정부 사업을 했었잖아. 그래서 부탁하는 거야."

"클라우드 일할 사람이 그렇게 없어요?"

"아이구, 말도 마. 지금 우리나라에 무슨 클라우드가 있어? 사람이 있어, 기술이 있어? 다 외국 거 갖다 쓰는 거지."

"요새 뉴스 보니까 4차 산업혁명이라고 AI나 빅데이터, 사물인터넷, 클라우드가 많이 나오던데요."

"무슨 얼어 죽을 4차 산업혁명. 뉴스에 나오는 거 믿지 마. AI, 사물인터넷, 뭐 어쩌구 저쩌구 요란하게 떠드는데 그거 다 말뿐이야. 몇 년 전에 영화 『아바타』 봐봐. 그거 때문에 3D 영화가 대세라고 얼마나 야단이었어. 3D 안경이 어쩌네, 카메라가 저쩌네 하다가 지금은 쏙 들어갔어. 요새 3D 영화가 어딨어? 하나도 없지. 언론이 말만 많이 믿었다간 망하기 딱 좋아."


"부장님, 그래도 제가 클라우드 하기는 힘들 거 같아요."

"이 팀장, 그러지 말고 지난번처럼 해주면 안 될까? 이번 사업은 지난번보다 더 쉬워. 기술개발도 없고 클라우드 홍보하고 보고서 정도만

쓰면 돼."

"글쎄요. 제가 할 수 있을까요? 근데, 사업명이 뭐예요?"

"사업명이 '클라우드육성센터 운영'인데 사업비가 5~6억 원 정도야. 기간은 2년이구."

"필요한 사람은요?"

"대략 대여섯 명 정도."

"그 금액에 대여섯 명이면, 딱 인건비 나오겠네요."

"그렇지. 남는 것도 없어."

"부장님, 남는 것도 없는데 왜 하려고 하세요. 대기업이면 큰 사업을 해야죠."

"초기라서 그래. 정부가 처음 하는 클라우드 사업인데 안 할 수 없 잖아. 조금 손해다 싶어도 나중에 정부 일하려면 어느 정도 기반도 필 요하구."

"시작은 언제예요? 발주 기관은요?"

"사업은 6월부터 시작이야. 4월 말에 제안서 넣고 선정되면 한 달 정도 남았어. 발주 기관은 [4]ICT 융합연구원이라고 지경부 산하 연구원이 야."

"ICT 융합연구원이요? 거기 일하기 깐깐하다고 유명하던데요."

"아무래도 그렇지. 공무원들하고 일한다고 생각해야지."

"부장님, 거기 일하기 힘들다고 소문났어요. 그냥 하지 마세요."

"그래? 그 정도야? 그렇게 일하기가 힘들어?"

...

4    ICT(Information and Communication, Technology)의 약자. 책 내용 을 위해 만든 가상의 연구원임.

"그럼요. 지난번 프로젝트보다 훨씬 힘들 거예요. 그쪽 사람들이 보통내기가 아니라고 들었어요. 일은 일대로 시키고 욕은 욕대로 한대요. 좋게 끝나는 꼴을 못 봤어요. 그리고 다른 것도 생각해야죠."

"다른 거 뭐?"

"연구원 사람들이 이것저것 요구사항이 많아요. 배보다 배꼽이 더 클걸요."

"그래도 연구원이 처음 하는 클라우드 사업인데 해야 하지 않을까? 내가 그래서 이 팀장한테 부탁하는 거야."

"부장님, 이번에는 힘들 거 같아요. 저한테 빨리 졸업하라고 했잖아요."

"이 팀장, 왜 그래. 이 팀장한테 힘들다는 말은 처음 듣겠네. 그리고 학교 걱정은 마. 가고 싶으면 언제든지 가라구. 난 이 팀장만 있으면 돼."

"나중에 후회하실걸요."

"무슨 후회를 해? 우리 회사에 이 팀장 반만이라도 클라우드 일할 사람 있으면 이런 얘기 안 하지. 내가 오죽하면 학교 다니는 사람한테 부탁하겠어. 이 팀장, 나 한 번만 살려주라. 이 팀장 없으면 나 회사 못 가."


"이거 참… 부장님, 그럼 제가 생각 좀 하고 연락드릴게요."

"그럴래? 그럼 생각해 보고 전화 줘! 그리고 다음 주에 상무님한테 인사하러 와. 이 팀장 오면 상무님이 좋아하실 거야."

"그건 나중에 할게요."

"아 참, 그리고 내가 이번 사업 내용 메일로 보내줄게. 한번 확인해

봐. 이 팀장이면 충분히 사업제안서 쓸 거야!"

"알겠습니다."

"고마워! 이 팀장. 이 팀장이 조금만 도와줘! 나머지는 내가 알아서 할게. 오늘 가서 잘 생각해 보고 나한테 꼭 전화해! 알았지? 기다릴게."

박근혜 정부의 사물인터넷(IoT) 비리 사건

# 제3장 제안서 작성과 사업 시작

## '우연히 만난 이들과 한배를 타다'

"여보세요? 이 팀장, 나야."

"네, 한 부장님."

"보내준 사업 내용 봤지? 제안서는 쓸 수 있겠어?"

"기술적인 부분이 많지 않아서 쓸 수 있겠는데, 시간이 얼마 없네요. 사업이 긴급하게 나온 거라 제안서를 빨리 써야겠어요."

"맞아. 다음 주가 입찰 마감이라 시간이 좀 부족하긴 해. 이 팀장, 내가 뭐 도와줄 건 없어?"

"네, 특별한 건 없어요. 제안서는 제가 쓰면 돼요. 이번 주까지 써서 보내드릴게요. 그리고 사업 공고 보니까 제안서 제출하고 며칠 내로 사업 발표를 하네요. 부장님도 알고 계시죠?"

"그럼 알지. 이 팀장이 제안서 주면 그거 보고 PT 자료 만들 거야. 이 팀장이 힘들겠지만, 제안서 빨리 보내 줘. 그럼 수고하고 내가 또 연락할게."

"네, 알겠습니다. 저도 연락드릴게요."

"이 팀장, 수고했어. 역시 이 팀장이야. 시간도 없는데 혼자서 제안서를 다 썼네. 내용도 아주 좋구. 이 팀장, 고마워."

"부장님, 근데 문제가 있어요. 작년에 정부가 클라우드 자료를 발표했거든요."

"그래? 그게 뭐야?"

"클라우드 활성화 종합 대책인데, 아무래도 이번 클라우드육성센터 사업하고 관련이 있는 거 같아요. 그리고 재작년에는 클라우드 기술 경쟁력 지원을 발표했는데 그것도 내용이 비슷해요."

"그런 게 있었어?"

"이거 보세요. 아무래도 이번 사업이 지난번 계획들의 연장선인 거 같아요. 제안서에는 못 넣었는데 PT 자료에는 이 내용들을 넣으면 좋겠어요."

"그래 알았어."

"부장님, 여기 보시면 첫 번째는 2010년에 지경부가 발표한 거구요. 두 번째는 작년에 발표한 자료예요"

"야, 정부가 준비를 많이 했네. 지경부만 만든 게 아니라 행안부, 방통위까지 이런 걸 만들었네. 언제 다 만들었지?"

"꽤 됐죠. 첫 번째 자료가 2010년이니까 2년 됐네요."

"그러게 말이야. 이렇게 만들어 놓고 지금까지 뭐 한 거야. 이대로만 했어도 클라우드 선진국 됐겠어. 여기 보니까 2014년까지 우리나라를 세계 최고의 클라우드 강국으로 만들겠다고 나왔네. 사업 예산도 5천억

원이 넘어."

"부장님, 그리고 2010년에 클라우드홍보센터를 운영한다는 계획이 있어요. 2011년에는 클라우드 컨설팅하고 중소기업 기술 지원, 시장조사, 보고서 발간도 있구요. 이번 사업하고 크게 다를 게 없어요."

"정말 그러네. 이번 사업 내용들이 다 들어가 있어. 근데 왜 못하고 있었지? 이렇게 잘 만들어 놓고 말이야."

"우리가 하라고 놔둔 거 아닌가요?"

"하하, 그런가. 여기 계획만 보면 클라우드는 우리나라가 세계 최곤 거 같애!"

"부장님, 아무튼 이 자료들 참고해서 PT 자료를 만들어야겠어요. 일단 사업 발표가 중요하니까 정부 계획들의 연장선에서 클라우드육성센터를 운영하겠다고 하면 좋을 거 같아요."

"알았어, 이 팀장. 발표까지 며칠 안 남았으니까 빨리 PT 자료를 만들자구! 잘하면 우리가 사업을 수주할 거 같애."

"그래야죠! 부장님."

## | 5월 초, 클라우드육성센터 최종 사업자 발표

"이 팀장, 방금 연구원에서 연락 왔는데 우리가 클라우드육성센터 운영 사업자로 선정됐대."

"정말요? 한 부장님, 잘 됐어요!"

"이게 다 이 팀장 덕분이야. 이 팀장, 정말 고마워!"

"고맙긴요. 부장님이 사업 발표를 잘하셔서 된 거예요. 축하드려요! 부장님."

"아니야, 내가 뭘 한 게 있나. 이 팀장이 수고했지! 이 팀장이 마지막에 준 자료들 있잖아, 아무래도 그게 도움이 된 거 같애. 다른 데는 그 자료를 모르더라구. 이 팀장은 그거 어디서 찾았어?"

"예전에 가지고 있던 자료에서 찾았어요. 이번에 제안서 쓰면서 다시 보게 됐죠."

"역시 이 팀장 데려오길 잘했어. 내가 이 팀장 때문에 일할 맛 난다니까."


"부장님, 청와대에서 온 아나운서는 잘 있어요?"

"잘 있긴 맨날 헛발질이지. 그때 얘기했잖아. GWP인지 뭔지 이상한 조직문화 만든다구. 일하기 좋기는커녕 더 힘들어졌어."

"아니 왜요?"

"이 팀장, 웃긴 게 뭐냐면 일하기 좋은 회사를 설문조사로 평가하더라고. 난 또 대단한 거라도 있는 줄 알았어. 설문조사 한다고 하루에도 몇 번씩 메시지가 오는지 몰라. 바빠 죽겠는데 직원들 일할 시간은 줘야 할 거 아니야. 설문조사 한다고 시간 뺏고 평가한다고 시간 뺏으면 언제 일해. 회사는 직원들이 일해서 성과를 내야 돌아가는 곳이야. 성과 내서 직원들한테 월급 많이 주면 조직문화는 자연히 좋아져요. 그걸 모르고 뭘 해야 한다느니, 무슨 전략을 도입해야 한다느니 이상한 소리나 해 쌓고. 아니 조직문화 중요한 거 누가 몰라. 회사는 돈 버는 게 먼저야! 돈을 벌어서 조직문화를 좋게 해야지, 조직문화만 좋게 한다고 돈을 버나? 하여간, 그런 놈들이 청와대에 있었으니 나라가 이 모양 이

꼴이지. 잘될 턱이 있나. 진작에 이 팀장이 우리 회사에 있어야 했는데 안타깝다."

"부장님, 이번 사업에 다른 기업들도 지원했나요?"
"몇 군데 했는데 대기업은 없고 중소기업 한두 곳에서 한 거 같애."
"근데, 다른 회사들은 왜 그 자료를 몰랐을까요?"
"고기도 먹어본 놈이 먹는다고 정보도 아는 사람이 쓰지, 중소기업이 어떻게 알겠어? 그리고 이번 클라우드육성센터 사업은 중소기업이 못 해. 남는 게 없잖아. 대기업이니까 손해 보더라도 하는 거야."
"아무튼, 잘 됐어요. 부장님."

"아 참, 이 팀장! 혹시 김 부장님 아나?"
"김 부장님이요?"
"응, 지난번 프로젝트 때 한 번 보지 않았어?"
"글쎄요. 잘 모르겠는데요."
"김 부장님하고 이번 사업 같이하기로 했어. 그 양반도 내가 간신히 부탁해서 오는 거야. 김 부장님이 IT 사업을 오래 했거든. 김 부장님 오시면 클라우드육성센터 책임자를 맡길 생각이야."
"네, 알겠습니다."
"김 부장님이 좋은 사람이라 같이 일하면 이 팀장도 좋을 거야. 다음 주에 김 부장님이 같이 일할 사람들을 데려올 거야. 그러면 이 팀장하고 해서 5명은 될 거 같애. 빠듯하지만 그 인원으로 클라우드육성센터 사업을 해야겠어."
"잘됐네요. 그분들이 빨리 왔으면 좋겠어요."

"이 팀장, 여기 와서 인사해. 내가 지난주에 얘기했지. 김 부장님하고 같이 일하게 됐다구."

"안녕하세요. 김 부장님."

"안녕하세요. 이 팀장님. 말씀 많이 들었습니다. 수고가 많으셨다구요."

"아니에요. 수고는요."

"김 부장님 말도 마세요. 이 팀장 없었으면 이번 사업 못 할 뻔했어요. 삼고초려가 아니고 십고초려 해서 데려왔어요. 앞으로는 김 부장님이 이 팀장 좀 잘 봐주세요."

"제가 잘 봐줄 게 있나요? 제가 잘 부탁해야죠! 이 팀장님, 이쪽은 우리하고 같이 일할 사람들이에요. 최 과장하고 홍 대리 그리고 막내 석원이에요."

"안녕하세요. 앞으로 잘 부탁드립니다."

"이 팀장님, 저희는 한 부장님한테 얘기만 들어서 이곳 일이 어떻게 되는지 잘 몰라요. 편하게 생각하시고 앞으로 잘 좀 가르쳐 주세요."

"알겠습니다. 김 부장님. 오늘이라도 말씀드릴게요."

"그래, 이 팀장. 이 팀장이 오늘이라도 김 부장님하고 새로운 사람들한테 설명 좀 해줘. 원래는 내가 해야 하는데 나는 다른 사업들 때문에 계속 밖에 있어야 할 거 같애. 아무튼, 저는 여기 계신 분들한테 기대가 큽니다. 최고의 용병으로 구성한 클라우드 정예부대라고 생각해요. 클라우드육성센터는 이제 여러분들 손에 달렸어요! 회사 사정상 외부에서 여러분들을 데려왔지만, 이번 사업이 잘되면 여러분들 모두 KIT로 스카우트할 거예요. 사업 끝날 때까지 KIT 소속이라고 생각하고 열심히 해주세요. 저는 밖에 있더라도 힘닿는 데까지 돕겠습니다. 그럼, 얘기 나누시고 전 이만 갈게요."

## ┃ 다시 회의실

"이 팀장님, 이번 사업계획서 보니까 앞으로 이것저것 준비할 게 많네요."

"맞아요. 김 부장님. 사업계획서상에 없는 것도 많이 해야 합니다."

"그러게요. 작은 사업이라고 생각했는데 만만치가 않아요. 최 과장 생각은 어때? 뭐 좀 알겠어?"

"여기 계획서에 잘 나와 있네요. 이대로 하면 되는 거 아니에요? 정부 사업이 다 그렇지, 뭐 특별한 게 있어요?"

"최 과장, 그래도 정부가 하는 클라우드 사업인데 잘해야지. 한 부장이 오죽하면 우릴 불렀겠어."

"근데 부장님, 사업 발주처가 ICT 융합연구원인데, 여긴 어디예요?"

"글쎄, 들어 본 거 같기도 한데, 혹시 여기 아는 사람 있어?"

"부장님, 거긴 지경부 소속 연구원이에요."

"그래? 홍 대리가 좀 아나?"

"친구가 그 연구원에 다녀요. 올해부터 클라우드하고 사물인터넷,

빅데이터 사업을 많이 한다고 들었어요."

"친구가 연구원에 있어? 올해부터 사업을 많이 한대?"

"네. 연구원에서 올해 4차 산업 사업을 많이 하려고 하는데, 아직 초기라서 마땅한 사업이 없다고 했어요."

"세상천지에 할 일이 태산인데, 사업이 없어? 공무원들이 그렇지 뭐. 부장님, 사물인터넷이나 클라우드나 그놈이 그놈이에요. 괜히 고민하지 말고 그냥 여기 계획서대로 해요."

"최 과장, 아까 한 부장 얘기 못 들었어? 우린 이 일을 잘해야 KIT에 가는 거야. 그러지 말고 어떻게 할지 생각 좀 해봐."

"근데 KIT는 사람도 많은데, 왜 우리한테 이 일을 시킨대요?"

"거기도 클라우드 인력이 없나 봐. 한 부장이 그러는데, 클라우드 정부 사업을 해 본 사람이 없다고 하더라구. 그러니까 우릴 불렀지. 큰 사업도 아니고 자기네 인력보다 외부 인력 쓰는 게 돈도 덜 들잖아. 근데, 나는 계획서를 봐도 뭐가 뭔지 모르겠다. 여기 있는 대로 하면 되는 건지 모르겠어. 이 팀장님, 지금 가장 급한 게 뭐예요?"


"김 부장님, 사업계획서보다 급한 게 한 가지 있어요."

"그게 뭐예요?"

"연구원이 지금 마포에 클라우드육성센터 사무실을 만들고 있어요. 사무실이 만들어지면 저흰 거기서 일할 거예요. 6월에 완공되면 센터 개관식을 한다고 하네요."

"개관식이요?"

"네. 클라우드 관련해서 처음 만들어지는 곳이라 연구원도 신경을 쓰나 봐요. 개관식 때 세미나도 같이 한다고 들었어요."

"세미나는 또 뭐예요?"

"센터 오픈 기념으로 지경부하고 연구원에서 클라우드 종합 계획을 발표한대요."

"종합 계획이요? 그건 누가 발표해요?"

"아마 지경부에서 할 겁니다."

"세미나에는 누가 오나요?"

"지경부 차관님이요. 연구원에서는 차관님이 오신다고 하니까 개관식하고 세미나에 신경을 많이 쓰고 있어요. 저희도 빨리 행사 준비를 해야 해요. 조만간 부장님이 연구원에 보고하셔야 됩니다."

"이거 큰일이네. IT 사업만 하던 사람한테 행사라니… 그럼 지금 이럴 때가 아니지. 사업이 아니라 행사 준비를 해야겠어. 오늘이 5월 중순인데, 6월이면 이제 한 달도 안 남았잖아. 최 과장, 차관님 오시는 행사를 어떻게 준비할까?"

"내가 이럴 줄 알았어요. 공무원들이 윗사람 모시는 게 중요하지, 일이 중요하겠어요. 클라우드육성센터라고 해서 일 좀 할 줄 알았는데 공무원 시중이나 들게 생겼네요."

"최 과장, 지금 이럴 때가 아니야. 행사 어떻게 할지 생각 좀 해봐."

"부장님, 우리가 무슨 이벤트 직원이에요? 부장님이나 저나 이때까지 IT 일만 했지, 행사는 안 했잖아요. 홍 대리하고 석원이도 안 해봤구요. 그러지 말고 우리 수준에 맞게 간단히 준비해요."

"야, 나도 그러고 싶어. 내가 이런 걸 할 줄 알았겠냐? 한 부장 생각해서라도 욕은 안 먹어야지. 이 팀장님, 어떡할까요?"

"부장님, 우선 준비 리스트를 만들고 생각하시죠. 자세한 건 연구원 담당자 만나서 원하는 게 뭔지 들어보는 게 좋겠어요."

"알겠어요. 그럼 이 팀장이 연구원에 연락해서 회의 날짜를 잡아 봐요. 시간이 없으니까 되도록 빨리 만나자고 합시다."

# 제4장 강렬한 만남 그리고 첫인상

## '잊을 수 없는 악연을 만나다'

"안녕하세요. 윤 책임입니다. 만나서 반갑습니다."

"네, 윤 책임님 오셨어요. 이쪽 회의실로 오시죠."

## | 클라우드육성센터 회의실

"일정이 빡빡했는데 김 부장님이 여기 사무실 만드느라 고생하셨어요."

"아니에요. 윤 책임님. 연구원에서 많이 도와주셔서 빨리 끝났습니다."

"아무튼 수고하셨구요. 얘기했던 다음 주 개관식하고 세미나 준비는 어떻게 하고 있나요?"

"네, 여기 개관식하고 세미나 준비계획서입니다. 한번 보세요."

"음… 부장님, 이날 VIP로 누가 오는지 아시죠?"

"네, 지경부 차관님이 오신다고 들었습니다."

"차관님이 개관식 테이프 커팅하고 사진 찍는데… 같이 있는 분들이 좀 그러네요."

"윤 책임님, 무슨 문제라도…"

"초청 명단은 누가 작성했죠? 초청 인사 등급을 좀 올리세요."

"왜, 마음에 안 드세요?"

"그럼요. 차관님 오시는데 레벨을 맞춰야죠. 아무나 오라고 할 순 없잖아요. 이 사람들은 누군지 나도 모르겠어요."

"그래도 섭외를 한다고 했는데, 시간도 없고 개관식도 바로 다음 주라서요. 명단 바꾸기는 힘들 거 같아요."

"부장님, 시간 없어도 이렇게 하면 안 돼요. 차관님이 오시잖아요. 차관님 오는 행사는 저희 연구원에서 제일 큰 행사예요. 연구원 원장님이 직접 챙기시는 일입니다."

"네, 알겠습니다."

"이번에 KIT가 사업을 하니까 KIT 사장님도 부르고, 클라우드 업체 대표들도 여러 명 부르세요."

"KIT 사장님이요? 개관식이 급하게 잡혀서 사장님 일정을 확인해봐야 하거든요."

"부장님도 참. 이제 며칠밖에 안 남았는데 일정도 모르면 어떡해요? 개관식에 지경부하고 연구원에서 VIP들이 많이 오십니다. 이분들은 한가해서 오겠어요. 이분들 영접하고 응대하려면 아무나 부를 순 없잖아요."

"그래도 시간이 너무 없어서요."

"부장님이 좀 불편하게 하시네. 이렇게 말이 안 통해서 같이 일하겠어요? 이러면 앞으로 우리하고 일하기 힘들어요. 우리가 개관식을 왜 하겠어요. 이거 다 클라우드육성센터 잘되라고 하는 거예요. 센터 잘되면 KIT도 좋고 부장님도 좋잖아요. 지금 클라우드육성센터 하려는 데 많아요."

"……."

"부장님 고생하는 거 아는데, 다른 건 몰라도 VIP 영접은 신경 좀 쓰세요."

"네, 알겠습니다."


"그리고 개관식 끝나면 세미나에도 차관님 가시는 거 아시죠? 세미나에는 사람이 몇 명이나 오나요?"

"저희가 계속 세미나 홍보를 하는데 아직 신청자가 많지 않아서요. 오늘까지 약 100명 정도 신청했습니다."

"100명이요? 부장님, 최소 500명은 와야죠. 차관님 오시는데 100명 가지고 무슨 행사를 해요. 사람이 없으면 차관님 기분이 좋겠어요?"

"하는 데까진 하는데, 500명은 좀… "

"부장님, 참 일 어렵게 하십니다. 대기업 좋다는 게 뭐예요. KIT가 대기업이면 그 정도는 해야죠. 저희가 왜 KIT를 뽑았겠어요? 정 안되면 KIT 직원들이라도 부르세요."

"아무튼, 하는 데까진 해보겠습니다."


"그리고 세미나 프로그램 좀 보여주세요."

"여기 있습니다."

"세미나 첫 순서에 차관님 축사하고 원장님 인사말이 들어가야 해요. 축사하고 인사말 원고는 쓰고 계시죠?"

"원고요? 무슨 원고요?"

"무슨 원고겠어요. 축사하고 인사말 원고죠."

"그건 연구원에서 쓰는 거 아니에요?"

"부장님, 무슨 소리예요. 발표는 우리가 해도 원고는 여기서 써야죠. 우리가 어떻게 쓰겠어요. 하시는 김에 그것도 같이해 주세요."

"네."


"개관식 때 차관님 브리핑은 누가 해요?"

"제가 합니다."

"브리핑은 저희가 먼저 확인해야 해요. 브리핑 내용 보내시고 리허설도 준비하세요. 리허설은 차관님이 사무실에 오셨을 때부터 나가실 때까지 분 단위로 준비하세요. 그리고 차관님이 엘리베이터 타고 올라오시니까 미리 한 대 잡고 계세요. 여기 사무실 인테리어도 좀 산뜻하게 꾸미시구요."

"그렇게 하겠습니다."


"개관식 끝나면 세미나 장소로 이동하니까, 에스코트 도우미는 아침 일찍 오라고 하세요."

"네? 에스코트 도우미요?"

"부장님, 왜 또 그러세요. 설마 도우미 없이 행사하려고 했어요? 차관님하고 원장님 에스코트는 누가 하게요? 칙칙하게 여기 직원들이 하려구요? 행사 당일 VIP 숫자에 맞게 무조건 도우미 부르세요."

"알겠습니다."

"그리고 VIP들 다과도 준비하세요. 차관님이 모닝커피를 좋아하신 대요. 커피 애호가라니까 그냥 커피 말고 원두커피로 준비하구요."

"네."

"세미나 사회는 누가 보죠?"

"사회는 저희 직원이 준비하고 있습니다."

"부장님, 그것도 아니죠. 전문 MC나 아나운서 부르세요."

"세미나 사회를 굳이 외부 사람을 써야 할까요?"

"당연하죠, 부장님. 좀 있어 보이게 행사를 해야죠. 여기 직원이 아나운서보다 말 잘해요? 실수라도 하면 부장님이 책임지실래요?"

"아닙니다. 다시 준비하겠습니다."

"부장님, 행사에 신경 좀 써 주세요. 저희가 다른 건 얘기 안 하잖아요. 최종 브리핑하고 VIP 준비는 저희 수석님이 확인해야 하니까, 준비 끝나면 다시 연락 주세요."

"네, 알겠습니다."


## | 6월 중순, 클라우드육성센터 개관식 및 세미나 행사일


"김 부장님, 행사 준비는 다 끝났어요. 이제 시작만 하면 됩니다."

"이 팀장, 뭐 빠뜨린 거 없어? 괜히 꼬투리 잡힐까 봐 걱정이야."

"걱정 마세요. 준비 다 했습니다. 개관식 브리핑은 부장님이 하시면 되고 테이프 커팅, 사진 찍기, 세미나 축사, 인사말 원고, 기타 등등 연구원 윤 책임이 다 확인했어요."

"별 얘기 없었지?"

"네, 없었습니다."

"최 과장, 도우미들은 어딨어?"

"세미나 장소에 있는데요."

"야, 지금 거기 있으면 어떡해? 개관식이 먼전데 여기서 VIP 영접해야지. 빨리 이리로 오라 그래. 그리고 VIP 다과는 어떻게 됐어?"

"사람들이 여기 먹으러 와요. 금방 가잖아요."

"잔소리 말고 빨리 준비해! 차관님 커피는 준비했어?"

"저기 커피믹스하고 녹차 갖다 놨어요."

"저런 거 말고 원두커피 가져와야지."

"부장님, 지금 원두커피를 어디서 가져와요. 그냥 커피믹스로 해요."

"저건 안 돼. 막내야, 니가 나가서 브랜드 커피 몇 개 사 와. 그리고 1층 가서 엘리베이터 잡고 있어."

"네, 알겠습니다."

"차관님 오시면 도우미한테 커피 꼭 드리라고 해. 그리고 차관님하고 같이 사진 찍을 사람들은 언제 오는 거야? 미리 와서 대기해야지 왜 아직도 안 왔어? 그건 홍 대리가 알아봐."


"이 팀장, 김 부장님 왜 저래?"

"차관님 때문에 저러시겠죠. 개관식은 금방 끝날 거 같은데 세미나가 문제예요. 사람들이 많이 와야 하는데 걱정이에요."

"한 부장님한테 KIT 사람들 좀 보내 달라고 했는데 몇 명이나 올지 모르겠네. 우리가 강제로 데려올 수도 없고."

"그러게요. 최 과장님, 여기 개관식은 준비 끝났으니까 저는 세미나 장소에 먼저 갈게요.”


## | 개관식 종료 후 세미나 개최


“최 과장, 개관식은 무사히 끝나서 다행이야. 연구원에서 별 얘기 없었지?”

“얘기할 게 뭐 있어요. 아까 보니까 차관 뒤만 졸졸 따라다니던데.”

“아까 차관님 사진은 누가 찍었어?”

“막내가 찍었어요.”

“윤 책임한테 잘 나온 사진 몇 장 보내.”

“그냥 다 줄게요. 그 사진 누가 보겠어요.”

“아 참, 차관님한테 커피 줬나? 내가 그걸 확인 못 했네.”

“오늘따라 부장님답지 않게 왜 그래요? 도우미가 커피도 주고 꽃도 달아주고 다 했어요.”

“그래, 잘했어. 며칠 전부터 윤 책임이 달달 볶더라. 근데, 오늘 세미나에 몇 명이나 왔어?”

“홍 대리가 계속 참석자 확인하던데, 정확한 건 모르겠어요.”

“차관님 있을 때까지만 사람들이 좀 있어야 하는데 걱정이다. 최 과장, 차관님 축사 끝나면 다음은 뭐야?”

“연구원 원장 인사말하고 지경부가 클라우드 종합 계획 발표해요. 이제 원장 인사말 할 차례예요.”

…인사말 중략…

"김 부장님, 수고하셨어요."

"네, 윤 책임님도 수고하셨어요. 윤 책임님, 오늘 행사는 어떠셨어요? 잘 된 건가요?"

"그럭저럭요. 세미나에 사람들이 더 왔어야 하는데, 아직 수석님이 별말씀을 안 하시네요. 그리고 부장님, 조만간에 저희하고 회의해야 할 거 같아요."

"무슨 회의요?"

"클라우드육성센터 사업계획서 있죠. 그거 가지고 회의할 거예요. 회의 준비하세요."

"사업계획서요?"

"저희 수석님이 사업계획서를 변경한다고 하시네요. 6월 말에 클라우드육성센터 회의실에서 할 거니까 준비하세요."

"시간이 많이 지났는데 계획서를 변경하면 사업이 늦어질 텐데요."

"그래도 준비하세요. 수석님이 하신다고 하니까 준비하시고 연락 주세요."

"네, 알겠습니다."


"부장님, 윤 책임이 뭐래요? 오늘 행사 때문에 뭐라고 해요?"

"그런 건 아닌데, 사람이 적게 왔다고 하네."

"이 정도면 많이 왔지 얼마나 더 많이 와요?"

"글쎄다. 저쪽 연구원 사람들은 어디에다 장단을 맞춰야 할지 모르겠어."

"또 별 얘긴 없어요?"

"올해 사업 얘길 다시 하자는데, 나 참 기가 막힌다."

"왜요? 사업 가지고 뭐라고 해요?"

"이제 와서 사업계획서를 바꾸잔다."

"사업계획서를요? 계획서가 왜요?"

"나도 모르겠어. 다짜고짜 회의 준비하라는데 내가 어떻게 알겠어."

"아까 지경부 공무원이 발표하는 거 보니까 내용이 아주 거창하던데, 그래서 사업 내용을 바꾸자는 건가요?"

"최 과장, 그게 말이 되냐. 아까 발표대로 하려면 돈이 수백억은 들어가. 사업비는 쥐꼬리만큼 주면서 우리보고 그걸 하라구? 말도 안 되지."

"근데 왜 그래요? 얘기하려면 처음에 해야지 시간도 많이 지났잖아요. 곧 있으면 7월인데, 이제 계획서를 바꾸면 어떡해요? 우리 보고 일을 하라는 거예요, 말라는 거예요?"

"나도 모르겠어. 최 과장, 아무래도 내가 연구원하고 일을 오래 못할 거 같다. 내가 괜히 이 일을 한 거 같애."

"부장님, 그게 무슨 소리예요. 아직 시작도 안 했는데. 적응 기간이라고 생각하세요. 오늘 행사도 잘 끝났잖아요. 앞으로 차차 나아지겠죠."

"그래야 하는데, 산 넘어 산일 거 같애. 어떻게 될지 모르겠어."

박근혜 정부의 사물인터넷(IoT) 비리 사건

# 제5장 불협화음

## '서로의 진심을 본 일촉즉발의 순간'


"네, 알겠습니다. 바로 준비하겠습니다."


"부장님, 무슨 전화예요?"

"윤 책임이 자기네 수석하고 온대. 지금 회의 준비하시란다."

"자식들이 아주 상전이야. 지들이 뭔데 전화로 이래라저래라야! 그냥 오면 되지."

"최 과장, 다른 사람들도 회의실에 모이라고 해. 오늘 뭐라는지 얘기나 들어보자."


## | 잠시 후, 클라우드육성센터 회의실


"김 부장님이라고 하셨죠?"

"네, 수석님."

"저희 윤 책임한테 얘기 들으셨죠? 클라우드육성센터 사업 내용을 바꿔야 할 것 같아요."

"수석님, 사업계획서에 문제가 있나요?"

"문제가 아니라 상황이 좀 바뀌어서요. 지금 계획서로는 올해 클라우드육성센터 일이 힘듭니다. 부장님이 이해해 주세요. 자, 그럼 저는 이만하고 나머진 윤 책임하고 얘기하세요. 저는 다른 일이 있어서 이만 가보겠습니다. 다음에 또 봬요."

"저 수석님, 제가 듣기론 연구원에서 요구한 내용들이 다 반영된 걸로 아는데요."

"네?"

"처음에 사업제안서부터 지금 사업계획서까지 연구원의 요구사항을 다 포함했다고 들었습니다."

"허허, 갑자기 좀 당황스럽네. 부장님, 제가 지금 가 봐야 해서요. 시간이 없거든요."

"어렵게 오셨는데, 수석님이 확실히 말씀해 주시면 좋겠습니다."

"그래요? 알겠습니다. 그렇게 하죠."


"수석님, 지금 계획서를 변경하면 저희가 일을 못 합니다. 다시 생각해 주세요."

"내가 계획서를 만들었어요? KIT가 만들었잖아요."

"그거야 당연히 저희가… "

"이거 보세요. 김 부장님이 잘 모르는 거 같은데, 다시 알아보고 사업계획서 변경해서 윤 책임한테 보내세요."

"수석님, 저도 전임자한테 인수인계 받고 말씀드리는 겁니다. 뭐가 문제인지 알려주셔야 변경을 하죠."

"김 부장님, 윤 책임한테 얘기 못 들었어요? 야! 윤 책임, 너 얘기했어, 안 했어?"

"얘기했습니다."

"근데 왜 이래? 이럼, 얘기가 길어지잖아."

"얘기했는데도 김 부장님이 자꾸 저러니까… "


"수석님, 계획서 다시 쓰는 건 저희도 마음대로 할 수가 없어요. 저희도 회의하고 KIT 본사에 보고하려면 시간이 많이 걸립니다."

"그럼, 그렇게 하면 되잖아요. 뭐가 어려워요."

"수석님, 사업계획서는 연구원에서 최종 승인한 건데 갑자기 바꾸라면 저희 입장이 곤란합니다. 저희 입장도 생각해 주셔야죠."

"뭐요? 최종 승인이요? 누가 최종 승인을 해요? 이거 큰일 날 소리를 하네. 그리고 뭐가 곤란해요. 내가 곤란하게 했어요? 사업 발주자가 안 된다는데, 무슨 말이 많아요!"

"죄송합니다. 수석님. 제가 말실수를 했네요."

"김 부장님이 이러면 저도 곤란해요. 도대체 전임자한테 뭘 인수인계 받았어요?"

"사업제안서부터 사업계획서까지 전임자한테 다 확인했습니다."

"확인했는데도 지금 나한테 이래요?"

"저희는 원칙대로 제안서하고 계획서 써서 연구원에 제출하고 승인받았다고 들었습니다."

"원칙이요? 원칙이 뭔데요? 김 부장님이 자꾸 이상하게 얘길 하네. 이렇게 나오면 정말 곤란해요. 사업 한두 번 해봐요. 사업 내용은 바뀔 수 있잖아요."

"수석님, 지금 시간이 많이 지났습니다. 문제가 있으면 처음에 말씀하셔야지 이제 와서 다시 쓰라고 하면 저희는 어떡하나요. 사업 기간 내에 일을 마칠 수가 없습니다."

"제안서는 그렇다 쳐도 사업계획서는 우리하고 상의를 해야죠. 이걸 계획서라고 보냈어요? 한 부장한텐 무슨 얘길 들었어요?"

"연구원에서 별 얘기 없었다고 들었습니다."

"한 부장이 그래요? 한 부장 어딨어요? 오늘 안 왔어요?"

"회사에 다른 일이 있어서 오지 못했습니다."

"나하고 회의하는데 담당자가 안 와요? 지금 나를 뭘로 보는 거예요."

"수석님, 하실 얘기 있으면 저한테 하시죠. 앞으로 클라우드육성센터 일은 제가 맡아서 합니다."

"알지도 못하는 사람하고 무슨 얘길 해요. 나하고 회의하면 KIT 임원은 올 줄 알았는데, 담당자도 없이 이게 뭐 하는 겁니까?"

"수석님, 오늘 회의는 저희도 오늘 오전에 들었습니다. 회사에다가 미리 얘기할 시간이 없었어요. 회사 임원들이 저희만 기다리는 것도 아니고 다들 바쁜 사람들인데, 오늘 갑자기 어떻게 오겠어요. 그건 수석님이 좀 이해해 주셨으면 합니다."


"아무튼, 사업계획서 다시 써서 보내요. 지난번 세미나에서 지경부가 발표한 내용도 있고 앞으로 정부가 클라우드를 대대적으로 키우려고 하는데, 지금 이 계획서로는 할 수가 없어요."

"수석님, 지난번 세미나 내용은 저희 사업과 다릅니다. 저희는 연구원이 주는 예산에서 일하잖아요. 저희 마음대로 사업 규모를 늘릴 수가 없어요."

"자꾸 안 된다고만 하는데 해 보지도 않고 어떻게 알아요? 세미나 때 지경부 발표 내용이 뭔지 몰라요?"

"수석님, 지경부 계획하고 저희 사업을 어떻게 비교하세요. 수석님, 그러지 마시고 다시 생각해 주세요."

"이거 참 답답하네. 김 부장님, 정부 사업 안 해봤어요? 정부가 모처럼 클라우드 산업을 키우려고 하는데 대기업도 동참해야 할 거 아니에요. 본인들 건만 딱 하겠다고 계획서를 보내면 어떡해요. 중소기업도 이렇게는 안 해요. 그깟 일 좀 더하는 게 그렇게 아까워요? 김 부장님이 뭔가 착각하는데, 자기 돈 내서라도 여기 일하려는데 많아요."

"수석님, 대기업도 기업입니다. 저희 입장도 생각해 주셔야죠. 저희도 손해 보면서 하는 거예요."

"손해? KIT가 손해를 봐요. 그럼 하지 말아요."

"수석님, 그나마 저희니까 손해 보면서 하는 거예요. 이번 일로 저희가 무슨 돈을 벌겠어요."

"그럼, KIT는 돈도 안 되는 일을 왜 해요?"

"수석님, 그럼 누가 하겠습니까? 아시다시피 중소기업이 클라우드육성센터 일을 어떻게 하겠어요. 이 사업에 참여한 대기업은 저희밖에 없어요. KIT는 손해를 보더라도 이 일을 하겠다는 게 회사 입장입니다."

"쳇, 누가 들으면 아주 큰일 하는 줄 알겠네. 야! 윤 책임, 넌 도대체 뭐 한 거야? 내가 계속 얘길 해야겠어."

"……."

"수석님, 그러지 마시고 저희 입장도 생각해 주세요. 저희도 최선을 다하겠습니다."

"김 부장님, 내 얘기는 대기업이면 대기업답게 일하라는 거예요. 여기 계획서처럼 사람 몇 명 더 늘리고 장비 몇 개 더 주는 게 다가 아니에요. KIT가 하는 일이면 사업 투자도 하고 중소기업한테 기술 지원도 해야 생색이라도 내잖아요."

"수석님, 지금 우리나라에서 클라우드로 돈 버는 회사가 어딨나요. 저희도 어렵긴 마찬가진데 투자라니요. 그건 어렵습니다. 저희도 사업 예산에서 일하는 거예요."

"이러면서 회사 입장이 뭐라구요? 뭘 한다구요?"

"클라우드육성센터가 처음 만들어졌으니까 저희도 인력하고 장비는 최대한 지원하겠습니다."


"이거 보세요. 내가 가만있으니까 김 부장님이 일을 잘하는 줄 아는 모양인데 지난번 개관식하고 세미나를 어떻게 했어요?"

"그날 행사는 열심히 했습니다."

"뭐가 열심히 해요. 차관님하고 VIP들이 얼마나 왔는데 자리는 텅텅 비어서 망신이나 당하고. 내가 그런 거 때문에 지경부 눈치를 봐야겠어요?"

"마음에 안 드셨으면 죄송합니다."

"우리가 그 행사를 왜 했겠어요? 차관님 눈도장 좀 찍어 보겠다고 한 거 아니에요. 근데, 사람이 몇이나 왔어요? 행사를 그따위로 해놓고도 말이 나와요?"

"……."

"그리고 지경부 발표 내용은 알고 있어요?"

"내용은 봤습니다."

"그날 발표한 클라우드 종합 계획이 정부의 핵심 IT 사업이에요. 근데, 지금 사업계획서에는 그 내용이 하나도 없잖아요. 김 부장님, 우린 클라우드말고도 돈 쓸 때 많아요. 요새 뉴스에 사물인터넷하고 빅데이터, 인공지능 많이 나오는 거 알죠?"

"네, 알고 있습니다."

"뉴스에 그런 거 한 번 나오면, 우린 어떤 줄 알아요? 아주 난리 납니다. 연구원에 다른 팀들도 서로 사업하겠다고 돈 달라고 아우성이에요. 우리 팀이 어렵게 지경부 예산 받아서 일하는데 종합 계획 내용이 없으면 지경부가 클라우드육성센터 일을 하겠어요?"

"……."

"한 가지 물어볼게요. 김 부장님은 이번 사업이 어떻게 해서 하는지 알아요?"

"제가 그것까진….."

"내가 이 얘긴 안 하려고 했는데, 김 부장님은 이명박 정부에서 핵심 부처가 어디라고 생각해요? 지경부가 4대강 사업만 하는 게 아니에요. 우리나라 IT 산업 총괄 부처예요. 근데, 사람들이 4대강에 퍼부은 돈 때문에 우리나라 IT가 다 죽었다고 욕을 하네, 그럼 그 욕이 누구 귀에 들어갈까요?"

"……."

"그리고 재밌는 게 TV에서 클라우드니, 사물인터넷이니 떠드니까 뭔가 있는 줄 알고 다른 부처들도 하겠다고 호들갑을 떠네, 상황이 이런데 지경부가 손 놓고 있겠어요? 김 부장님이 지경부 공무원이면 어떡하겠어요?"

"……."

"우리 연구원이 지경부 IT 사업 전담 기관이에요. 연구원이 왜 클라우드육성센터 사업을 하는지, 이제 감이 와요?"

"……."


"다시 말하지만, 클라우드육성센터 사업에 지경부 클라우드 종합 계획이 포함돼야 김 부장님이 여기서 일할 수 있어요. 종합 계획 늦게 나왔다고 못 하겠으면 여기 일 못 해요. 알겠어요?"

"수석님, 그래도 지경부 종합 계획은 저희 규모로는 할 수가 없습니다. 클라우드육성센터 사업은 기본 중에 가장 기본적인 사업이에요. 이런 기본 계획에 종합 계획 일을 얹으라고 하면 저희가 어떻게 하겠어요. 이건 구구단 배우는 초등학생한테 고등학생이 배우는 미적분 가르치는 꼴이에요. 나중에 성적 떨어졌다고 초등학생을 나무라겠어요, 선생님을 욕하겠어요. 괜히 무리수를 두는 겁니다. 이건 수석님을 위해서라도 드리는 말씀이에요."

"김 부장님, 비유가 아주 인상적입니다. 근데 어쩌나. 내가 오늘 그런 얘기 듣자고 온 게 아닌데. 그니까 김 부장님은 다시 못 쓰겠다, 그 얘기죠?"

"그게 아닙니다. 수석님. 사업계획서도 어느 선에서 다시 써야 저희가 다시 쓰죠."


"알겠습니다. 자초지종 다 얘기했는데도 안 된다고 하면 할 수 없네. 야! 윤 책임, 계약서 있지? 그거 가지고 와."

"네."


"윤 책임, 계약서 9조 2항에 뭐라고 돼 있어?"

"네, 발주처와 협의된 사항이라도 사업 일정 및 기간 등 여건 변화에 따라 사업 내용을 변경할 수 있으며, 그에 따른 부담은 사업 수행자가 해결한다."

"그다음."

"사업 수행자는 사업지시서에 따라 계약자 의무를 충실히 수행하며, 사업 수행과 관련하여 발주처 지시에 성실히 응해야 한다."

"또."

"사업 수행자 선정과 사업 발주, 계약 방법, 사업 진행, 관리감독 등에 관한 모든 계약 사항은 발주처인 ICT 융합연구원이 지시하고 결정한다."


"김 부장님도 계약서 가지고 있죠?"

"수석님, 이건 독소 조항입니다. 재고해 주세요."


"독소 조항? 그럼, 계약서에 도장은 왜 찍었어요? 윤 책임, 마지막은 뭐야?"

"사업 수행자가 운영상의 부족함이나 사업 수행 내용이 발주처의 요구 방향과 상이한 경우, 그리고 발주처의 지시 불이행 및 기타 정당한 요구 사항을 이행하지 않는 경우, 발주처는 내부 평가를 통해 계약을 해지할 수 있으며, 이 경우 수행자는 계약금을 반납하고 일체의 이의를 제기하지 않는다."

"이 내용도 알죠? 사업계획서 다시 못 쓰겠으면 우린 계약서대로 할 게요. 대신 김 부장님이 하는 일은 저흰 모르는 겁니다."

"수석님, 이러시면 어떡해요. 클라우드육성센터 일은 연구원하고 같이 하는 건데 모르는 일이라뇨."

"그러니까 사업계획서 다시 쓰라고 하잖아요. 이때까지 무슨 얘길 들었어요."

"수석님, 오늘이 6월 말입니다. 내일이면 7월이에요. 올해도 이제 6개월밖에 안 남았어요. 지금 계획서 일도 시간이 촉박합니다. 종합 계획 내용까지 포함하면 저흰 일할 수가 없어요. 사업계획서 다시 써서 연구원에 보고하고 결재받으려면 7월도 그냥 지나가요. 그럼 8월인데 저흰 언제 일을 하나요?"

"연구원에 보고하는 건 신경 쓰지 말아요. 우리가 알아서 하니까."

"수석님, 그럼 어떻게 할까요? 정말 처음부터 다시 쓸까요?"

"지금 사업계획서로는 올해 클라우드육성센터 일은 절대 못 해요. 그것만 알고 있어요. 알겠어요?"

"……."


"더 이상 얘기해 봤자 끝날 거 같지도 않은데 오늘은 여기까지만 합시다. 김 부장님 생각은 알았으니까 조만간 답변 드릴게요."

"수석님, 이대로 가시면 어떡하세요? 마무리는 해 주셔야죠."

"김 부장님이 이렇게 완강한데 내가 어떡해요? 못한다는 거잖아요."

"수석님, 그러지 마시고 다시 한번 생각해 주세요."

"됐어요. 그만 해요. 난 일이 쉽게 될 줄 알았는데 생각지도 않게 꼬이네. 이런 일은 또 처음이라 많이 당황스럽습니다. 지경부에 얘긴 하겠지만 지경부가 안 된다고 하면 여기 사업은 못 하는 걸로 아세요."

"……."


"그리고 김 부장님, 저 마음에 안 들죠? 저 그렇게 나쁜 놈 아닙니다. 저도 나랏돈 받고 일해요. 나랏돈 받는 사람 입장도 생각해 주셔야죠. 김 부장님 말씀은 제가 오래 간직하겠습니다. 불편한 거 있으면 말씀하시구요. 앞으로 김 부장님 일 편하게 하시게 제가 신경 좀 쓰겠습니다. 잘 좀 부탁드려요. 여름에 건강 조심하시고 다음에 또 뵐게요. 윤책임, 가자. 짐 챙기고 나와."

"네."

박근혜 정부의 사물인터넷(IoT) 비리 사건

# 제6장 공공기관이란?

## '신의 직장? 정부의 하청업체?'

"이 팀장, 이 팀장은 여기 어떻게 왔어?"

"어떻게 오긴요. 한 부장님한테 속아서 왔죠."

"그래? 어떻게 속았는데?"

"KIT에 클라우드 일할 사람 없다고 한 번만 살려달라고 하도 죽는 소릴 해서 왔어요."

"하하, 그랬어. 우리하고 똑같네. 하여튼 그 양반 말재주는 좋아."

"최 과장님한테도 그랬어요?"

"똑같지 뭐. 언제더라 한 부장님이 김 부장님한테 전활 했더라구. 좋은 거 있다고 같이 하자고 했는데 나하고 홍 대리, 막내는 아무것도 모르고 따라왔지, 뭐."

"이 고생을 하는 데 좋긴 뭐가 좋아요."

"그러게. 여기 오면 좋을 줄 알았는데 막상 해 보니까 쉽지 않네. 재미도 없고. 맨날 시키는 것만 하면 되는지 모르겠어. 시간은 자꾸 가는데 말이야."

"그냥 하는 거죠. 연구원이 시키는 거 하면서 시간 보내면 돼요."

"그래도 되나? 명색이 정부 사업인데 뭔가 좋아지는 게 있어야지. 이건 맨날 쓸데없는 일만 하잖아. 나중에 잘못되는 건 아니겠지?"

"잘못되긴요. 연구원이 알아서 해요. 지들이 이렇게 하라고 했는데 나중에 딴소리하겠어요? 저희는 그냥 시키는 것만 하면 됩니다."

"이 팀장, 지난번 회의 때 말이야, 김 부장님 얘기가 틀린 것도 아니잖아. 시간은 없고 자꾸 안 되는 일만 시키면 누가 일을 하겠어?"

"아무래도 그때 김 부장님이 실수한 거 같아요."

"김 부장님이? 왜?"

"싫든 좋든 수석 앞에서'네, 네'하고 그냥 넘어갔어야 했는데 끝까지 고집을 부리니까 당황했을 거예요. 이때까지 자기 앞에서 그런 사람은 없었을 거잖아요."

"그래도 책임지지 못할 거면 애초에 못 한다고 해야지 나중에 또 무슨 소릴 들으려구. 김 부장님도 산전수전 다 겪은 사람이야. 오죽하면 그랬겠어. 근데 연구원 수석이 그렇게 높은 자린가?"

"높아 봤자죠. 언젠가 꺾이는 날 올 거예요."

"에이, 그런 말이 어딨어. 그래도 이 팀장은 뭔가 아는 거 같은데?"

"알긴요. 저도 몰라요."

"그러지 말고 얘기해 봐."

"지난번에 그랬잖아요. 지도 나랏돈 받는다고. 공부를 얼마나 열심히 했으면 나랏돈 받고 일하겠어요. 누가 뭐래도 우리나라는 공공기관이 최고예요. 신의 직장이니까요."

"그런가. 연구원이 공공기관이야?"

"그럼요. 연구원 수석이 지경부 IT 사업 전담 기관이라고 했잖아요. 아마 1년 예산이 몇천억 원은 될걸요."

"그래? 그렇게 많아?"

"사람들이 몰라서 그래요. 이명박 정부가 4대강하고 해외 자원 개발에 돈을 많이 쓰니까 우리나라 IT 산업이 죽 쒀서 그렇지, 할 건 다 해요.”

“맞다. 이명박 정부에서 정보통신부가 없어졌지?”

“그렇죠. 그게 쪼개져서 지경부 밑으로 갔어요. 옛날에는 정보통신부 장관이 있었지만, 지금은 지경부 차관이 IT 산업을 맡고 있어요.”


“아, 그래서 연구원 수석이 지난번 행사에 지경부 차관 온다고 신경 썼구나.”

“지경부 차관이 우리나라 IT 산업을 총괄하니까 잘 보이려고 했겠죠. 수석 마음도 이해는 돼요.”

“그렇겠지. 목구멍이 포도청인데 연구원 수석이라고 별수 있겠어?”

“맞아요. 지경부가 돈 주는 곳인데 잘 보이는 건 당연하죠. 그리고 연구원은 우리한테 돈 주니까 우린 연구원한테 잘 보이면 되구요. 우린 그냥 연구원이 시키는 일만 하면 됩니다.”

“그래도 되나 몰라. 김 부장님은 아직도 걱정이 많더라구.”

“걱정도 참 많으시네.”

“왜 걱정이 안 돼. 회의 때 수석 말하는 거 못 봤어. 물불 안 가리잖아.”

“다 잘 된다니까요. 연구원이 이런 사업을 한두 번 하나요. 일 잘못되면 지들도 지경부한테 욕먹는데 가만있겠어요. 욕먹지 않는 선에서 무난히 넘어가는 걸 제일 좋아해요. 그리고 연구원은 공공기관이잖아요. 우리나라 공공기관은 일 못 한다고 절대로 없어지지 않아요. 끝까지 살아남습니다.”


“그럼, 연구원은 이 일을 왜 하는데?”

"자기들도 밥그릇 챙겨야죠. 뭐라도 해야 돈을 받지 그냥 주나요? 그리고 연구원은 클라우드 말고도 할 거 많아요."

"연구원이 하는 게 많아?"

"그럼요. 클라우드육성센터는 작은 사업이에요. 이거 하다 안 되면 다른 거 하면 돼요. 기업처럼 돈을 버는 것도 아니고 돈 쓰는 조직이잖아요. 문제 안 생기고 나중에 사업 정산만 맞으면 다 넘어가요. 그렇게 일해도 수당에 성과급에 다 받아요."

"성과급을 받아? 뭐한 게 있다구?"

"그게 좀 상식적이지 않아요. 성과급이라는 게 목표 이상의 성과가 있어야 받는 건데, 공무원이나 공공기관의 직원들이 성과급을 받는 게 맞는지 모르겠어요."

"사고 안 치고, 돈 잘 쓰는 것도 성과인가?"

"그게 기준이면 할 말은 없죠. 하루 종일 자리에 앉아있으려면 얼마나 힘들겠어요. 그러니까 최 과장님, 우리는 연구원이 시키는 일만 잘하면 됩니다."

"그래도 지난번에 연구원 수석이 하도 세게 말하니까 겁도 나고 나중에 또 무슨 소릴 할지 모르잖아."

"연구원 사람들이 원래 그래요. 공무원한텐 찍소리 못해도 우리 같은 사람들한텐 큰소리치는 맛에 살죠. 공무원인 듯 공무원 아닌 공무원 같은 사람들이에요."

"그러긴 해. 연구원 사람들이 지경부에 나이 어린 사무관한테 꼼짝 못하는 거 보면 좀 이상하더라고. 일을 해도 몇 년을 더 했을 텐데 말이야."

"당연하죠. 사무관이 자기네 돈줄을 쥐고 있는데, 나이 어리다고 쉽게 하겠어요?"

"그것도 좀 이상해. 시험 한번 잘 봤다고 어린 나이에 갓 대학 졸업
해서 경험도 없는데 무슨 나랏일을 하겠어. 여우 같은 연구원 사람들이
순진한 사무관들 어르고 달래서 곶감 빼먹듯 하겠지."

"그래도 사업계획서가 많이 안 바뀌어서 다행이에요. 연구원 수석
이 힘 좀 썼나 봐요."

"회의 때, 김 부장님하고 대판 싸우더니 생각이 바뀌었나? 우릴 물
로 보는 줄 알았는데 말이야. 근데 이 팀장, 그 얘기 들었어?"

"무슨 얘기요?"

"김 부장님이 그러는데 연구원에서 무슨 행사를 하라고 하나 봐."

"행사요?"

"응. 10월에 무슨 행사를 하라는 거 같아."

"여름 지나고 가을이 오잖아요. 행사하기 좋을 때니까 한 번 해야
죠. 다른 건 몰라도 공공기관들은 뭔가 보여줘야 해요. 전문 용어로 전!
시! 행! 정!"


## | 9월 중순, 클라우드육성센터 회의실


"여러분들이 못난 부장을 만나서 고생이 많아. 할 일은 못 하고 다
들 엉뚱한 일만 하니, 내가 할 말이 없네."

"우리가 부장님 때문에 고생해요, 연구원 때문에 고생하지."

"알다시피, 올해 최종 사업계획서가 지난 8월에 나왔어. 계획서가

늦어서 일이 많이 밀렸는데, 문제는 몇 가지 사업이 더 추가된 거야. 지금 일도 못 해서 걱정인데, 일이 추가돼서 미안해."

"부장님, 추가된 게 뭐예요?"

"다른 건 제쳐두고라도 하반기에 클라우드 행사를 해야 해."

"행사요? 또 무슨 행사요?"

"당장 다음 달에 클라우드 로드 쇼(Road Show)를 해야 돼. 이것도 준비할 시간이 많지 않아."

"이젠 로드 쇼까지 해요. 남들이 보면 우리가 무슨 거창한 일 하는 줄 알겠어요."

"최 과장, 그러지 말고 어떻게 할지 생각 좀 해 봐."

"뭘 생각해요. 지난번처럼 하면 되지."

"그렇게 해서 또 무슨 소릴 들으려구. 이번 로드 쇼는 잘해야 해."

"맞아요. 부장님. 로드 쇼면 개관식이나 세미나보다 규모도 크고 사람들한테 뭔가 보여줘야 할 거예요."

"이 팀장, 나도 그게 걱정이야. 클라우드육성센터 만들고 처음 하는 클라우드 로드 쇼라 사람들 기대가 클 텐데, 뭘 보여줄까?"

"보여주긴 뭘 보여줘요. 우리한테 뭐가 있다구. 그동안 한 게 없잖아요."

"최 과장, 그럼 어떡할래? 그냥 손 놓고 있을까? 이번에 잘못하면 정말 큰일이야. 안 그래도 연구원 수석이 우릴 벼르고 있어. 다른 사람들도 가만있지 말고 얘기 좀 해봐. 누구 좋은 아이디어 없어?"


"저… 부장님."

"그래, 홍 대리 얘기해."

"외국인을 부르면 어떨까요?"

"뭐 외국인?"

"네, 해외 클라우드 전문가를 초청하면 사람들이 많이 오지 않을까요? 클라우드는 아직 해외 기술이 앞서 있잖아요."

"그래, 그거 좋겠다. 외국인이 오면 뭔가 있어 보이고 좋네! 홍 대리, 좋은 생각이야."

"아니에요. 최 과장님."

"부장님, 홍 대리 말대로 해요. 지금 우리한테 클라우드 기술이 있어요, 제품이 있어요. 차라리 외국인 불러서 얘기 듣는 게 나아요. 그리고 외국인이라고 하면 한국 사람들 끔뻑 죽잖아요."

"이 팀장 생각은 어때? 괜찮을까?"

"좋은 생각인데, 누굴 부르죠?"

"그게 문제야. 누굴 부를까? 아는 사람이 있어야 부르지. 홍 대리, 아는 사람 있어?"

"MS에 아는 분이 있습니다."

"MS? MS면 마이크로소프트 말하는 거야?"

"네, 제가 MS에 아는 분한테 부탁해서 클라우드 전문가를 초청할게요. 부장님이 말씀만 하시면 연락하겠습니다."

"우리 로드 쇼에서 MS의 클라우드 전문가가 발표를 한다… 부장님, 사람들이 혹하겠어요! 우리나라 사람들이 언제 MS의 클라우드 얘길 든겠어요? 이건 얘기가 완전 다른 거죠! MS에서 사람만 오면 연구원 수석도 아무 말 못 할 거예요!"

"그러게, 올 수만 있으면 좋은데 말이야. 홍 대리, 부를 수 있겠어?"

"네, 부장님. 한번 해 보겠습니다."


## 10월, 클라우드 로드 쇼


"부장님, 오늘 사람들이 많이 왔어요. 앉을 자리가 없어요."

"그러게. 오늘 같은 날 차관이 와야 하는데 엉뚱한 날 와서 사람 속이나 썩이고 말이야. 근데, 오늘은 연구원 놈들이 안 보이네. 다들 어디 갔어?"

"지경부에서 사무관인지, 뭔지 어린놈이 하나 왔는데, 차관 온 거보다 더 난리예요. 저기 보이죠. 연구원 수석이 딱 달라붙어서 졸졸 따라다니잖아요."

"누가 왔다고? 사무관이 왔어?"

"이 팀장이 그러는데 지경부 사무관이 연구원 예산을 관리하나 봐요. 연구원 수석도 사무관 앞에서는 쩔쩔맨대요."

"말이 좋아 사무관이지 신입사원하고 다를 게 뭐 있어. 딱 봐도 순진하게 생겼다. 우리 막내보다 어린 거 같네. 저 사무관은 인사말은 써 왔대?"

"아까 이 팀장이 줬어요."

"거 봐라. 어릴 때부터 그렇게 일하면 나중에 어떻게 되겠냐? 다 지

밑인 줄 알고 부려먹을 거 아니야. 괜히 갑질이 생기는 게 아니라구."

"부장님도 참. 모르니까 써 주죠. 그래도 저 어린 사무관한테 오냐오냐해주면 사무관이 좋아할 거예요."

"최 과장, 수석이 사무관한테 하는 거 봐라. 눈꼴 사나워서 못 보겠다."


"부장님, 그래도 이번에 홍 대리가 큰일 했어요. 어떻게 MS에 클라우드 임원을 데려왔대요?"

"그래, 맞아. 이번 행사는 홍 대리 때문에 산 거야."

"이거 보세요. 홍 대리가 MS 선물도 가져왔어요. 머그컵에 볼펜, 수첩 등등 이게 다 몇 개예요. 이거 받으려고 사람들이 많이 왔나 봐요."

"MS도 자기네 클라우드 홍보해야지. 거기 회장이 세계 제일 부자라고 소문났잖아. 지경부 차관이 아니라 장관이 와도 MS 임원이 와서 한마디 하는 게 훨씬 나아."

"그래도 이렇게 많이 올지 누가 알았겠어요? MS가 대단하긴 대단해요."

"세계에서 제일 큰 IT 회사잖아. 지경부나 연구원하고 일하는 게 다르지. 지경부 일하는 거 봐봐. 괜히 일한답시고 강이며 운하며 자원 개발이며, 제대로 하는 게 뭐 있어? 뉴스 보니까 우리나라 고속도로에 하루 차 한두 대 다니는 곳도 많다더라. 지방 공항에는 비행기도 없대. 공항에 비행기 없는 게 말이 되냐? 그거 다 보여주려고 쇼하다가 그렇게 된 거야."

"에이, 옛날이나 그렇지, 지금은 안 그래요."

"옛날이나 지금이나 똑같애. '내로남불'이 따로 있어? 옛날 사람들 욕하면서도 나쁜 건 죄다 배워서 지금 있는 놈들이 더 악랄하잖아. 옛날 사람들 잘못했을 때 얼마나 야단쳤어. 지금 사람들도 똑같이 당해봐야 그 사람들 심정을 알지."

"부장님은 어떻게 옛날하고 비교해요. 지금은 많이 좋아졌어요."

"참석자 여러분, 지식경제부 사무관님의 인사말이 끝났습니다. 곧이어 마이크로소프트 존 게이츠(John Gates) 이사님의 클라우드에 관한 연설이 있겠습니다. 연설은 영어-한국어 동시통역으로 진행됩니다. 존 게이츠 이사님께 큰 박수 부탁드립니다."

(Ladies and Gentlemen, Now let me introduce you to John Gates of Microsoft. His speech will be delivered in English-Korean simultaneous interpretation. Let's have a big hand for him Please.)

"짝짝짝"

"부장님, 이제 MS 발표예요. 뭐라고 할지 기대돼요."

"영어로 하는 얘길 알아들으려나 모르겠다."

"통역사가 있는데 무슨 걱정이에요. 자 여기, 통역 수신기로 들어보세요."

"Hello! Everyone. I'm John Gates of Microsoft. I'm [5]CTO in charge of the Cloud department. I'm very pleased to see you.

...

5    CTO(Chief Technology Officer의 약자. 최고 기술 이사 혹은 기술 책임자)

Also, I would like to thank you for inviting me here today at Cloud Promotion Center."

(여러분, 안녕하세요. 마이크로소프트의 존 게이츠입니다. 저는 마이크로소프트에서 클라우드 기술 이사를 맡고 있어요. 오늘 여러분들을 만나서 대단히 반갑습니다. 그리고 이 자리에 초청해 주신 클라우드육성센터 관계자분들께도 깊은 감사의 말씀을 드립니다.)

"Whenever you think about MS, you'll be the first to think of Bill Gates. Today, It would be nice if the chairman came here today, but he was too busy. So, I came here instead. I haven't seen him in more than a year. Bill Gates is the busiest man in the world for making money. Please understand him."

(여러분들이 마이크로소프트를 생각할 때, 제일 먼저 생각나는 사람은 빌 게이츠 회장일 거예요. 오늘 회장님이 여기에 왔으면 좋았겠지만, 너무너무 바쁜 분이라서 제가 대신 왔어요. 회장님은 항상 바쁘세요. 저도 그분을 본 지 1년이 넘었답니다. 여러분들이 이해해 주세요.)

"하하하"

"Everyone, I'm not come to here for speaking to Cloud definition, Cloud technology, and service model. I hate complicated stuff too. Just a moment, I maybe missed one important thing. Cloud security issue is important. Please check back later."

(여러분, 저는 오늘 클라우드를 얘기하러 온 게 아닙니다. 클라우드 정의나 기

술, 서비스 모델을 얘기하려는 게 아니에요. 저도 복잡한 건 딱 질색이거든요. 아 참, 깜박한 게 있네요. 클라우드는 보안이 중요합니다. 클라우드 보안은 나중에 꼭 다시 알아보세요.)

"Nowadays, Everyone knows about IaaS, PaaS, SaaS of Cloud. The Cloud concept has been around for a long time. But the English dictionary still comes with the word cloud in the sky. Sooner or later, I expect it will be added to the English dictionary as the Cloud meaning is one of IT technologies."

(요즘에는 클라우드의 IaaS나 PaaS, SaaS에 대해 많이 아시더군요. 클라우드는 이미 오래전에 있던 개념이에요. 아직 영어 사전에는 클라우드를 하늘에 떠 있는 구름으로 설명하지만, 조만간 IT 기술의 하나라는 뜻도 추가될 겁니다.)

"A dictionary is a book accumulated human knowledge. Many people studied with various dictionaries for a long time ago. I studied with a dictionary when I was in school and my Korean friend who came to the US studied English with an English dictionary. Honestly speaking, he spoke English fluently when playing with me than studying with an English dictionary."

(사전은 인간의 지식이 축적된 책입니다. 저도 학교 다닐 때 사전으로 공부를 했어요. 미국으로 유학 온 한국인 친구는 영어 사전으로 영어 공부를 하더군요. 솔직히, 그 친군 저와 놀 때 영어를 더 잘했습니다.)

"하하하"

"As you know, the world is very fast-changing. Why is the world changing so fast? Sometimes, I miss my school life when studying with a dictionary. Suddenly, I want to see him. Now, more people study by searching the internet than studying with paper dictionaries."

(여러분도 아시다시피, 세상은 빠르게 변하고 있습니다. 세상은 왜 변할까요? 어떨 땐 사전을 끼고 공부하던 시절이 그리워요. 갑자기 그 친구가 보고 싶네요. 이젠 종이 사전으로 공부하는 사람보다 인터넷 검색으로 공부하는 사람이 더 많을 겁니다.)

"When I was young, if I sitting in front of my computer, My mom said, 'Throw you computer in the trash', but now she is learning to search the Internet. Do you know what my habits are these days? I'm telling you that throw away my son's smartphone-like my mom did. He only plays games all day. I'm worried about what he will be later. All parents have the same mind."

(제가 어렸을 때, 컴퓨터 앞에 앉아있으면 우리 엄마는 컴퓨터를 버려야 한다고 야단치셨어요. 하지만, 지금은 인터넷 검색을 배우고 계세요. 요새 제 버릇이 뭔지 아세요? 우리 엄마가 했던 것처럼 제 아들놈 스마트폰을 버려야 한다고 말하는 거예요. 하루 종일 게임만 하거든요. 그놈은 커서 뭐가 될지 걱정이에요. 부모 마음은 다 똑같나 봐요.)

"하하하"

"If I knew Cloud in my high school, I would have entered Harvard like Bill Gates. I would not have to carry a heavy paper dictionary and would have got more information."

(제가 고등학교 때, 클라우드를 알았다면 저도 빌 게이츠처럼 하버드에 갔을 겁니다. 무거운 종이 사전도 필요 없고, 사전보다 더 많은 정보를 얻을 수 있기 때문이죠.)

"My mother never knew that I would enter the biggest IT company in the world. When Bill Gates dropped out of Harvard Law School and tried to start a business, his parents' opposition was severe. His mom said, "Your friends will be a lawyer. Do you only touch a strange computer? You are a stupid idiot! There is a saying in Korea proverb that parents can't win children. I wonder what you're going to say."

(우리 엄마는 제가 세상에서 제일 큰 IT 회사에 다닐 줄은 꿈에도 몰랐을 겁니다. 빌 게이츠가 하버드 법대를 중퇴하고 마이크로소프트를 창업할 때, 부모님 반대가 심했다고 해요. 빌 게이츠 어머니는 아들에게 이렇게 얘기했답니다. "너의 친구들은 변호사가 될 텐데, 넌 이상한 상자 같은 것만 만지고 있을래? 이 바보 멍청아!" 한국 속담에 자식 이기는 부모 없다는데, 여러분들은 뭐라고 하실지 궁금하네요.)

"However, Microsoft of Bill Gates was a big success and he becomes my boss. there are many MS attorneys of Bill Gates' Harvard Law School friends. Never leave your child from school."

(하지만, 빌 게이츠는 대성공을 했고 지금은 제 상관이 됐어요. 빌 게이츠의 하버드 법대 친구 중에는 마이크로소프트에서 일하는 변호사도 있답니다. 그렇다고 빌 게이츠처럼 자녀를 중퇴시키진 마세요.)

"하하하, 짝짝짝"

"Everyone, I will give you a quiz on Today. I will give you a special gift for who answers to the quiz. Listen carefully. **'A steamy hot one day at the sunset, a young man living in a boarding house of the narrow alley came out of the street in his small room, it seemed hesitant for some reason and was slowly moving toward bridge.'** This is the first sentence of a very famous novel. This is one of the most famous sentences in literary history. Who is the [6]**Russian genius writer** who wrote this sentence? Do you know anyone? Raise your hand if you know."

(여러분, 제가 퀴즈 하나를 낼게요. 맞추시는 분께는 특별한 선물을 드리겠습니다. 잘 들어보세요. **'찌는 듯한 무더운 어느 날 해 질 무렵, 좁은 골목의 집에서 살던 한 청년이 거리로 나와, 망설이는 모습으로 다리를 향해 천천히 발걸음을 옮기고 있었다.'** 아주 유명한 작품의 첫 문장입니다. 문학 역사상 가장 유명한 첫 문장 중에 하나죠. 이 문장을 쓴 러시아의 천재 작가는 누구일까요? 아시는 분은 손 들어보세요!)

"……."

"No one else? I'm sure someone knows it, but you don't raise your hands. I prepared a big gift, but I'm so sad that nobody is there. Okay, I will ask you again at the end of my speech."

(아무도 없나요? 분명히 계실 거 같은데, 손을 안 드시네요. 제가 큰 선물을 준비

...

6   도스토옙스키의 『죄와 벌』의 첫 문장이다. '7월 초 찌는 듯이 무더운 어느 날 해 질 무렵, S골목의 하숙집에서 살고 있던 한 청년이 자신의 작은 방에서 거리로 나와, 왠지 망설이는 듯한 모습으로 K다리를 향해 천천히 발걸음을 옮기고 있었다.': 플라톤아카데미 '지혜의 향연' 시리즈 중, 석영중 교수의 도스토옙스키 『죄와 벌』에서 인용.

했는데, 아무도 없다니 안타깝네요. 좋습니다. 제가 연설 마지막에 다시 물어볼게요.)

"Everyone, Some people say that this sentence contains everything. Time, Space, Reality, Future, Dynamism, Liberty, etc. Do you agree with that? What does that mean by the Russian writer? Does this sentence contain Cloud? If so, is it a cloud? if not, Is it IT technology? It's funny for ordinary people like me to understand genius, but I think you will be able to understand enough."

(여러분, 어떤 사람은 이 문장에 모든 것이 다 들어있다고 합니다. 시간, 공간, 현재, 미래, 움직임, 자유 등등. 여러분들도 그렇게 생각하세요? 러시아 작가의 이 글은 무슨 뜻일까요? 이 문장에 클라우드가 있을까요? 만약 있다면 그건 구름일까요? 아니면 IT 기술일까요? 저 같은 보통 사람이 천재를 이해하는 건 우스운 일이지만, 여러분은 충분히 이해하실 겁니다.)


"짝짝짝"


"I want my son to be an adult and have an IT job like Cloud. Which is now envy, doctors, lawyers, accountants, professors, etc, especially professional jobs, it will disappear in a few decades. I'm sorry for the interpreters who interpret my words right now, but frankly, interpreters will not be able to avoid it. But don't hate me."

(저는 제 아들이 커서 클라우드 같은 IT 일을 했으면 좋겠어요. 지금은 선망의 대상인 의사, 변호사, 회계사, 교수 등등 특히 전문직은 몇십 년 지나면 없어질지도 몰라요. 지금 제 말을 통역하는 통역사에게는 미안하지만, 솔직히 통역사도 피해갈 수 없을 거예요. 그렇다고 절 미워하진 마세요.)

"하하하"

"Professionals are people with special knowledge. But their knowledge can be easily conquered by IT technologies like the cloud. It may be knowledge gained through decades of grinding and polishing, but it will catch up quickly beyond comparison. Sooner or later, things can happen that are difficult for us to understand now."

(전문가는 특별한 지식을 가진 사람을 말합니다. 하지만 그들의 지식은 클라우드 같은 IT 기술에 의해 쉽게 정복될 거예요. 수십 년 갈고 닦아 얻은 지식이지만 비교도 할 수 없을 만큼 금방 따라잡힐 겁니다. 머지않아 지금은 이해하기 힘든 일들이 일어날 수 있어요.)

"Everyone, the reason I'm talking about this because the Cloud industry market has a great outlook. This isn't my idea. In many places, there will expect the Cloud industry market will grow by an annual average of 20% for 5 years from now. I think similarly Cloud of Korea."

(여러분, 제가 이런 얘기를 하는 이유는 클라우드 전망이 아주 밝기 때문입니다. 이건 제 얘기가 아니에요. 이미 많은 곳에서 클라우드 시장이 향후 5년간 평균 20%씩 성장할 거라고 기대해요. 한국도 비슷하다고 생각합니다. 특히, 중국 시장은 엄청나요.)

"If I give you one tip, you must fast learn Chinese too. As Good As It Gets. This is a secret. My wife is sending a son to the Chinese academy."

(한 가지 팁을 드리면, 중국어를 배우세요. 중국어까지 할 수 있으면 금상첨화겠죠. 이건 비밀인데요, 제 집사람은 아들을 중국어 학원에 보내고 있어요.)


"하하하"


"What is better, Cloud technology is the base of other IT technologies. It's not as charming as Big Data, Internet of Things, and Artificial Intelligence, but it's hard to work without Cloud. It must be combined with Cloud technology to service. It is the power of Cloud to work silently of invisible."

(클라우드 기술이 중요한 건 다른 IT 기술의 기반이라는 거예요. 빅데이터나 사물인터넷, AI처럼 화려하진 않아도 클라우드 기술과 결합 없이는 서비스하기 힘듭니다. 눈에 띄지 않게 묵묵히 일하는 모습이 클라우드의 매력이라고 할 수 있죠.)

"I will tell you one more important thing about Cloud. A few years ago, the US government announced a [7]**Cloud-First Policy**. The key point is to reduce IT budgets of government through Cloud. But, I think the Cloud policy of Korea is another than the United States. In my point of view, It is a very fantastic plan. The plan, it's bringing up or developing the Cloud company of Korea. It is a surprising policy in the position of a company to run a Cloud business."

(제가 한 가지 더 중요한 얘길 할게요. 몇 년 전에 미국에서는 클라우드 퍼스트

...

7    미국의 클라우드 정책. 미국 정부기관 및 공공기관들이 IT 예산을 줄이기 위해 클라우드를 도입한다는 내용임.

정책을 발표했습니다. 핵심은 클라우드를 통해 정부의 IT 예산을 줄이겠다는 거예요. 하지만 한국의 클라우드 정책은 좀 다른 거 같아요. 제 생각엔 아주 환상적입니다. 한국의 클라우드 정책은 클라우드 기업을 육성하고 키우겠다는 겁니다. 클라우드 기업들에겐 안성맞춤 정책이죠.)

"It is great to work that the government makes the policy for Cloud company. I always try to find similar to the Cloud policy of Korea in the USA, but I couldn't do that. In the Future, The most powerful rival of MS may be Korea Government officials."

(정부가 클라우드 기업을 위해 육성 정책을 만드는 것은 대단한 일이에요. 미국에는 이런 정책이 없습니다. 앞으로 마이크로소프트의 가장 큰 라이벌은 한국의 공무원들이 될지 모르겠네요.)

"짝짝짝"

"However, it is an action more important than a plan. If a good plan isn't action, it is a waste of time. They have to immediately do an action. Remember the words in Korea proverb, 'It takes more than pearls to make a necklace'."

(하지만, 계획보다 중요한 건 행동입니다. 좋은 계획도 실행하지 않으면 시간 낭비일 뿐이죠. 한국 속담에 '구슬이 서 말이라도 꿰어야 보배'라는 말을 기억하세요.)

"For reference, if I mention a few more as a success strategy of the 4th industrial revolution such as the Cloud, In Korea, policy consistency and driving force, simplification of procedures and deregulation, continuous technology development and investment, infrastructure creation and human resource development, and I think you need powerful leadership that encompasses these. Of course, it's something you already know."

(참고로, 클라우드 같은 4차 산업혁명의 성공 전략을 말씀드리면, 한국은 정책의 일관성과 추진력, 규제 완화와 절차의 간소화, 지속적인 기술개발과 투자, 인프라 조성과 인재 육성, 그리고 이것들을 아우르는 강력한 리더십이 필요하다고 생각해요. 물론, 이미 다 아시는 내용이겠죠.)


"What I felt while living in Korea is that Korea changes greatly every 5 years. I think probably because the president changed. However, the success strategy of the Fourth Industrial Revolution I mentioned is something that should not be changed even if the president changes."

(제가 한국에 살면서 느낀 점은 한국은 5년마다 크게 변하는 거예요. 아무래도 대통령이 바뀌어서 그런 거 같아요. 하지만, 제가 말씀드린 4차 산업혁명의 성공 전략은 대통령이 바뀌더라도 변하면 안 되는 내용입니다.)


"Everyone, when the first cars appeared in London a hundred years ago, At that time, the opposition of the horsemen was severe and they went on strike on the street. But they could not stop the appearance of cars. If I was a horseman, I would become quickly a taxi driver. Staying put is the riskiest position in a changing market. Someone may tell me as an opportunist, but it's a difference in viewpoint."

(백여 년 전, 영국 런던에 자동차가 처음 등장했을 때, 당시 마부들은 파업을 할 정도로 반대가 심했다고 해요. 하지만 자동차를 막을 순 없었어요. 제가 마부였다면, 전 재빨리 택시 기사가 됐을 겁니다. 변하는 시장에서 가장 위험한 태도는 안주하는 것이니까요. 어떤 분은 저를 얌체라고 하겠지만, 그건 견해 차이일 수 있겠죠.)

"It's a sad thing to lose your job. You have to buy food, a dress at once and then, raise children. The position of parents, they may break the heart of them when can't buying children's want things. So, I fully understand the horsemen. Do you think that someone stealing your job? People will tolerate it no longer. But where would you find a new chance?"

(직업을 잃는 건 슬픈 일입니다. 당장 먹을 것, 입을 것도 사야 하고 애들도 키워야 하잖아요. 아이들이 원하는 걸 못 해줄 때만큼 안타까운 일도 없습니다. 그래서 전 마부들을 충분히 이해해요. 누군가 자기 일자리를 가져간다고 생각해 보세요. 누구도 가만있진 않겠죠. 하지만, 여러분들은 어디서 일을 하시겠어요?)

"England economist [8]John Maynard Keynes said, 'The hardest thing in the world is not to accept new ideas, but to forget old ones.'"

(영국의 경제학자 케인즈는 '세상에서 가장 어려운 일은 새로운 생각을 수용하

...

8    존 메이너드 케인즈(John Maynard Keynes. 1883-1946)는 케인즈 학파의 대부로 1930년대 경제 대공황이 발생하자, 전통적인 경제 이론(자유방임, 시장 원리 등)과 다른 경제 이론을 제시해 유명해짐. 대표작으로는 『고용, 이자 및 화폐에 관한 일반이론(The General Theory of Employment, Interest and Money)』이 있음.

는 것이 아니라 과거의 생각을 잊는 것'이라고 했습니다.)

"The world is changing fast and new technologies are emerging every day. I think Cloud technology amounts to the same thing. Preferably, Cloud will be closer to you more easily than a car. And then it will be easier to use. There will be more chances to get it at Cloud"

(세상은 빠르게 변하고 새로운 기술은 매일 등장하고 있어요. 클라우드도 마찬가지입니다. 클라우드는 자동차보다 더 쉽게 여러분 곁에 다가갈 거예요. 이용하기도 쉽고 얻을 수 있는 기회도 더 많을 겁니다.)


"Everyone, don't think difficult about Cloud. You can use data easier whenever wherever in Cloud than before. Whenever you will wonder about Cloud, please ask us. MS Cloud's door is always open."

(클라우드를 어렵게 생각하지 마세요. 언제 어디서나 더 쉽고 빠르게 정보를 이용할 수 있어요. 클라우드가 궁금하면 언제든지 저희를 찾아주세요. 마이크로소프트의 클라우드는 항상 열려 있습니다.)


"This is my Cloud story I can do. I hope my story will help you. Finally, I will get your questions about Cloud."

(제 클라우드 얘기는 여기까지예요. 도움이 됐으면 좋겠네요. 마지막으로, 질문을 받겠습니다. 클라우드에 궁금한 거 있으면 물어보세요.)

"……."

"Don't be shy. Today, It's last chance to talk about Cloud with me. I have to go business trip to America tomorrow."

(부끄러워하지 마세요. 오늘은 저와 클라우드를 얘기할 마지막 기회예요. 저는 내일 미국 출장을 가거든요.)

"Here, Mr. John Gates! I have a questions."

(존 게이츠 이사님, 여기 질문 있습니다.)

"Okay. Tell me."

(저기 계시네요. 질문하세요.)

"I'm Rui Chung Kang, [9]CCTV reporter of China. I have two questions. First, How about the percentage of Cloud business at MS? and then, Tell me about Microsoft's strategy for the 4th Industrial Revolution."

(저는 중국 CCTV의 루이청강 기자입니다. 두 가지 질문이 있는데요. 첫 번째는 마이크로소프트에서 클라우드 사업 비중은 어느 정도인가요? 그리고 4차 산업혁명을 대비하는 마이크로소프트의 전략을 말씀해 주세요.)

"I expected Korean, but the Chinese reporter asked me a question. Anyway, I'll answer your questions. Nowadays, many people say about the 4th Industrial Revolution. AI, the Internet of Things, and Big Data are expected to lead the 4th industrial revolution. But I think Cloud is in the middle of the 4th industrial revolution. As I said, Cloud is the foundation of other

• • •

9    CCTV(China Central Television). 중국 국영 텔레비전 방송사.

IT technologies. It's hard to service without Cloud. We expect Cloud technology to be the foundation and completion of the 4th industrial revolution. The Cloud portion of our business is still small. But Microsoft is preparing for a new jump through Cloud too. Our cloud success strategy is similar to what I said earlier."

(저는 한국분 질문을 기대했는데, 중국 기자가 했네요. 아무튼, 답변 드리겠습니다. 요즘 많은 분들이 4차 산업혁명을 얘기하세요. 그분들은 인공지능이나 사물인터넷, 빅데이터가 4차 산업을 이끌 것으로 예상합니다. 하지만, 저는 4차 산업혁명의 중심은 클라우드라고 생각해요. 말씀드렸다시피, 클라우드는 다른 IT 기술의 기반입니다. 클라우드 없이는 서비스하기가 힘들어요. 클라우드 기술이 4차 산업혁명의 기본이자 완성이라고 생각합니다. 저희 사업에서 클라우드 비중은 작지만, 마이크로소프트는 클라우드를 통해 새로운 도약을 준비 중이에요. 그리고 저희의 클라우드 성공 전략은 앞서 말한 내용과 유사합니다.)

"Mr. John Gates, Your opinion is different from others. What is your basis for saying that?"

(존 게이츠 이사님, 이사님 의견은 다른 분들과 다른데, 근거를 말씀해 주세요.)

"I'm speaking based on statistical facts. According to our researchers, Cloud is expected to be the center of the 4th industrial revolution. AI, the Internet of Things may be more important, but our analysis doesn't. We respect the opinions of others. But It's hard to correctly predict fast-changing future Hi-tech. In particular, the 4th industrial revolution is more difficult."

(저는 통계적 사실에 근거해서 말씀드리는 거예요. 저희 마이크로소프트 연구원들의 분석에 따르면, 4차 산업혁명의 중심은 클라우드가 될 것으로 예상합니다.

AI나 사물인터넷이 더 중요해 보이지만, 저희 분석은 그렇지 않아요. 저희는 다른 분들의 의견을 존중합니다. 빠르게 변하는 미래 기술을 정확히 예측하기는 힘드니까요. 4차 산업혁명 기술은 더 하겠죠.)

"Mr. John Gates, Please tell me more detail."

(존 게이츠 이사님, 좀 더 자세히 말씀해 주세요.)

"I don't know well. Are you still hungry about MS Cloud? What can I talk about more specifically? Would I talk more about the 4th Industrial Revolution? or would I talk about the Cloud of Korea? If not, would I talk about Bill Gates instead of the Cloud?"

(글쎄요. 아직도 MS 클라우드에 궁금한 게 있나요? 뭘 더 구체적으로 얘기할까요? 4차 산업혁명 얘길 더 할까요? 한국의 클라우드 얘길 더 할까요? 아니면 클라우드 대신 빌 게이츠 얘길 할까요?)

"Not about that. I am wondering about the analysis data of MS researchers. You said you were based on statistical facts, how did you do your research, and what are the results? Tell me that detail."

(그런 거 말구요. 마이크로소프트 연구원들의 분석 내용이 궁금해요. 이사님은 통계적 사실에 근거했다고 하셨는데, 그 연구는 어떻게 했고 결과는 무엇인지, 자세히 얘기해 주세요.)

"That's our business secret. I can't even talk about it."

(그건 우리 회사의 영업 기밀입니다. 그것까지 말할 순 없어요.)

"I know that Microsoft's Cloud market share is currently behind [10]**Amazon**. Many market analysts say that Amazon is the absolute strongest in the Cloud. Why do you think Amazon is ahead of Microsoft? And what are your plans to catch up with Amazon in the future?"

(현재 마이크로소프트의 클라우드 시장 점유율은 아마존에 많이 뒤떨어져 있다고 알고 있어요. 시장 분석가들은 클라우드 시장에서 아마존이 절대 강자라고 하는 사람도 많습니다. 아마존이 마이크로소프트를 앞선 이유는 뭐라고 생각하세요? 그리고 향후 아마존을 따라잡을 계획은 뭔가요?)

"You know well. Amazon indeed has a larger market share than us. I think the reason that because it entered the Cloud market faster than us. But why are you telling me about someone else? I don't talk about other companies."

(잘 알고 계시네요. 아마존이 저희보다 시장 점유율이 큰 건 사실입니다. 그 이유는 저희보다 시장 진입이 빨랐기 때문이라고 생각해요. 근데, 왜 남의 회사 얘길 저한테 하시죠? 전 다른 회사 얘기는 하지 않습니다.)


"Mr. John Gates, you say a different story than analysts. I'm curious about that. You didn't talk about Microsoft's research yet. Tell me what the results are."

(존 게이츠 이사님은 분석가들과는 다른 얘기를 하잖아요. 전 그게 궁금해요. 마

...

10   1995년 제프 베조스(Jeff Bezos)가 설립한 전자상거래 회사. 사업 초기 인터넷 서점으로 시작했으나 현재는 클라우드, 웹 서비스 등 다양한 영역으로 진출해 세계 최대 전자상거래 회사로 성장함.

이크로소프트의 연구 얘기는 계속 안 하는데, 결과가 무엇인지 말씀해 주세요.)

"Stop it now please. It's hard to say anymore. Please think about others. I want to get questions from the Korean people."

(이제 그만하시죠. 더 이상은 곤란해요. 다른 사람도 생각하세요. 저는 한국분들의 질문을 받고 싶어요.)

"Microsoft does business in China. The Chinese market is much bigger than Korea. Answering my question is probably good for you. We can easily handle whether Microsoft's business in China will succeed or fail."

(마이크로소프트는 중국에서도 사업을 하잖아요. 중국 시장은 한국하고 비교도 못 할 만큼 훨씬 커요. 아마 제 질문에 답하는 게 좋을 겁니다. 저희 CCTV는 마이크로소프트의 중국 사업이 성공할지, 실패할지를 손쉽게 다룰 수 있어요.)

"What? Hey, listen! Chinese reporter, What are you talking about? Are you sick? How can you say such a thing here? Do you think I can stand it? If so, what I said today I only report in Korea, and China will limit the record."

(뭐요? 이봐요! 기자 양반, 지금 무슨 소리 하는 거예요? 어디 아파요? 어떻게 그런 말을 할 수 있죠? 누군 가만있을 거 같아요? 정 그렇게 나오면, 오늘 내 얘긴 한국에서만 보도하고 중국은 못 하게 제한하겠어요.)

"Mr. John Gates, I'm Chinese but I'm asking you on behalf of Asia. And Korean don't ask questions. Please answer my question."

(존 게이츠 이사님, 나는 중국인이지만, 아시아를 대표해서 질문하는 겁니다. 그

리고 한국 사람은 질문을 안 하잖아요. 그러니까 제 질문에 대답해 주세요.)

"어머, 저 사람 뭐야? 지가 아시아 대표래. 미쳤나 봐."

"그러게 말이야. 여기가 중국이야? 왜 저래?"

"저 사람은 여기 왜 왔어? 싸우려고 온 거야? 뭐야?"

"중국이 미국하고 싸우면 이길 줄 아나 보지. 어딜 가나 저런 놈들은 꼭 있다니까."

"아무래도 미국 사람 화난 거 같지?"

"나 같아도 화나겠다. 저렇게 얘기하는데, 누가 가만있어?"

"잘하면 한판 붙겠는데. 둘이 싸우면 누가 이길까?"

"싸우긴 왜 싸워. 싸우면 둘 다 손핸데."

"진짜 싸우면 우린 어떡하지?"

"어떡하긴. 이기는 놈한테 붙어야지."

"누가 질문 좀 하지, 왜 다들 가만있어?"

"그럼 니가 해 봐."

"내가 왜 해? 니가 해! 난 할 말 없어."

"Look at this. Korean no question"

(이거 보세요. 한국 사람은 질문이 없잖아요.)

"No, No. I think you're rude to Korean people. Aren't you a descendant of Confucius and Mencius? But why is that? I can't find any elegance in your words and actions at all. Don't you know manners make a man? Loose lips sink ships. And here is not China. I can't keep answering your questions. My time has passed."

(아니요. 방금 그 얘긴 한국 분들한테 실례예요. 당신은 공자, 맹자의 후손 아닌가요? 근데, 왜 그래요? 당신의 언행에선 품위라곤 전혀 찾아볼 수 없어요. 예의가 사람을 만드는 거 몰라요? 입이 가벼우면 신세를 망칩니다. 그리고 여긴 중국이 아니에요. 당신 질문에만 계속 답할 순 없어요. 제 발표 시간도 많이 지났구요.)

"……."

"Don't Koreans have any questions for me? Does anyone answer my quiz before? Is really no one? I will finish this if without Korean's questions. If you have any further questions, please contact our PR Office."

(한국분들은 질문 없나요? 아까 제 퀴즈에 답할 분도 없나요? 정말로 없나요? 한국분들 질문이 없으면 이만 마칠게요. 중국 기자는 더 궁금한 게 있으면 저희 홍보실에 얘기해요.)

"……."

"Thank you for listening to me until the end. If anyone answers the quiz, I tried to give you a chance to visit Microsoft's headquarters in Seattle on my business trip to the US with me, but it's too bad that there is no such person. I wanted to spend a beautiful night in Seattle with you, but unfortunately, I should do it next time."

(끝까지 들어주셔서 감사합니다. 제 퀴즈를 맞췄으면, 저의 미국 출장길에 시애틀에 있는 마이크로소프트 본사 방문 기회를 드리려고 했는데, 그런 분이 없어서 아쉽네요. 아름다운 시애틀의 잠 못 드는 밤은 다음에 하겠습니다.)

"우와아"

"I was angry at the end because someone today, but I apologize to everyone. My family's premise is not to make others feel uncomfortable, but I broke it. please understand. When I was excited, I enjoyed a cup of coffee but today I didn't have it. Koreans live to hang 'fast, fast' on your mouths but enjoy a cup of coffee like me. Then it will get better."

(제가 오늘 좀 흥분했어도 여러분들이 이해해 주세요. 우리 집 가훈이 '다른 사람한테 폐를 끼치지 말라'인데 그걸 어겼네요. 양해 바랍니다. 전 흥분하면 커피 한 잔의 여유를 즐기지만, 오늘은 그게 없어서 그런 거 같아요. 한국인들은 입에 '빨리, 빨리'를 달고 사는데, 그래도 저처럼 커피 한 잔의 여유를 즐겨보세요. 한결 나아질 겁니다.)

"짝짝짝"

"Anyway, I want to finish nicely the end of today with you. So, I have prepared another gift for you. As you can see a mug on my hand, this mug looks pretty as a cloud in the sky. When you will drink coffee with a mug, please remember MS Cloud."

(어쨌든, 전 여러분들과 기분 좋게 마무리하고 싶어요. 그래서 여러분들에게 다른 선물을 준비했습니다. 보시다시피, 제 손에 있는 머그컵이 하늘에 떠 있는 구름처럼 예쁘게 생겼죠. 커피 드실 때 MS 클라우드를 기억해 주세요.)

"Lastly, I remember the phrase of TV commercials. 'Won't miss it'. Everyone, don't miss Cloud. I'm looking forward to Cloud success of Korea. Good luck. Thank you."

(마지막으로, TV 광고의 문구가 기억나네요. '놓치지 않을 거예요'. 여러분, 클라우드를 놓치지 마세요. 그럼, 한국의 클라우드 발전을 기대합니다. 행운을 빌어요. 감사합니다.)

"짝짝짝"

박근혜 정부의 사물인터넷(IoT) 비리 사건

# 제7장 2012년 1차 연도 사업 마무리

## '사업은 결과로 말하는 것'

"부장님, 지경부에서 클라우드 자료가 나왔어요."

"이 팀장, 또 뭐가 나왔어?"

"이번에는 클라우드 산업 경쟁력 제고 방안이에요."

"경쟁력 제고 방안? 그건 또 뭐야? 얼마나 됐다고 무슨 경쟁력이야?"

"이 팀장, 우리한테 클라우드 경쟁력이 있기나 해? 공무원들 일하는 거 보면 자료는 귀신같이 만들어."

"최 과장님 그러게요. 다음 달이 12월이에요. 대통령 선거도 있고 좀 있으면 후보들 유세인데, 미리 대비해야 탈이 없죠. 지경부 없어진단 말도 있잖아요."

"이 팀장, 새로운 건 없어?"

"지난번 종합 계획하고 비슷해요. 우리 사업계획서 내용도 들어있네요."

"그럼 짜깁기한 거야? 새로운 것도 없는데 자료는 왜 냈대?"

"이런 게 어디 한두 갠가요. 지경부 차관이 클라우드 업계 관계자들하고 소통을 강화한다는 게 좀 새롭네요."

"소통? 갑자기 무슨 소통을 해?"

"연말이니까 사람들 만나겠다는 거죠."

"하여간 이놈의 정부는 뭘 해도 소통이래. 소통 없인 뭘 할 수가 없어. 도대체 소통이란 말은 누가 만든 거야?"

"이명박 대통령의 슬로건이잖아요. 대통령 될 때부터 얼마나 '소통, 소통' 했어요."

"웃기고들 있네. 소통 안 돼서 여태 이러고 살았대? 이 팀장, 이명박 대통령이 소통이면 노무현 대통령은 뭐야?"

"노무현 대통령은 연대예요."

"연대? 연세대?"

"그게 아니고 노무현 대통령 때 참여연대, 시민연대니 하면서 연대들이 많이 생겼잖아요. 그러니까 연대죠."

"하하하, 하여튼 말은 잘 만들어. 이 팀장, 그런 말은 누가 하는 거야?"

"종편 방송 있잖아요. 거기 나오는 평론간지, 전문가들이 하는 얘기예요."

"세상 좋아졌어. 요샌 그런 걸로 방송에 나오나? 그런 인간들 때문에 TV가 재미없지. 입들은 살아서 맨날 보수네 진보네 어쩌구저쩌구 지들끼리 웃고 떠드는 꼴이란…."


"부장님, 거기 교수하고 변호사들 많이 나와요."

"교수 좋아하네. 최 과장, 거기 나오는 교수들은 진짜 교수야? 겸임교수, 객원교수, 초빙교수, 외래교수 등등 잔뜩 나오던데 그 사람들은 학생은 가르쳐?"

"에이, 부장님도 참. 진짜 교수들이 나오겠어요. 그냥 이름뿐이에요."

"근데, 교수는 어떻게 됐어? 다들 교수고 박사래."

"타이틀이 좋잖아요. 대학원 대충 졸업하고 교수라는 사람들 많아요. 아마 부장님 정도면 교수할 수 있을걸요?"


"내가 미쳤다고 그걸 해. 그리고 변호사들은 또 뭐야? 변호사 일은 안 하고 왜 TV에 나오는 거야?"

"능력 있는 변호사가 나오겠어요. 실력 없는 싼마이들만 나오는 거죠. 말하는 거 보면 알잖아요. 딱 막말 수준이에요. 요새 TV에 나오는 변호사들은 얼굴 알려서 정치하는 게 코스예요."

"뭐 정치? 국회의원을 한다고? 진짜 그런 사람이 있어?"

"그럼요. 교수나 변호사들이 무슨 힘이 있어요. 다 떨거지들이죠. 국회의원은 돼야 어깨에 힘 좀 쓰잖아요."

"그런 놈들이 국회의원하고 장관 하니깐 나라가 이 모양 이 꼬라지야. 맨날 정의네 공정이네 지키지도 못할 구호만 외치잖아. 그래서 요새 내가 TV를 안 봐."

"부장님, 그냥 웃고 넘겨요. 이 팀장, 자료에 다른 건 또 없어?"


"클라우드 R&D 추진, 전략적 성장 지원 체계 구성, 클라우드 활용 확산 및 생태계 조성 등 뭐 이런 거예요. 아 그리고 또 뭐가 있네요."

"뭔데?"

"2020년까지 클라우드 산업 강국 및 글로벌 리더 실현!"

"2020년?"

"자료 마지막에 향후 비전으로 2020년까지 우리나라를 클라우드 산업 강국으로 만든다고 나왔어요."

"이 팀장, 그거 2018년 아니었어? 언제 2년 늘었지?"

"그러게요. 작년엔 2016년이라고 했다가 지난번 세미나 종합 계획에선 2018년으로 했는데, 이번에 또 2년 늘었네요."

"아주 잘한다. 지들 마음대로야."

"최 과장님, 그리고 클라우드를 빅데이터랑 사물인터넷하고 묶어서 3대 IT 신산업으로 성장시킨대요."

"하나라도 잘하지 무슨 3개나 성장시키겠대."

"우리나라 클라우드 시장이 작으니까, 다른 거하고 묶어서 키울 생각인가 봐요."


"이 팀장, 우리하고 관련 없겠지?"

"글쎄요 부장님. 이런 자료들이 워낙 많아서요. 연구원에서 무슨 얘기 있나요?"

"아직 특별한 건 없는데, 설마 우리한테 같이 하라는 건 아니겠지?"

"그럼요, 부장님. 클라우드 하나도 힘든데 빅데이터하고 사물인터넷을 어떻게 같이 해요. 그건 너무 무리예요."

"그래도 신경 쓰이네. 수석이 핑계 잡아서 빅데이터하고 사물인터넷까지 들고 나오면 아주 골치야. 조만간 올해 사업 결과 보고해야 하는데 수석이 뭐라고 할지도 걱정이구."

## | 12월 초 클라우드육성센터 회의실

"다들 모였어? 할 얘기가 있는데, 어제 윤 책임한테 연락 왔어. 다음 주에 올해 클라우드육성센터 사업 결과 보고하래."

"호랑이도 제 말하면 온다더니 바로 연락 왔네요. 부장님, 그나마 우리가 빨리 정리해서 다행이에요."

"최 과장, 사업을 했으면 결과가 있어야 하는데 뭐라고 보고할지 모르겠다."

"왜 없어요? 우리가 일한 거 보고하면 되잖아요."

"이대로 보고하면 수석하고 윤 책임이 가만있겠어? 지금 바짝 벼르고 있을 텐데."

"가만 안 있으면요? 지들이 시킨 건 다 했잖아요."

"그래도 느낌이 영 안 좋아. 내가 수석한테 잘못 보인 것도 있구."

"부장님, 이제 와서 지난 얘기하면 뭐 해요. 일하다 보면 티격태격 싸울 때도 있고 얼굴 붉힐 때도 있지, 어떻게 좋을 때만 있어요."

"맞아요. 부장님. 사업계획서 늦게 나왔어도 우리 할 일은 다 했잖아요. 너무 걱정하지 마세요."

"이 팀장, 그래도 이건 아닌 거 같애. 끝날 때까지 끝난 게 아니야."

"그럼 뭐가 문제예요?"

"나도 그걸 모르겠어. IT 일을 몇십 년 했어도 이번처럼 감이 안 오기는 처음이야. 수석이 원하는 게 뭔지 통 모르겠어."

"부장님답지 않게 왜 그래요. 제가 부장님하고 한두 번 일해요. 다른 일도 다 잘했잖아요."

"최 과장, 그래도 찜찜해. 기분도 안 좋구. 참 난감하네."

"걱정이 많아서 그래요. 막말로 부장님이 뭘 잘못했어요. 시킨 건 다 했잖아요."

"올해 클라우드 로드 쇼 말고 제대로 성과 난 게 없잖아. 그것도 홍 대리가 아는 사람한테 부탁해서 겨우 한 거 아니야. 수석은 로드 쇼만 인정할 거야."

"다른 건요? 저하고 홍 대리가 밖에 나가서 컨설팅을 얼마나 했어요. 지방에 가서 조그만 회사까지 클라우드 컨설팅하고 상담했잖아요. 그리고 이 팀장이 좀 바빴어요. 혼자서 클라우드 보고서 다 쓰고 시장 조사 해서 리서치도 했어요. 또 막내는 연구원 뒤치다꺼리를 얼마나 했어요."

"최 과장, 그런 얘기는 연구원 수석한테 씨도 안 먹혀."

"그게 우리 일인데 왜 안 먹혀요? 그리고 처음에 수석이 우릴 얼마나 닦달했어요. 그래서 부장님이 KIT 본사 가서 그 비싼 클라우드 서버하고 네트워크 장비들 다른 곳에 무료로 빌려줬잖아요. 이랬는데도 수석이 뭐라고 하면 그게 사람이에요."

"최 과장, 그런 거 말고 다른 게 필요해. 요새 TV에 부쩍 지경부 얘기 나오는 거 몰라? 4대강하고 운하도 엉망이고 해외 자원 개발도 말짱 도루묵 됐다고 하잖아. 지난번 지경부 자료 봐봐. 되는 게 없으니까 차관이 직접 클라우드 업체 만나잖아. 근데, 올해 사업 결과를 이대로 보고하면 뭐라겠어?"

"그게 우리 탓이에요? 지들이 일 망쳐놓고 우리한테 덮으면 안 되죠. 그리고 우리보다 더 큰 사업들도 자빠지는데, 우리가 일한 지 얼마나 됐다고 성과를 보여줘요. 그건 말도 안 돼요."

"그만 하세요. 김 부장님하고 최 과장님이 싸우시면 어떡하세요. 진정하시고 차분히 생각하세요."

"홍 대리 미안해. 이런 모습 보여서. 내가 책임자랍시고 일을 똑바로 해야 하는데, 그러지 못했네."

"아니에요. 부장님도 최선을 다하셨어요. 부장님이나 KIT 아니었으면, 클라우드육성센터 사업을 누가 해요. 다른 회사는 어림도 없어요."

"이 팀장, 내가 보니깐 연구원도 지금 지경부 눈치를 보는 거 같애. 이명박 정부가 몇 개월 안 남았잖아. 내년에 새 정부 들어서면 지경부 없어진단 얘기가 파다해서 대충 조금만 버티자는 심상이야. 알다시피, 대통령 선거 나온 박근혜 후보가 당선되면 정보통신부를 다시 만든다고 했어. 나도 올해 사업 결과만 보고하고 잘 넘어가면 좋겠는데, 연구원 수석이 워낙 깐깐하게 나오니까 그게 걱정이지. 이 팀장, 뭐 좀 좋은 방법 없을까?"

"글쎄요. 연말에 뭐가 좋을까요? 안 그래도 대통령 선거 때문에 시끄럽잖아요."

"홍 대리는 어때? 좋은 아이디어 좀 없어?"

"부장님, 저도 생각이 잘 안 나요."

"큰일이네. 그러지 말고 아이디어 좀 내 봐. 다음 주에 사업 보고해야 해."

"저… 부장님."

"막내야, 왜?"

"저하고 친한 학교 선배가 있는데요. 선배한테 부탁해서 저희 클라우드육성센터 소개하는 인터뷰를 하면 어떨까요?"

"니 선배가 누군데?"

"방송사 기자예요."

"기자라구?"

"네. 다음 주가 사업 보고잖아요. 시간도 없고 마땅한 아이템도 없는데, 선배한테 부탁해서 방송 인터뷰를 하면 어떨까 해서요."

"방송 인터뷰?"

"지금 상황에서 제일 쉽게 우릴 알릴 방법이에요. 자연스럽게 연구원도 같이 소개할 수 있구요."


"부장님, 막내 얘기 좋은데요."

"글쎄 방송 인터뷰라… 연구원에서 좋아할까?"

"그럼요. 자기네 홍보 방송하는데 왜 싫어하겠어요."

"그럴까? 이 팀장, 그럼 누굴 인터뷰하지?"

"연구원 원장이 어떨까요?"

"연구원 원장? 그 사람이 하려나?"

"아니면 지경부 차관은요? 지금 차관한테 방송 인터뷰하자면 마다하지 않을 거예요."

"그 바쁜 사람이 할까?"

"무조건 해야죠. 저희한텐 기회예요."

"기회라고?"

"그럼요. 지경부 차관이 클라우드 알리려고 동분서주하잖아요. 그리고 정권 말기예요. 대통령 자식도 잡아가는데 떨어진 끈을 누가 잡아요. 다음 주면 대통령 선거예요. 지금 방송에 자기 얼굴 나오면, 나중에 한자리할 때 도움 될 수 있구요. 요새 지경부 까는 뉴스만 나오는데 차관이 챙기는 클라우드 방송한다면 안 할 이유가 없어요. 부장님, 이왕 하는 김에 차관 인터뷰로 가시죠."

"그럼 어떡하지? 뭘 해야 하는 거야?"

"막내야, 선배 방송사 어디야?"

"KBS요."

"부장님, 괜찮은데요. KBS 인터뷰면 차관이 무조건 해요."

"차관이 할까? 괜히 문제 되지 않겠어?"

"아니에요. 차관이 좋아할 거예요."

"그럼, 인터뷰 내용은 뭘로 해?"

"우선, 지난번에 지경부가 발표한 클라우드 산업 경쟁력 방안하고 우리나라 클라우드 정책을 얘기해야죠."

"빅데이터하고 사물인터넷은? 지경부 자료에 같이 있었잖아?"

"다른 것보다 클라우드를 먼저 띄우세요."

"4대강하고 해외 자원 개발 이런 거 얘기하면 어떡하지?"

"그 얘기는 큰일나요. 지나간 거 말고 클라우드육성센터 얘길 해야죠. '클라우드 기술이 우리나라의 미래 먹거리다. 이젠 IT 산업에 집중하고 기술을 키워야 한다. 그 중심에 클라우드육성센터가 있다.' 뭐 이 정도 얘기하면 되지 않을까요?"

"이 팀장, 지금 대통령 선거가 한창인데, 차관 인터뷰가 나갈 수 있겠어? 차관하곤 어떻게 연락하지?"

"부장님, 방송사면 차관 연락처는 알고 있을 거예요. 막내야, 선배한
테 차관 인터뷰하자고 할 수 있겠어?"

"그럼요. 걱정 마세요. 또 뭘 하면 될까요?"

"우선 선배한테 시간 있냐고 물어봐. 자세한 건 부장님이 선배 만
나서 얘기한다고 해."

"네, 알겠습니다. 선배한테 바로 연락할게요."


"부장님, 차관 인터뷰만 성사되면 일이 쉬울 거예요."

"다음 주에 사업 결과 보고하는데, 차관 인터뷰를 할 수 있을까? 연
구원에 얘기해야 하지 않겠어?"

"부장님, 지금 차관 인터뷰가 더 중요해요. 차관 인터뷰 나가면 연구
원 수석도 꼼짝 못 할 거예요. 꿩은 매가 잡고 공무원은 언론이 잡는다
고 했어요."

"정말 그래?"

"그럼요. 부장님. 저희가 이럴 때가 아니에요. 지경부 클라우드 자료
는 제가 준비할게요. 부장님은 막내 선배한테 뭐라고 할지 생각해 보세
요."

"그래, 알았어."

# 제8장 2013년 불길한 시작

## '슬픈 예감은 틀린 적이 없다'

"시청자 여러분 안녕하십니까. 12월 20일, KBS 정오 뉴스입니다. 어제 실시된 [11]제18대 대통령 선거에서 새누리당의 박근혜 후보가 민주통합당의 문재인 후보를 누르고 우리나라의 새 대통령에 당선됐습니다. 헌정사상 첫 여성 대통령입니다. 박근혜 후보는 오늘부터 대통령 후보에서 대통령 당선인으로 신분이 바뀌게 되며, 대통령에 준하는 경호를 받게 됩니다. 아시다시피, 박근혜 대통령 당선인은 제5대에서 9대까지 대통령을 지낸 박정희 전 대통령의 딸입니다. 지금 새누리당 당사에 나가 있는 송민수 기자를 불러보겠습니다. 송민수 기자! 자세한 소식 전해주시죠."

…생략…

"이 팀장, 박근혜 후보가 정말 대통령 됐어!"

"그러게요. 최 과장님. 설마 했는데 진짜 대통령이 됐어요. 문재인 후보보다 100만 표나 더 많아요. 대통령 선거에서 처음으로 50% 이상

···

11  2012년 12월 19일 제18대 대통령 선거에서 새누리당의 박근혜 후보는
    51.6%의 득표율로 민주당의 문재인 후보(48%)를 제치고 대통령에 당선됨.

득표했대요."

"그러게 말이야. 남자도 하기 힘든 걸 여자가 하다니 참 대단해! 아버지를 닮아서 그런가, 사람이 강단이 있어! 박근혜 대통령은 연말을 따뜻하게 보내겠다. 대통령 되면 얼마나 좋을까?"

"좋긴요. 저 사람도 이제 고생문이 훤해요."

"대통령이 무슨 고생을 해? 밑에 사람들이 고생하지."

"밑에 사람을 어떻게 믿어요. 대통령이 잘해야지. 옛날같이 마음대로 할 수 있는 것도 없고 일 못 하면 욕은 욕대로 먹잖아요. 세상에서 제일 욕 많이 먹는 사람이 대통령일 거예요. 나는 저런 걸 왜 하는지 모르겠어요."

"우리 같은 보통 사람이 그걸 어떻게 알아? 하늘이 찍어준 사람만 아는 거지. 그래도 한 번 해 보고 싶다. 평생 욕먹으면 어때? 한 번 사는 인생인데 뭐가 아쉬워. 어딜 가나 사람들이 떠받들고 다니잖아. 군인이 별을 달면 100가지가 바뀐대. 군인도 그 정돈데 대통령은 오죽하겠어. 세상 다 바뀌는 거지. 매일 구름 위를 걷는 기분일 거야."

"최 과장님도 참. 지금 세상이 어떤 세상인데요. 대통령도 일 못 하면 욕먹는 세상이에요. 요즘 사람들 보세요. 대통령이라고 호락호락 넘어가나요. 면전에 대고 할 얘기 다 해요. 나중에 어떻게 될지 아무도 몰라요. 대통령도 정신 바짝 차려야 한다구요."

"근데 말이야 이 팀장, 이번에 정권 바뀌면 우리는 어떻게 되는 거야? 뭐 달라지는 게 있나? 뉴스 보니까 박근혜 대통령 공약이 정보통신부를 부활한다는 건데, 클라우드육성센터는 어떻게 되는 거야? 이름이라도 바뀔까?"

"갑자기 이름을 왜 바꿔요. 그런 쓸데없는 짓을 하겠어요."

"그럼 어떻게 돼?"

"아마 피바람 불 거예요."

"뭐? 피바람?"

"정권 바뀌는데 가만있겠어요. 갈 사람은 가고 올 사람은 오고 싹 바뀌는 거죠."

"대통령 바뀌면 장차관은 다 바뀔 테고, 지경부하고 연구원 사람들도 바뀔까?"

"설마 밑에 사람들까지 바뀌겠어요. 그 사람들 바뀌면 일은 누가 하게요."

"이번에 지식경제부 없어진다며. 지경부가 좀 커. 산업자원부, 정보통신부, 과학기술부 합쳐서 만들었잖아. 지경부 없어지면 그 많은 공무원들은 어디로 가는 거야?"

"지금쯤 어느 줄이 동아줄이고 썩은 줄인지 눈치 보고 있겠죠. 차라리 없어지는 게 나아요. 일도 못 하는 게 덩치만 커서 무슨 일 하는지도 모르잖아요. 이름도 이상하게 지식경제부가 뭐예요? 경제부도 아닌 게 괜히 지식은 앞에 붙여서 애매하게시리…."


"일부러 그랬다고 하던데."

"일부러요?"

"응, 애매하게 해야 사람들이 모르지. 그래야 돈 빼먹기 쉽다구."

"하하하, 누가 그래요?"

"누구긴 종편 방송 전문가들 있잖아. 요샌 인터넷 방송이 인긴데, 거기서 말하는 거 보면 아주 가관이야. 이상한 놈들 서넛이 시시덕거리고 이것저것 떠드는데, 도대체 뭐 하는 인간들인지 모르겠어."

"뭐 하는 인간이긴요. 입만 벌리면 거짓말에 음모에 가짜 뉴스 퍼트리는 놈들이죠."

"어떤 놈은 이명박 대통령하고 뭔 원수를 졌는지 나오기만 하면 맨날 까는데 어떨 땐 꼭 정신 나간 놈 같애."

"사람이 정신이 나가면 호르몬이 바뀐 대요. 그런 거 듣지 말아요."

"머리는 치렁치렁해서 뭐가 그리 좋은지 맨날 낄낄거리고 깐족대도 세상 걱정은 다 해. 지들 없으면 세상 망하는 줄 알아."

"다 선동꾼들이에요. 독버섯 같은 얘기에 현혹되지 마세요."

"요샌 연예인도 나와. TV에는 안 나오고 왜 거기에 나오는지 모르겠어. 연예인은 정치 얘긴 안 하면 좋겠는데 같이 하더라구. 자기 일 열심히 하면 좋은데 말이야. 얘기하는 거 보니까 거기 나오는 사람들하고 형, 동생 하더라구."

"TV에 못 나와도 우리보다 훨씬 잘 살아요. 세상에서 제일 바보 같은 걱정이 연예인 걱정이에요."

"연예인들이 TV에 못 나와? 왜?"

"밉보여서 못 나오는 사람들 많대요."

"그러니까 연예인은 정치 얘기하면 안 된 대니까. 잘 알지도 못하잖아. 지난번 광우병 사건 났을 때 봐. 가만있으면 되는데 알지도 못하고 괜히 SNS에 글 올렸다가 고생한 사람이 한둘이야? 편하게 살지, 왜 줄서기를 하는지 몰라. 뭐라고 했더라, 웃자고 한 얘기에 죽자고 덤빈다나? 덤비지 말라고 했나?"

"최 과장님, 광우병은 정치 얘기 아니에요."

"그게 그거지. SNS도 너무 많이 해서 탈이야. **[12]누가** 그랬다며, SNS는 인생 낭비라고."

"정치인하고 연예인은 공생하잖아요. 정치 행사에 연예인들이 왜 가겠어요? 서로 도와주고 밀어주고 이용하는 거죠. 이해타산이 딱 맞는 관계예요. 그리고 지금 TV에 못 나와도 지들 세상 만나면 또 나와요. 지금 잘 나가도 언제 한 방에 갈지 모르구요."

"정치인하고 같이 돌고 도는 건가?"

"그래야 공평하죠. 한 번 뜨면 돈을 수없이 버는데 혼자 다 가지면 되겠어요? 골고루 나눠야죠."

"그런 게 있는 줄 몰랐네."


"그러니까 그런 걸 왜 들어요. 그리고 제대로 까지도 못하잖아요."

"제대로 못 까다니?"

"최 과장님은 집 주소 알아요?"

"자기 집 주소 모르는 사람이 어딨어?"

"옛날 주소 말고 새로 나온 주소요. **[13]도로명 주소!**"

...

12  알렉스 퍼거슨(Alex Ferguson). 박지성 선수가 뛰었던 맨체스터 유나이티드 축구팀 감독임. 1986년부터 2013년까지 맨체스터 유나이티드를 맡아 총 38번의 우승컵을 안김. 퍼거슨 감독은 2011년 5월, 웨인 루니가 트위터에서 팔로워와 논쟁을 벌이자 "트위터는 인생의 낭비다. 인생에는 더 많은 것들을 할 수 있다. 차라리 독서를 하기 바란다."고 말함.

13  지번 주소를 대체한 새로운 주소 체계. 지번 주소의 동, 리, 지번 대신 도로에 이름과 건물에는 번호를 부여함. 도로명 주소 도입은 1996년 시작됐으며, 2007년 도로명 주소법이 제정된 이후 전국적으로 도로명판과 건물번호판을 설치하고 2014년 1월 전면 시행됨. 일부 전문가들은 도로명 주소가 정착되려면 최소 30년은 걸릴 것으로 예상함.

"아니, 그 주소는 잘 모르겠어. 잘 외워지지도 않고 복잡하게 왜 만들었는지 몰라. 사람 헷갈리게."

"최 과장님 그거 왜 만들었는지 알아요?"

"나야 모르지. 왜 만들었는데?"

"저도 모르죠. 하지만 그런 걸 까야 대박 터지는데, 맨날 신변잡기나 까니까 꿈적도 안 하죠."

"이 팀장은 뭐 아는 거 같은데?"

"몰라요. 저도 불편해서 그래요."

"에이, 그러지 말고 얘기해 봐."

"지난번에 MS의 존 게이츠 이사가 그랬잖아요. 대통령이 바뀌어도 변하면 안 되는 것들이 있다구. IT 산업이 그런 거 아니겠어요. 노무현 대통령이 애써 키워놨지만 5년 만에 개밥 됐어요. 그 잘난 4대강 사업 때문에. 멀쩡한 주소 바꾼 것도 똑같아요."

"그럼 4대강 사업은 바꿔도 돼?"

"그거 때문에 녹조 생겨서 물이 더 더러워졌어요. 내가 장담하는데 4대강에 만든 보, 10년 안에 반드시 해체합니다. 내가 성을 갈게요."

"그걸 다시 해체한다구? 비싼 돈 들여서 만들었으면 잘 관리해서 쓸 생각 해야지 해체를 왜 해? 4대강 사업도 대통령이 바뀌어도 변하면 안 돼. IT도 중요하지만 치수 사업도 중요하잖아. 그거 해체하면 분명히 다른 이유에서 그런 거야."

"다른 이유 없어요. 당장 환경이 파괴되잖아요. 그리고 지금이 어느 땐데 치수 사업을 해요. IT 사업을 해야죠. 이명박 정부가 잘못 판단했어요."

"그래도 대통령 욕하는 거 보면 좀 심할 때도 있어. 대통령도 사람인데 무슨 일만 생기면 다 대통령 탓하잖아. 돈이 많아서 그런가?"

"한국 사람들 배곯는 건 참아도 배 아픈 건 못 참아서 그래요."

"TV 보니깐 아들도 잡혀갔어. 돈이 얼마나 많으면 그래. 자기가 주체 못 해서 아들한테 넘긴 거야."

"이거 봐봐. 벌써 물들었네. 이상한 놈들 얘기 들으니까 최 과장님도 이상해지잖아요."

"아니야. 듣고 있으면 또 재밌어. 은근히 중독되더라구. 입들은 살아서 말을 얼마나 잘하는지 몰라. 가끔 맞는 말도 해."

"뭐가 맞아요. 사람들이 좋아하니까 진짜 좋아하는 줄 알고 들떠서 하는 얘기예요. 최 과장님, 제가 민감한 얘기 하나 할까요?"

"무슨 민감한 얘기?"

"그놈들 **¹⁴천안함 사건** 났을 때 뭐라고 한 줄 알아요?"

"뭐라고 했어?"

"뭐라긴요. 암초에 부딪쳤네, 미군 잠수함하고 충돌했네, 말도 안 되는 개지랄 떨더니 나중에 북한 소행으로 밝혀져도 한마디 사과 없이 계속 딴소리만 했어요. 우리나라 군인들이 몇 명이 죽었는데, 음모론만 퍼트렸다구요. 반성이라곤 눈곱만큼도 없어요."

"그래? 왜 그랬을까? 혹시 빨갱이 아니야?"

...

14  2010년 3월 26일 백령도 인근 해상에서 해군 소속의 천안함이 침몰한 사건. 승조원 104명 중 46명이 전사하고 58명이 구조됨. 2개월 후, 정부가 구성한 민군합동조사단은 북한의 어뢰 공격으로 천안함이 침몰했다고 발표함.

"빨갱이요? 빨갱이는 아무나 돼요. 뭘 알아야 빨갱이가 되죠. 그놈들은 공산주의의 '공' 자도 몰라요. 게다가 민주 투사는 더욱 아니구요."

"그럼 뭐야?"

"**[15]인지 부조화**에 최적화된 인간들이에요."

"인지 부조화?"

"이솝우화에 여우와 포도 얘기가 나와요. 나무에 열린 포도를 먹으려고 여우가 높이 뛰지만 결국은 못 먹죠. 그리고는 '저 포도는 맛이 없을 거야. 분명히 덜 익었어.'라고 말해요."

"그래서?"

"이 얘기의 핵심은 자신이 가질 수 없는 것을 경멸할 수 있다는 거예요. 무언가를 원하지만 얻을 수 없을 때 그것을 비판하면서 자신의 부조화를 줄이는 거죠."

"능력 없어도 자기만족 하면서 살면 되잖아?"

"그 정도면 다행이게요. 그놈들은 그 이상이에요. 절대 만족 안 해요."

"어떻게 하는데?"

"양다리 걸치고 돈 있는 쪽에 빨대 꽂아요. 장담하는데 나중에 다른 배 사고 나도 또 다른 이유 들어서 음모론 퍼트릴 놈들이에요."

"설마 두 번이나 그러겠어."

"두고 보세요. 이명박 대통령이 아무리 미워도 그렇지 어떻게 방송

. . .

15   인지 부조화는 자신의 태도와 행동이 일관되지 않고 모순되어 양립할 수 없
     는 상태를 말함.

에서 대놓고 그런 얘길 하는지 모르겠어요. 그걸 내보내는 방송국 놈들이나 우르르 달려가서 좋다고 듣는 사람들이나 똑같아요."

"이 팀장, 우리 대화가 정치 얘기로 변질된 거 같애. 원래 이게 아니잖아."
"제가 좀 흥분했네요. 미안해요."

"이 팀장, 그래도 그게 돈이 되나 봐. 엄청 열심히들 해. 방송 녹음해서 인터넷에 올리려면 서버 비용이 만만치 않을 텐데 말이야."
"또 무슨 광고나 하겠죠. 돈 안 되는 걸 하겠어요."
"누가 그러는데, 책을 ¹⁶크라우드 펀딩으로 만들었대."
"크라우드 펀딩이요?"
"요샌 개인들한테 얼마씩 받는 게 있나 봐. 걔네 인터넷 방송 듣는 사람들이 돈을 낸 거 같은데, 며칠 만에 몇억을 걷었다고 하더라구."
"그거 봐요. 내가 그럴 줄 알았어요. 지들은 돈 한 푼 안 내고 남의 돈으로 장사하는 거잖아요. 요새 누가 책을 읽는다고 책 만드는 데 몇억씩 써요. 다 지들 주머니에 들어가지. 돈 많은 사람들 욕하면서 지들도 악착같이 버는 거 보면 가증스러워요. 요즘 세상에 누가 누굴 욕해요. 똑같은 속물들인데. 도무지 상식적이지 않은 놈들이에요."
"돈 싫어하는 사람이 어딨어. 돈 좋아하는 게 죄는 아니잖아. 내가

...

16   Crowd Funding. 대중(Crowd)으로부터 자금(Funding)을 받는다는 의미
     로, 인터넷이나 모바일, SNS 등을 통해, 다수의 개인들에게 자금을 모으는
     것을 말함.

돈 때문에 안 싸우는 집안을 못 봤어. 재벌 형제들만 싸우는 게 아니더라구. 사이 좋던 형제자매들도 한순간에 원수 되더라니까. 그게 세상 이친 거 같애."

"제 말은 그게 아니잖아요. 말도 안 되는 얘기 지껄이고 강연료로 수천만 원씩 받으면서 그 얘긴 쏙 빼는 게 죄지, 죄가 아니에요? 판사의 망치하고 목수의 망치는 같아야 한다면서요. 근데, 왜 지들은 남들보다 더 쳐 받는 거예요. 개념 발언이라면서 세상 훈장질은 다 해요."

"개념 발언? 무슨 개념? 거기서 개념이 왜 나와?"

"그걸 누가 알아요. 개념 연예인이라고 그럴듯하게 보이니까 못도 모르고 막 갖다 붙이는 거죠."

"연예인이면 연예인이지 개념 연예인은 뭐야? 무슨 개념 얘긴지 통 모르겠네. 뭐가 그리 어려워?"

"그러게 말이에요. 무슨 대단한 얘깃거리라도 있는 양 사람들을 호도하는 것들이 부조리의 극치예요. 아니면 지식의 한계던가."


"하긴 그래. 대통령 욕하면서 뒤에선 지들도 똑같이 해 먹잖아. 없이 살아서 그런가?"

"빈곤들의 뻔뻔한 항변이죠. 차라리 부럽다고 얘기하는 게 솔직해요. 그런 놈들이 인터넷 방송에서 남들 욕하는 거 보면, 참 웃기는 세상이에요."

"그래 맞아. 얼마나 잘 먹고 잘사는지 살이 뒤룩뒤룩 쪄서 얼굴에 기름이 좔좔 흘러. 일본의 <sup>17</sup>**사이비 교주** 닮았어."

"누구요?"

"왜 있잖아. 옛날에 일본 도쿄 지하철에 가스 테러한 교주. 옴 진리교였나?"

"최 과장님, 그런 저급한 인신공격은 좋지 않아요."

"왜 또 이래? 욕은 이 팀장이 더 하고선."

"유구무언입니다."


"그리고 그런 인간들이 꼴에 가오는 잡고 싶은지 죄다 외제 차 몰더라고."

"그게 어울려요? 돼지 손톱에 매니큐어 칠한다고 사람 손 되는 것도 아니고, 대중교통이 이렇게 잘 돼 있는데 없는 것들이 괜한 과시욕 부리는 거예요."

"하긴 자가용 타다가 버스나 지하철 못 타지. 배운 거 없고 빈곤한 인간들이 돈 생기면 가장 사고 싶은 게 아마 외제 차일 거야. 어깨에 힘 주고 자랑할 수 있는 최고의 아이템이잖아."

"그런 인간들 때문에 독일 차가 많이 팔리는 거예요. 없어서 못 판다잖아요. 아마 일본보다도 우리나라가 더 많이 팔릴걸요. 독일 차들이 배출 가스 조작으로 환경을 오염시키든 말든 상관도 없어요. 게다가 우리나라는 그런 회사들을 일하기 좋을 회사라고 홍보도 해줘요. 그게 어떻게 되는지도 모르고 말이죠. 이러니까 맨날 한국 사람들이 호구 소리

...

17    아사하라 쇼코. 옴 진리교의 교주로서, 1995년 3월 20일 일본 도쿄 지하철
       에 독가스인 사린을 살포해 많은 사상자를 냄.

듣는 거예요."

"이 팀장은 나중에 성공하면 뭐 할래?"

"성공이요? 제가 무슨 성공을 해요. 성공해도 그냥 사는 거죠."

"에이, 아니지. 성공하면 그랜저 사야지."

"난 또 뭐라고. 그랜저는 우리 같은 보통 사람이 성공해야 사는 차고, 인터넷 방송의 그놈들은 거들떠보지도 않아요."

"그래 맞아. 그놈들은 걱정이 없는 놈들 같애."

"무슨 걱정이 있겠어요. 인터넷 방송으로 살판났는데. 다음부턴 그런 놈들 얘기 듣지 말아요. 인터넷 방송이라도 하니까 사람 대접받지, 어디 가서 사람 구실도 못 해요."

"이 팀장도 그 인터넷 방송 들어봤어? 어떻게 생각해?"

"무슨 생각을 해요. 그놈들의 얘기는 통상적이고 합리적인 수준의 의혹 제기를 넘어서 진실로 단정하는 형식이고, 합리적이라고 볼 만한 객관적 근거도 현저히 부족해요. 그리고 객관적 사실과 주관적 의혹을 의도적으로 편집해서 말하고, 사람들이 막연한 의혹을 사실로 믿도록 오도하면서 허위 사실을 진실로 가장하려는 목적을 가진 의도적인 침해이기 때문에 비난받아 마땅해요. 또 허위 사실이나 의혹을 단순히 말하는 데 그치지 않고 언론 보도나 수사기관을 통해 많은 이들이 그놈들의 주장을 접하게 해서 이해관계의 상대편에게 정신적 고통을 가중시키는 수법이에요."

"헉, 그게 무슨 소리야?"

"한마디로 아주 나쁜 새끼들이에요."

"일말의 양심도 없는 건가?"

"그런 고급스러운 표현은 안 어울려요. 그냥 지들 편한 대로 지껄이고 사는 거예요."

"이 팀장, 그 사람들이 클라우드 서버 이용하면 우리 일 홍보되고 좋지 않을까?"

"최 과장님, 그냥 놔두세요. 지들이 알아서 해요."

"이 팀장도 생각해 봐. 사람들이 클라우드를 이용해야 우리 일이 잘 되지. 지금처럼 해서 되겠어? 그 사람들이 조금만 이용하면 금방 홍보될 거야. 입소문이 무섭잖아."

"연구원은 그런 거 관심도 없어요."

"이 팀장, 이번에 연구원 사람들은 바뀔까?"

"그 사람들은 그냥 있을 거예요."

"그냥 있다구?"

"연구원 원장이나 바뀔까, 나머지 사람들은 안 바뀌어요."

"난 거기 수석 좀 안 봤으면 좋겠어. 꼭 기생오라비처럼 생겨서 재수 없단 말이야. 거만하기도 하고."

"거만이요?"

"왜 있잖아. 괜히 주는 거 없이 미운 사람!"

"우리한텐 얄미워도 공무원들한텐 예뻐요. 수발 잘 드는데 왜 바꾸겠어요."

"그런가. 공무원들이 자기네 사람 심으려고 연구원 사람들 바꾸지 않을까? 요새 봐봐. 낙하산 많잖아. <sup>18</sup>관피아 때문에 말들이 얼마나 많아. 서로 공공기관 가려고 난리들인데, 정권 바뀌면 더 하겠지."

"그래도 수석은 안 바뀌어요. 그 인간은 나가라 해도 안 나갈 인간이에요."

"그래, 맞아. 평생 있으면서 빼먹을 거 다 빼먹을 놈이지."

"최 과장님, 괜히 남 걱정 말고 우리 걱정이나 해요."

"이 팀장 말이 맞다. 지금 내가 누굴 걱정해. 우리 일도 힘든데."

"근데, 요새 김 부장님한테 무슨 일 있어요? 기분이 안 좋으신 거 같아요."

"나도 모르겠어. 지난주에 연구원 갔다 오더니 통 말이 없네. 사업 결과 보고가 잘 안 됐는지 말을 안 하니까 알 수가 있어야지."

## ▎ 2013년 1월, 어느 날

"여보세요? 이 팀장, 나야."

"네, 한 부장님. 안녕하세요. 오랜만이에요."

"그래, 잘 지냈어? 그동안 바빠서 전활 못 했어. 거기 일은 잘되지?"

"그저 그렇죠. 클라우드육성센터는 언제 오세요? 저희하고 식사 한

...

18 관료+마피아의 줄임말.

번 하셔야죠."

"그래야 하는데 시간이 안 나네. 그래서 말인데, 오늘 저녁에 시간 있어? 시간 되면 광화문으로 와. 할 얘기도 있고."

"무슨 얘기요?"

"이 팀장한테 할 얘기가 있어서 그래. 다른 사람한텐 얘기하지 말고 혼자만 왔으면 하는데?"

"저 혼자요?"

"응. 김 부장님이나 최 과장한텐 얘기하지 말고 혼자만 와."

"네, 알겠습니다. 그럼 이따 광화문에서 뵐게요."


## | 그날 저녁 광화문

"한 부장님, 잘 지내셨죠? 새해 복 많이 받으세요."

"그래, 이 팀장도 새해 복 많이 받고 건강해. 다른 사람들하고 일하게 해놓고 가 보지도 못해서 미안해. 다른 사람들도 잘 있지?"

"그럼요. 작년 사업 끝내고 이제 올해 사업 준비하고 있어요."

"다른 일은 없구?"

"다른 건 없어요. 대통령 바뀌고 정부 바뀐다고 좀 뒤숭숭해요. 지경부 없어진단 얘기고 있구요. 연구원이 지경부 소속이잖아요."

"클라우드육성센터 사업이 정부 사업이라 좀 그렇겠네. 그거 말고는 다른 일은 없지?"

"네, 없어요. 이제 올해 일해야죠."

"김 부장님은 잘 계시구?"

"그럼요. 근데, 요새 김 부장님이 좀 안 좋으신 거 같아요. 많이 피곤하신지 말씀도 잘 안 하세요. 좀 힘드신가 봐요."

"맞아. 내가 자주 가서 도와야 하는데 KIT 본사 일이 많아서 말이야. 다른 프로젝트 때문에 갈 수가 있어야지."

"김 부장님한테 무슨 일 있나요?"

"그게 말이야, 요새 김 부장님이 좀 힘들 거야."

"왜요? 무슨 일인데요?"

"지난 12월에 김 부장님이 연구원에 사업 결과 보고했잖아. 그리고 며칠 뒤에 연구원에서 전화가 왔어."

"연구원에서요? 연구원에서 왜요?"

"이 팀장, 그게 말이지… "

"한 부장님, 무슨 일인데요?"

"우선 이 팀장만 알고 있어. 다른 게 아니고, 연구원에서 클라우드육성센터에 있는 사람들을 바꾸려고 해."

"저희를요?"

"응. 지금 인력들 다 바꾸고 새 인력으로 교체하라고 하더라구."

"갑자기 왜요?"

"아무래도 작년 사업 결과가 안 좋아서 그런 거 같애. 솔직히 연구원 눈에 안 든 거지."

"그래도 갑자기 인력을 바꾸면 어떡해요? 올해 사업은 누가 하라구요?"

"연구원 자식들이 하도 막무가내로 나와서 말이야."

"그래서 뭐라고 하셨어요?"

"절대 안 됐다고 했지. 지금 와서 어떻게 바꿔. 사업 망칠 일 있어."

"연구원에서 누가 그래요?"

"거기 수석 있잖아. 연구원 수석."

"수석이 한 부장님한테 사람을 바꾸래요?"

"나한테도 그러고 지난번 사업 결과 보고 때도 김 부장님한테 얘기했나 봐."

"김 부장님한테도 얘기했어요? 아 그래서 우리한텐 얘길 안 했구나."

"김 부장님이 지금 속 좀 썩을 거야."


"한 부장님, 이젠 저흰 어떡해요?"

"어떡하긴 계속 있어야지. 일할 사람도 없는데."

"수석이 바꾸라고 했다면서요. 가만히 계시게요?"

"그건 아니지."

"그럼 어떡하시게요? 저희 클라우드육성센터 나오면 KIT에 갈 수 있어요?"

"아직 그렇게는 안 돼."

"작년에 약속하셨잖아요. 일 끝나면 KIT가 스카우트 한다구."

"그건 사업이 다 끝나면 그런 거지. 아직 올해 일이 남았잖아. 그리고 지금 KIT도 임원 인사 중이라 당장 직원 뽑기는 힘들어. 그건 이 팀장이 이해해줘."


"그럼, 다른 방법 있어요? 이 한겨울에 클라우드육성센터 나오면 어딜 가라구요. 저야 다시 학교 가면 되지만 다른 사람들은 갈 데가 없잖아요.”

"그래서 말인데, 김 부장님이 연구원 수석한테 뭐라고 했냐면…”

"뭐라고 했는데요?”

"자기는 나가더라도 다른 사람들은 올해까지 계속 있게 해달라고 얘길 했나 봐.”

"김 부장님만 나가신다구요?”

"그래. 그것도 내가 안 된다고 수석한테 얘기했는데 김 부장님이 상의도 없이 먼저 얘길 했으니, 나도 난감해.”

"수석이 김 부장님 나가라고 일부러 그러는 거 아니에요?”

"아니야. 수석 얘기는 원래 전부 교체였어. 근데, 김 부장님이 다른 사람들은 남게 해 달라고 했나 봐. 아마래도 수석한테 부탁한 거 같애.”

"저야 그렇다 쳐도 최 과장님이나 홍 대리, 막내는 김 부장님하고 같이 왔잖아요. 그 사람들이 가만있겠어요?”

"지금 김 부장님이 얘기하고 있을 거야. 이 팀장한테는 내가 얘기하는 거고.”

"그 사람들도 나간다고 하면요?”

"가길 어딜 가. 계속 있어야지. 한 명이라도 더 나가면 올해 클라우드육성센터 일 못 해. 이 팀장도 알잖아.”


"한 부장님, 이거 너무하는 거 아니에요? 김 부장님이 뭘 잘못했다고 나가라는 거예요? 멀쩡한 사람 데려와서 1년도 안 돼 나가라뇨. 이건 한 부장님이 막아주셔야죠.”

"나도 그러고 싶어. 근데, 연구원 수석이 김 부장님하고 일을 못 하겠대. 자기 말을 안 듣는다고 하던데 어떻게 된 거야? 둘이 무슨 일 있었어?"

"좋은 관계는 아니지만, 그래도 이렇게 나가라고 할 줄 몰랐어요."

"비위 좀 맞추지 그랬어. 그런 사람들 성격 몰라? 수석은 시작부터 클라우드육성센터 사람들이 말을 안 들어서 힘들었대. 그게 진짜야?"

"힘들어도 저희가 더 힘들었어요. 김 부장님이나 저희는 할 만큼 했습니다. 해야 할 일 말고도 시키는 건 다 했어요. 일 못 해서 나가라고 할 순 있지만, 마음에 안 든다고 나가라는 건 잘못 아닌가요? 한 부장님도 저희가 문제라고 생각하세요?"

"나야 아니지."

"저희도 사람인데 저희가 다 잘했다고 어떻게 말하겠어요. 김 부장님하고 1년 남짓 있었지만 일에는 큰 문제가 없었어요. 저희가 연구원 사람들 기분 못 맞출 정도로 아둔한 것도 아니구요. 그 사람들 성격까지 파악 못 한 게 잘못이라면 저도 할 말은 없네요."

"이 팀장, 내 말이 그게 아니잖아. 나랏일 하는 사람들이 갑질 하는 맛에 사는데, 기분 좋게 해줘야지. 거기다 대고 같이 싸우면 우리만 손해인 거 몰라."

"저희가 을인 걸 왜 모르겠어요. 그래도 할 말은 해야죠. 부당한 것도 한두 번이지, 그 이상을 어떻게 참아요."

"이 팀장, 세상이 다 그래. 아니꼽고 더러운 게 돈 버는 거야."

"아무튼, 죄송합니다."


"이 팀장 그만하자. 이 정도로 끝내. 일부러 그런 것도 아니잖아. 내가 왜 김 부장님을 모르겠어. 뭘 해도 사람을 잘 만나야 하는데 이번엔 운이 없었어. 어찌 됐건, 본인은 나가더라도 다른 사람은 있게 해달라고 부탁한 김 부장님은 인정해. 다음 달에 새로운 부장님이 클라우드육성센터에 갈 거야. 이 팀장이 힘들어도 새 부장님 가시면 많이 도와줘."

"김 부장님도 알고 계세요?"

"다 얘기했어. 김 부장님도 좋다고 했구. 연구원 수석 그 여우 같은 게 나한텐 말도 없이 회사에다 먼저 얘길 한 모양이야. 상무님도 이미 알고 있더라구. 그래서 이번에는 외부 사람이 아니라 KIT 본사 부장님이 책임자로 갈 거야."

"수석이 가만있어요?"

"KIT 본사 부장이 가는데 뭐라고 할 거야? 이 팀장, 남은 사람들이라도 합심해서 올해 클라우드육성센터 일 다시 하자. 지금쯤 김 부장님도 다른 사람들하고 얘기 끝냈을 거야. 이왕 이렇게 된 거 어떡하겠어. 남은 사람이라도 살아야지. 이 팀장, 힘내고 나중에 김 부장님 만나서 술 한잔하자."

# 제9장 박근혜 대통령 취임

## '이때까진 아무도 몰랐다'

## | 2월 초, 클라우드육성센터 회의실

"안녕하세요. 박 부장이에요. 다들 만나서 반가워요."

"네, 안녕하세요."

"여기 계신 분들이 작년에 고생했다고 들었어요. 내가 도움이 될진 모르겠지만 아무튼 잘 부탁해요."

"아니에요. 박 부장님. 필요한 거 있으시면 언제든지 말씀하세요."

"이 팀장이죠?"

"네."

"김 부장님한테 얘기 많이 들었어요. 이 팀장한테 많이 물어보라고 하던데 잘 좀 가르쳐 줘요."

"제가 뭐 아는 게 있어야죠. 여기 최 과장님이나 홍 대리가 더 잘해요."

"이왕에 모였으니 잠깐 얘기할까요? 내가 갑자기 여기로 발령을 받아서 이전 책임자한테 인수인계를 못 받았어요. 연구원 담당자는 올해 클라우드육성센터 업무 계획서를 보내 달라고 하네요. 그래서 우선 여러분들이 하는 일을 정리해서 나한테 보내줘요."

"네, 알겠습니다."

"그리고 업무 파악 겸 개인 면담을 하려고 해요."

"개인 면담이요?"

"대단한 건 아니고 각자 하는 일을 내가 모르니까 면담하면서 물어보려구요. 애로사항도 들어보고."

"……."

"부담가질 거 없어요. 여러분 시간 날 때 10분, 20분 잠깐 할 거예요. 서로 친해지려고 하는 거니까 편하게 생각해요."

"네, 알겠습니다."

"나는 오후에 연구원 수석하고 회의가 있어요. 거기 수석이 보통내기가 아니라고 하던데, 많이 깐깐한가요?"

"네, 좀 그렇습니다."

"처음이라 나도 겁이 나는데, 우리가 잘하면 뭐라고 하겠어요. 아무튼, 난 회의 땜에 나가야 하니까 여러분들 업무 정리해서 내 메일로 보내줘요."


## | 2013년 2월 25일, 제18대 박근혜 대통령 취임식


"시청자 여러분 안녕하십니까. 특집 KBS 뉴스를 시작합니다. 오늘은 박근혜 대통령 당선인이 제18대 대한민국 대통령으로 취임하는 날입니다. 저희 KBS는 대통령 취임식이 열리는 여의도 국회의사당 앞에 특별 스튜디오를 설치하고 앞으로 약 2시간 동안 이원 생방송으로 박근혜 대통령의 취임식을 전해 드리겠습니다. 그럼, 현장에 나가 있는 기자를 불러 취임식 준비 사항을 들어보겠습니다. 신동윤 기자 나와주세요."

"네, 국회의사당에 나와 있는 신동윤입니다."

"신동윤 기자, 지금 뒤쪽에 많은 인파들이 보이는데요. 자세한 현장 소식 전해주시죠."


"네, 박근혜 대통령 취임식이 열리는 이곳 국회의사당 앞에는 국내외 귀빈들을 비롯해 많은 시민들이 추운 날씨에도 불구하고 이른 아침부터 운집한 가운데 박근혜 대통령의 취임을 축하해 주고 있습니다. 오늘 취임식에는 역대 최대인 약 7만 명의 시민들이 참가할 것으로 예상되는데요. 참가 시민들은 오방색이 연상되는 색종이를 흔들면서 축제 분위기를 더하고 있습니다. 현재 전직 대통령들을 비롯한 국회의장과 대법원장, 국무총리 등 3부 요인 및 여야 대표, 각국 외교 사절단들은 이미 취임식 단상에 착석을 마친 상탭니다.

오늘 박근혜 대통령이 취임 연설을 하게 될 왼쪽에는 이명박 전 대통령 내외를 비롯해 전두환, 김영삼 전 대통령과 김대중 전 대통령의 부인인 이희호 여사께서 앉아 계십니다. 하지만 노태우 전 대통령과 노무현 전 대통령의 부인인 권양숙 여사는 건강상의 이유로 오늘 참석하지 못했습니다. 또한, 지난 대선에서 민주당의 대통령 후보로 나섰던 문재인 의원은 개인 사정으로 참석하지 않은 것으로 알려졌는데요. 역대 대통령 선거 패배자들이 선거 승리자의 대통령 취임식에 참석하지 않는 관행은 이번에도 이어지고 있습니다.

　현재 취임식장 단상에는 가수 싸이가 자신의 히트곡인 「강남스타일」을 부르면서 시민들과 함께 말 춤을 추고 있는데요. 특히 태국에서 온 [19]**잉락 친나왓** 총리가 다른 귀빈과는 다르게 싸이의 말 춤을 같이 추는 모습과 연신 카메라 플래시를 누르는 기자들의 모습이 아주 인상적입니다.”

　“신동윤 기자, 아직까진 박근혜 대통령 모습은 보이지 않는데요. 지금 어디에 계십니까?”

　“네, 박근혜 대통령은 현재 국회의사당 내 사무처에서 오늘 읽게 될 취임사를 최종 검토하는 것으로 전해졌습니다. 잠시 후면 박근혜 대통령의 취임사가 있을 예정인데요. 그동안, 오늘 취임식에 오신 시민분들과 인터뷰를 가져 보겠습니다.”

　“안녕하세요. 잠시 인터뷰 부탁드립니다. 나이가 지긋하신데요. 추운 날씨에 오늘 어떻게 오셨나요?”

　“박근혜 대통령님이 우리나라 대통령으로 취임하는 날인데 추워도 당연히 와야죠.”

　“그러세요. 이번 대선에서 박근혜 대통령을 뽑으셨나요?”

　“그럼요.”

　“박근혜 대통령을 뽑으신 이유가 뭔가요?”

···

19　태국의 28대 총리이자 첫 여성 총리임. 2011년 8월부터 총리직을 수행했으나 권력 남용 등의 이유로 2014년 5월 실각됨.

"박근혜 대통령님이야말로 국민을 위하는 대통령이라고 생각해요. 저는 박근혜 대통령의 아버지인 박정희 대통령 때부터 지지한 사람이에요. 오늘날 우리나라가 이렇게 잘살게 된 게 누구 때문입니까? 박정희 대통령 때문이잖아요. 잘살아보겠다고 박정희 대통령이 우리나라 경제를 일으켰기 때문에 지금 우리가 잘살게 된 거 아니에요. 저는 박근혜 대통령님이 아버지인 박정희 대통령만큼 정치를 잘해서 우리나라를 더 잘살게 해 줄 거라고 믿습니다. 박근혜 대통령 각하 만세!"

"네, 알겠습니다. 인터뷰 감사합니다."


"다음은 중년의 남성분과 인터뷰를 하겠습니다. 선생님, 안녕하세요. 어디에 사시는 누구신가요?"

"창신동에 사는 김상현이라고 해요."

"하시는 일은요?"

"조그만 슈퍼마켓을 하고 있어요."

"그러세요. 그럼 사장님이시네요. 사장님께서 많이 바쁘실 텐데, 어떻게 오셨나요?"

"박근혜 대통령한테 부탁 좀 하려고 왔어요."

"무슨 부탁이죠?"

"제가 창신동에서 슈퍼를 한 지 20년이 넘었는데 지금처럼 힘든 때가 없어요. IMF 때보다도 더 힘들어요."

"사업이 많이 힘드시군요. 뭐가 제일 힘드세요?"

"경제 대통령이라고 해서 뽑았더니 살림살이는 더 힘들어지고 돈은 대기업들만 버는데, 이게 나라예요? 저 같은 자영업자들은 정말 죽을 맛입니다."

"사장님, 모두가 어려운 이때에 조금만 더 허리띠를 졸라매는 지혜가 필요할 거 같습니다. 희망을 가지시면 사업이 잘되실 거예요."

"희망이요? 그게 뭔데요? 우리 같은 자영업자는 지금 당장 허리가 끊어질 판인데, 희망이 무슨 소용이에요. 동네 골목에서 슈퍼 하면서 겨우 먹고 사는데, 도로변에 대형마트가 들어오게 하면 어떡해요? 골목상권 보호법은 언제 되는 거예요? 대형마트 다 들어오고 우리 같은 사람 죽어야지 할 거예요? 대체 누가 만들기는 해요?"

"사장님, 국회의원들이 법을 만들고 있습니다. 조금만 더 참아보세요."

"쳇, 국회의원을 어떻게 믿어요. 선거 때나 보일까 말까, 평소에는 코빼기도 안 보여요. 그런 양반들이 우리 같은 사람들 안중에나 있어요."

"사장님 마음은 충분히 이해하지만 그래도 국민을 대표하는 국회의원들입니다."

"국민대표 좋아하네. 지들이 좋아서 하는 거지 누가 하라고 했어요."

"사장님, 격앙되신 거 같아요. 고정하시구요. 오늘은 우리나라의 새 대통령이 취임하는 경사스러운 날입니다. 같이 축하해 주시면 좋을 거 같아요."

"내가 오죽 답답하면 남의 잔칫날에 와서 이런 얘길 하겠어요. 만들라는 거는 안 만들고 창신동 꼭대기 낙산공원에 괜한 벽화마을은 만들어서 온 동네 벽에다 그림만 잔뜩 그려놓고, 도대체 어떤 인간들이 허락도 없이 남의 집 담벼락에 그림을 그리는 거예요? 어디 잡히기만 해 봐라."

"사장님, 그래도 벽화마을에 관광객들이 많다고 들었어요. 관광객이 많아지면 지역 경제 활성화에 도움 되지 않나요?"

"도움은 얼어 죽을. 거기 사는 사람들은 지금 다 쫓겨나게 생겼어요. 얼마나 고통스러운지 몰라요."

"아니, 왜요?"

"기자 양반은 [20]젠트리피케이션도 몰라요? 사람들이 많이 오니까 집주인들이 카페 하고 식당 한다고 세입자들을 내보내잖아요. 월세가 얼마나 올랐는지 몰라요. 그리고 사람들이 골목마다 쓰레기를 죄다 버리고 가서 동네가 엉망진창이에요. 우리가 동물원 원숭이 새끼도 아니고, 아무 때나 대문 열고 들어와서 기웃거리고 사진 찍고. 오려면 조용히 혼자 올 것이지 왜 개들은 줄줄이 끌고 와요. 동네가 아주 개판이에요."

"사장님, 요새 애견 인구가 많습니다. 이젠 강아지가 가족인 시대예요."

"그럼, 우린 개만도 못한 거예요. 재미 삼아 놀러 온 사람들은 그게 낭만이고 추억이겠지만, 주민들은 생사가 달렸어요. 애견 인구 많아졌다고 반려동물 사업만 내놓는데, 우리한테도 뭔가 대책을 세워줘야 할 거 아니에요. 이런 일은 누가 해요?"

"그건 서울시에 물어보세요."

"내가 한두 번 전화한 게 아니에요. 맨날 자기네 소관 아니라고 전화만 빙빙 돌리고, 다른 데 전화하라면서 면피나 하고. 말끝마다 민생, 서민, 어쩌구저쩌구 하는데 그 잘난 서울시장 얼굴 한번 봤으면 좋겠어

...

20 Gentrification. 낙후된 도심 지역이 활성화돼 기존에 거주하던 저소득층
  주민들이 내몰리는 현상.

요. 대체 그 사람은 하는 일이 뭐예요?"

"서울시장도 나름 바쁘시겠죠. 사장님이 이해해 주세요."

"참는 것도 하루 이틀이지 이젠 울화통이 터져서 못 살겠어요. 이번에도 해결 안 되면 서울시장 고소할 거예요."

"사장님, 그건 좀 지나친 행동이세요. 그분은 서울시민이 뽑은 엄연한 시장입니다."

"일을 잘해야 시장이지. 잘한다 잘한다 하니까 진짜 잘하는 줄 아는 모양인데 어림도 없어요. 이럴 거면 당장 사퇴해요. 그리고 방송에서 좋은 것만 보여주지 말고 나쁜 것도 보여줘요. 편파적으로 하지 말고!"

"사장님, 저희 KBS는 우리나라의 대표 공영방송입니다."

"그래서 수신료 꼬박꼬박 받아 가잖아요. 짝짝 좀 합시다."

"수신료는 공정방송을 지향하는 데 쓰고 있습니다."

"지향? 염병하네. 난 그런 유식한 말 모르겠고 아무튼, 박근혜 대통령님! 제발 저희 좀 살려주세요. 저흰 대통령님밖에 믿을 사람이 없어요."

"네, 자영업 사장님의 안타까운 사연이었습니다. 박근혜 대통령께서 귀 기울여 주시면 좋겠습니다."


"다음은 분위기를 좀 바꿔서 젊은 분과 인터뷰를 하겠습니다. 여기 젊은 분이 나와 계신데요. 아직 학생인 거 같은데, 자기소개 좀 부탁드릴게요."

"자기소개까진 필요 없구요. 그냥 취업 준비하고 있어요."

"취준생이시군요. 취준생이면 취업 걱정이 많을 텐데, 무슨 말씀을 하고 싶으세요?"

"무엇보다 일자리죠. 일자리 좀 많이 만들어 주면 좋겠어요."

"역시 그렇군요. 특별히 가고 싶은 직장이 있나요?"

"공무원이죠. 공무원 자리 좀 많이 늘려주세요."

"왜 공무원이 되고 싶으세요? 국가를 위한 봉사 정신이 투철하신가요?"

"아니요. 그런 건 없구요. 요즘같이 경제가 어려울 때, 대기업들은 구조 조정하고 중소기업은 폐업하는데 공무원들은 굳건하잖아요. 임금 삭감도 없지, 칼퇴근에 정년보장 되는 직장이 요새 어딨어요? 그렇다고 골치 아프게 머리 쓰는 것도 아니고, 사고 안 치면 잘리지도 않잖아요. 얼마나 좋아요."

"하지만, 공무원은 경쟁도 심하고 시험도 어렵잖아요. 공무원을 늘리면, 나중에 공무원 연금이 많아져서 국가 재정 부담이 클 텐데요. 나랏일 하려면 이런 것도 생각해야 하지 않을까요?"

"그건 제가 모르죠. 공부하기도 바쁜데 그런 걸 언제 신경 써요. 그리고 연금 때문에 공무원 하는데, 연금 많다고 하면 지금 공무원들 것부터 줄여야죠. 왜 나중에 되는 사람들만 손해를 봐요?"

"네, 알겠습니다. 혹시 창업할 생각은 안 해 보셨어요?"

"창업이요? 창업을 왜 해요? 창업하면 다 망해요."

"요샌 창업해서 성공한 젊은 CEO들이 많잖아요. 정부 지원도 많구요."

"많긴 뭐가 많아요. 성공한 사람도 한두 명밖에 안 돼요. 나라에서 지원해줘도 망하는 사람들이 훨씬 많아요. 솔직히 공무원 시험보다 더 힘든 게 창업이에요. 우리나라는 무조건 공무원이 최고예요. 박근혜 정부는 공무원 자리 좀 확 늘렸으면 좋겠어요."

"여담이지만, 우스갯소리로 우리나라 정치는 삼류, 공무원은 이류, 기업은 일류라고 하잖아요."

"기자 아저씨가 하나만 알고 둘은 모르시네요. 국회의원은 4년, 대통령은 5년이지만 공무원은 영원해요."

"그래도 아직 젊은데, 기업가 정신이 필요하지 않을까요? 어떤 **²¹회장**님은 거북선이 그려진 지폐로 해외 투자를 받아서 우리나라 조선 산업을 일으켰잖아요."

"쳇, 그게 기업가 정신이에요? 기자 아저씨가 TV를 너무 많이 보셨네요. 성공했으니까 망정이지 실패했으면 뭐라고 했을까요? 그래도 기업가 정신이라고 했겠어요? 정신 나갔다고 했을 거 같은데요. 아니면, 무모한 정신이라고 할 거 아니에요. 실패 책임을 먼저 생각해야지 어떻게 그런 무책임한 얘길 할 수가 있죠? 남 따라 창업했다간 패가망신하기 딱 좋아요. 그리고 요새 누가 지폐 쪼가리 하나 보고 투자해요? 기자 아저씨는 하겠어요?"

"기업가 정신으로 창업을 해야 새로운 사업이 만들어지고 일자리가 늘어나죠. 요샌 학교에서도 배우지 않나요?"

"지금 학생들은 그런 얘기에 콧방귀도 안 뀌어요. 기업가 정신 같은 소리는 학교 교수님이나 하는 얘기죠. 누가 그걸 곧이곧대로 믿어요? 창업이 좋으면 창업하지 교수는 왜 해요? 이론하고 실전은 달라요. 기자 아저씨도 회사 관두고 창업하세요. 그럼 되겠네요."

...

21  정주영 현대그룹 회장(1915년~2001년). 1970년대 조선 사업을 하기 위해 영국의 바클레이즈 은행 관계자에게 당시 우리나라 500원 지폐에 그러진 거북선을 보여줬다는 일화로 유명함.

"네, 이만하겠습니다. 박근혜 대통령께서 일자리 창출을 위해 많이 노력하실 거 같습니다. 이상, 인터뷰를 마치고 카메라를 스튜디오로 넘기겠습니다. 스튜디오 나와주세요."

"신동윤 기자, 잠시만요. 박근혜 대통령 취임 연설이 지연된다는 소식입니다. 현장에 시민 목소리를 더 전해주시죠."

"아, 네 알겠습니다. 그럼, 마지막으로 한 분만 더 인터뷰 하겠습니다. 어린이와 함께 오신 여성분이신데요. 안녕하세요. 어디에 사시는 누구시죠?"

"오산에 사는 가정주부예요."

"주부시군요. 오산이면 꽤 먼 거린데요. 어떻게 오셨어요?"

"아이 교육에 도움 될 거 같아서 왔어요."

"그러세요. 여성이고 주부시면 박근혜 대통령한테 하실 말씀이 많으실 거 같은데요. 한 말씀 부탁드립니다."

"저는 가정주부라서 아이 교육이 제일 중요해요. 오산은 낙후돼서 교육 환경이 너무 열악해요. 서울에만 특목고, 자사고가 많은데 오산에도 특목고 하나 만들어 주세요."

"주부님, 오산에도 좋은 학교가 있지 않나요? 오산이 교육 도시로 유명하던데요."

"교육 도시요? 애들이 몇 명이나 있다고 교육 도시예요? 경기도에서 사람이 제일 적은 도시가 오산이에요."

"주부님, 오산 국회의원들 중에 교육 전문가가 많다고 들었어요. 오산을 우리나라 최고의 교육 도시로 만들겠다고 했는데요."

"그런 건 정치적 구호에 지나지 않아요. 제가 오산에 살지만 오죽하면 이러겠어요. 서울에 특목고 다니는 애들만 좋은 대학 가는데 이건 너무 불공평해요. 지방 사는 아이들에게도 공평한 기횔 주면 좋겠어요. 그리고 그 국회의원은 젊은 여자한테 홀려서 사진 찍기에 바빠요. 그런 사람 말을 어떻게 믿어요."

"네? 젊은 여자요? 그게 누구죠?"

"얼굴은 반반하다고 하는데 나 같은 주부가 누군지 어떻게 알아요. 명색이 국회의원이라는 사람이 어디서 그런 사기꾼을 만났는지 모르겠어요. 지금은 해외로 도망가서 잡지도 못한데요."

"네 그렇군요. 그런 사람은 꼭 잡아서 한국에 데려왔으면 좋겠네요."

"오산 국회의원이면 오산을 위해서 일 해야지 왜 엉뚱한 사람 만나서 사진을 찍어요. 오산 주부들은 특목고를 원한다고요."

"역시 자녀 교육 걱정이 크시네요. 주부님, 특목고 말고 일반고에 다니면 안 될까요? 일반고에도 좋은 학교들이 많잖아요?"

"일반고는 SKY를 못 가잖아요. 서울 강남에 돈 많고 부모 잘난 집 애들만 SKY 가란 법 있어요? 기회는 평등하고 과정은 공정하고 결과는 정의롭단 말도 다 정치적 구호에요. 우리나라 교육은 정말 거지 같아요. 지방에 못 사는 애들도 가야 공평한 거예요."

"아닙니다. 주부님. 일반고 학생도 공부 잘하면 SKY 갈 수 있어요."

"기울어진 운동장에서 가길 어딜가요? 기자 양반은 애 안 키워요?"

"아직 미혼입니다."

"그러니까 그런 한가한 소릴하죠. 나중에 결혼해서 애 낳아봐요. 우리나라에서 애들 대학 보내는 게 얼마나 힘든지 알 거예요."

"네 알겠습니다."

"그리고 사람이 먼저라면서 왜 강아지 공원이니 테마파크만 잔뜩 짓는지 모르겠어요. 개똥도 안 치우고 개 버리는 사람이 얼마나 많아요? 사람 갈 공원도 없잖아요. 그 자리에 번듯한 학교 지어서 애들 공부시키고 같이 놀게 하면 좀 좋아요?"

"오산에 강아지 테마파크가 들어서나요?"

"그거 들어온다고 오산이 뭐가 달라져요."

"왜죠? 오산에 반려인들이 좋아할 거 같은데요. 오산이 반려견 문화 도시가 되지 않을까요?"

"오산이 반려견 문화 도시가 된다구요? 쳇, 오산에서 [22]**동물교감교육** 한 업체가 어떻게 된 줄 알아요?"

"어떻게 됐는데요?"

"어떻게 되긴요. 망해서 없어졌어요."

"아니 왜요? 동물교감교육이면 강아지하고 교감하면서 활동하는 거잖아요. 어린이들이 동물교감교육을 받으면 정서적으로 안정되고 생명 존중 의식도 높아져서 미국이나 유럽에서는 아주 각광 받는 교육입니다."

"오산이 미국이에요? 갖다 붙일 걸 붙여요."

"주부님, 그 업체는 왜 망했어요?"

"오산시가 그 교육한다고 해서 몇 년을 오산시 내 초등학교에서 공

...

22　사람과 동물이 교감을 통해 정서적, 인지적, 사회적, 신체적 발달을 촉진시키고 다양한 문제 예방과 회복 효과를 얻을 수 있는 활동임. 우리나라에서는 동물매개교육, 동물매개활동, 동물교감치유 등으로 혼용되어 사용되고 있음.

짜로 교육을 했는데, 시간 지나니까 돈 없다고 그만하자고 해서 돈도 못 받고 지금 망했어요. 처음에는 시장이 와서 사진 찍고 뭐하고 난리 블루스를 치더니, 그거 끝나니까 입 싹 닫고 없는 일 됐어요. 근데, 오산이 반려견 문화 도시가 돼요? 그 잘난 테마파크에 돈 쓰지 말고 학생들 교육에 신경 쓰라고 하세요. 억울한 업체 만들지 말고."

"그런 일이 있었군요. 안타까운 일이네요. 동물교감교육을 하면 어린이들한테 좋은데, 괜히 엄한 업체만 망했네요."

"우리나라 공무원들한테 신뢰라는 게 있어요? 오직 자기들 자리만 중요하죠. 애당초 공무원을 믿은 게 잘못이에요. 아무튼, 오산에도 특목고 하나 만들어 주세요."

"네, 알겠습니다. 말씀 잘 들었습니다."

"그리고 또 있어요. 저희 오산만 집값이 안 올라요. 인근 동탄은 새 아파트가 들어서서 집값이 많이 올랐는데 오산만 그대로예요."

"주부님, 그건 당연하죠. 새 아파트 지으려면 재개발하고 돈이 들어가니까 집값이 오를 수밖에 없습니다."

"그럼, 오산도 재개발해 주세요. 오산만 집값이 안 올라서 이살 못 가요. 우리도 새 아파트에서 살고 싶어요."

"주부님은 부동산 가격이 왜 오른다고 생각하세요?"

"시장이 부동산을 주도해야 하는데 정부가 주도하려니까 가격이 미친 듯이 오르죠. 정부는 보조 역할만 하면 돼요. 그리고 세금으로 집값 잡겠다는 발상이 잘못이에요. 수요와 공급 법칙이 있잖아요. 공급을 늘리면 가격은 당연히 떨어지는데, 그걸 모르고 대출 규제하고 세금으로 집값 잡겠다니까 반발이 크죠. 무주택자, 1주택자, 다주택자 누구 하나 좋아하는 사람도 없고 옛날보다 규제만 더 심하잖아요. 자기들은 강남에 아파트를 몇 채씩 가지고 있으면서 왜 서민들은 못 갖게 하는 거예요?"

"네, 그건 맞습니다만… "

"그리고 집값을 서민들이 올렸어요? 지들이 안절부절못해서 지지고 볶고 하니까 올랐잖아요. 서민들은 가만있는데 왜 들쑤셔요? 노무현 정부도 부동산 잡겠다고 얼마나 난리였어요. 그때도 집값만 잔뜩 올려놓고 해결된 건 없잖아요. 왜 똑같은 실패를 반복하죠? 벌써 잊은 거예요? 아니면 정신을 못 차린 거예요? 또 빈털터리 돼서 눈물 콧물 짜지 말고 이제라도 정신 좀 차렸으면 좋겠어요."

"주부님 말씀은 정부 관계자들이 잘 듣고 있을 겁니다."

"주부도 아는 걸 경제 공부했다는 청와대 사람들은 왜 모르죠? 교육하고 부동산은 정부가 개입해서 될 게 아니에요. 더 복잡해지고 되는 것도 없어요. 차라리 모르면 제발 좀 가만 냅두세요."

"주부님, 부동산 정책은 국토교통부 소관입니다."

"지금 거기 장관이 누구예요? 대통령이 모르면 잘 아는 전문가를 장관에 앉혀야지 측근한테 맡기니까 부동산이 엉망이죠. 장관 자리가 사례 보답하는 자리도 아니고 어디서 그런 맹한 사람을 장관에 앉혔는지 모르겠어요. 무엇보다 부동산 시장에 대한 이해가 너무 떨어져요. 더 심각한 건 무식한 사람이 신념을 가질 때예요. 그럼 나랏일이 어떻게 되겠어요? 그땐 빼도 박도 못 해요. 박근혜 대통령은 제발 그러지 않았으면 좋겠어요."

"그래도 다들 똑똑한 사람들입니다."

"누구 놀려요? 말만 한 게 벌써 스무 번이 넘어요. 꼭 일 못 하는 인간들이 말은 많아서 지키지도 못할 것만 둘러대고 미사여구 잔뜩 떠벌려서 사람들 혼동시켜요, 그리곤 뒤에선 딴짓하는 게 분명해요."

"그게 뭐죠?"

"뭐긴 뭐예요. 증세하는 거죠. 집값보다 세금이 더 올랐어요. 집값은 팔아서 돈이 들어와야 내 돈이 되지만, 세금은 돈이 있건 없건 얄짤 없이 내야 하잖아요. 지금 상황에서 누가 집을 팔겠어요? 집이 편의점에 있는 물건도 아니고 하루 이틀에 팔려요? 괜히 집 있는 사람들 투기하는 나쁜 사람 만들어 놓고 세금 더 걷으려는 거죠. 요새 여기저기 돈 퍼주는 데가 좀 많아요. 그게 다 세금이에요. 자기 돈이면 그렇게 하겠어요. 절대로 안 하죠. 오죽하면 거위 털을 고통 없이 뽑는다고 하겠어요. 서민들만 죽어나는 거예요."

"주부님 지식이 대단하세요. 거위 털을 고통 없이 뽑는다는 말은 처음 듣는데, [23]**누가** 한 말이죠?"

"기자가 그것도 몰라요? 그건 프랑스의… "

"주부님, 잠깐만요. 시청자 여러분, 지금 방금 박근혜 대통령께서 단상에 올라오셨습니다. 바로 [24]**취임사**를 연설하실 거 같은데요. 그쪽으로 카메라를 넘기겠습니다."

"저기요, 인터뷰 좀 더 할게요. 마이크 이리 줘 봐요. 다음은요… "

"주부님, 방송에서 이러시면 안 돼요. 화면을 빨리 단상으로 넘기겠

...

23　장 바티스트 콜베르(Jean Baptiste Colbert. 1619~1683). 프랑스의 루이 14세 때 재무장관으로, '과세의 핵심은 가능한 한 최소의 울음으로 최대한 많은 양의 거위 깃털을 뽑아내는 것으로 이루어진다(The art of taxation consists in so plucking the goose as to obtain the largest possible amount of feathers with the smallest possible amount of hissing)'고 말함.

24　2013년 2월 25일 당시 박근혜 대통령의 취임사를 인용함.

습니다. 휴… 오늘 인터뷰 졸라게 힘드네, 씨발."

"야! 신 기자, 화면 아직 안 넘어갔어! 너 방송에서 욕하면 어떻게 새
끼야!"
"헉… "

존경하는 국민 여러분! 700만 해외 동포 여러분!

저는 오늘 대한민국의 제18대 대통령에 취임하면서 희망의 새 시대를 열겠다는 각오로 이 자리에 섰습니다. 저에게 이런 막중한 시대적 소명을 맡겨주신 국민 여러분께 깊이 감사드리며, 이 자리에 참석해주신 이명박 대통령과 전직 대통령, 그리고 세계 각국의 경축사절과 내외 귀빈 여러분께도 감사드립니다.

저는 대한민국의 대통령으로서 국민 여러분의 뜻에 부응하여 경제 부흥과 국민 행복, 문화 융성을 이뤄낼 것입니다. 부강하고, 국민 모두가 함께 행복한 대한민국을 만드는 데 저의 모든 것을 바치겠습니다.

국민 여러분! 오늘의 대한민국은 국민의 노력과 피와 땀으로 이룩된 것입니다. 하면 된다는 국민들의 강한 의지와 저력이 산업화와 민주화를 동시에 이룬 위대한 성취의 역사를 만들었습니다.

한강의 기적으로 불리는 우리의 역사는 독일의 광산에서, 열사의 중동 사막에서, 밤새 불이 꺼지지 않은 공장과 연구실에서, 그리고 영하 수십 도의 최전방 전선에서 가족과 조국을 위해 헌신하신 위대한 우리 국민들이 계셔서 가능했습니다. 저는 오늘의 대한민국을 만드신 모든 우리 국민들께 진심으로 경의를 표합니다.

존경하는 국민 여러분! 격동의 현대사 속에서 수많은 고난과 역경을 극복해 온 우리 앞에 지금 글로벌 경제 위기와 북한의 핵무장 위협과 같은 안보 위기가 이어지고 있습니다. 글로벌 금융 위기 이후 자본주의 역시 새로운 도전에 직면해 있습니다. 이번 도전은 과거와는 달리 우리가 스스로 새로운 길을 개척해야만 극복해 나갈 수 있습니다. 새로운 길을 개척하는 것은 쉽지 않은 일입니다.

그러나 저는 우리 대한민국의 국민을 믿습니다. 역동적인 우리 국민의 강인함과 저력을 믿습니다. 이제 자랑스러운 우리 국민 여러분과 함께 희망의 새 시대, 제2의 한강의 기적을 만드는 위대한 도전에 나서고자 합니다. 국민 개개인의 행복의 크기가 국력의 크기가 되고, 그 국력을 모든 국민이 함께 향유하는 희망의 새 시대를 열겠습니다.

존경하는 국민 여러분! 저는 오늘 국가 발전과 국민 행복이 선순환하는 새로운 미래를 만들기 위해 우리가 나아갈 방향을 제시하고자 합니다. 새 정부는 경제 부흥과 국민 행복, 그리고 문화 융성을 통해 새로운 희망의 시대를 열어갈 것입니다.

첫째, 경제 부흥을 이루기 위해 창조경제와 경제 민주화를 추진해가겠습니다. 세계적으로 경제의 패러다임이 바뀌고 있습니다. 창조경제는 과학 기술과 산업이 융합하고, 문화와 산업이 융합하고, 산업 간의 벽을 허문 경계선에 창조의 꽃을 피우는 것입니다.

기존의 시장을 단순히 확대하는 방식에서 벗어나 융합의 터전 위에 새로운 시장, 새로운 일자리를 만드는 것입니다. 창조경제의 중심에는 제가 핵심적인 가치를 두고 있는 과학 기술과 IT 산업이 있습니다. 저는 우리 과학 기술을 세계적인 수준으로 끌어올릴 것입니다.

그리고 이러한 과학 기술들을 전 분야에 적용해 창조경제를 구현하겠습니다. 새 정부의 미래창조과학부는 이와 같은 새로운 패러다임에 맞춰 창조경제를 선도적으로 이끌어 나갈 것입니다.

창조경제는 사람이 핵심입니다. 이제 한 사람의 개인이 국가의 가치를 높이고, 경제를 살려낼 수 있는 시대입니다. 지구촌 곳곳에서 활약하고 있는 수많은 우리 인재들이 국가를 위해 헌신할 수 있도록 기회를 부여하겠습니다. 또한 국내의 인재들을 창의와 열정이 가득한 융합형 인재로 키워 미래 한국의 주축으로 삼겠습니다.

창조경제가 꽃을 피우려면 경제민주화가 이루어져야만 합니다. 공정한 시장 질서가 확립되어야만 국민 모두가 희망을 갖고 땀 흘려 일할 수 있다고 생각합니다. 열심히 노력하면 누구나 일어설 수 있도록 중소기업 육성 정책을 펼쳐서 대기업과 중소기업이 상생할 수 있도록 하는 것이 제가 추구하는 경제의 중요한 목표입니다.

소상공인과 중소기업들을 좌절하게 하는 각종 불공정 행위를 근절하고 과거의 잘못된 관행을 고쳐서, 어느 분야에서 어떤 일에 종사하든 간에 모두가 최대한 역량을 발휘할 수 있도록 적극 지원할 것입니다. 그런 경제 주체들이 하나가 되고 다 함께 힘을 모을 때 국민이 행복해지고, 국가 경쟁력이 높아질 수 있습니다. 저는 그 토대 위에 경제 부흥을 이루고, 국민이 행복한 제2의 한강의 기적을 이루겠습니다.

⋯중략⋯

# 제10장 창조경제란 무엇인가?

## '4차 산업에서 하는 경제?'


"이 팀장, 박근혜 대통령이 어제 취임했어. 이제 공주에서 여왕이 된 건가?"

"여왕은 무슨 여왕이에요. 지금 할 일이 태산인데."

"그래 맞아. 아직 정부 부처도 다 확정되지 않았지? 장관 후보들은 계속 청문회만 하던데. 미국에서 데려온 장관 후보는 사퇴하고 다시 미국 갔다며?"

"장관뿐인가요. 총리 지명자도 사퇴했어요. 그 똑똑한 사람들이 말짱 도루묵 됐어요. 써먹지도 못하고 말이에요. 말이 좋아 대통령이지, 다 빛 좋은 개살구예요. 박근혜 대통령은 아버지처럼 일하기 힘들 거예요."


"그건 그렇고, 어제 박근혜 대통령 취임식에서 인터뷰한 사람들 얘기 들었어? 그거 때문에 지금 난리야."

"그럼요. 박근혜 대통령보다 말을 훨씬 잘하던데요. 인터뷰도 화끈하구요. 그 사람들 말대로만 정치하면 될 거 같아요."

"그래, 맞아. 말들이 하나같이 예술이야. 창신동 아저씨가 대통령, 국회의원, 서울시장 한꺼번에 까니까 속이 다 시원하더라. 그리고 취준생 얘기 들었지? 그 얘기에 공무원 연금 깎아야 한다고 아주 난리 났어. 청년들은 창업 안 하고 다 공무원 하겠대."

"뭐니 뭐니 해도 오산 아줌마 얘기가 압권이죠."

"그 오산 아줌마는 진짜 SKY 나온 거 같더라. 말을 어쩜 그렇게 잘해. 기자가 쩔쩔매더라구. 되려 물어보잖아. 거위 새낀지, 오리 새낀지 털 뽑는 게 무진장 힘든가 봐. 얼마나 꽥꽥 되겠어."

"그건 아무것도 아니에요. 교육하고 부동산은 정부가 개입해선 안 된다고 했잖아요."

"그래도 그건 좀 위험한 발언 아닌가?

"뭐가 위험해요. 그동안 참았던 울분을 표출한 건데."

"아무튼, 말하는 게 보통이 아니었어. 또 뭐라고 했더라. 오산을 교육 도시라고 하는 건 정치적 구호라고 했나?"

"그뿐인가요. 기회는 평등하고 과정은 공정하고 결과는 정의롭단 말도 정치적 구호라고 했어요."

"맞아. 하지만 그 말은 정말 좋은 거 같애. 누가 한 말이지?"

"누구긴요. 어디서 좋은 말만 골라서 갖다 쓴 거죠. 누가 대통령이 되든 그런 세상은 오지 않아요."

"그리고 또 뭐라고 했더라? 아 맞다. 오산에 강아지 테마파크 대신 특목고 지어달라고 했지. 근데, 그 동물교감교육 업체는 안됐어. 얼마나 힘들면 망했겠냐."

"그거 다 공짜로 해 주니까 그런 거예요. 공짜 좋아하면 대머리 된다는데, 업체 망하게 한 인간들 머리나 홀라당 벗겨졌으면 좋겠어요."

"호의가 계속되면 권리인 줄 안다는 말이 맞아. 일 시켰으면 대가를 줘야지. 세상에 공짜가 어딨어. 근데, 사기 치고 해외로 도망간 여자가 누구야?"

"그런 사람이 한둘인가요. 그 여자도 참 대단해요. 얼마나 똑똑하면 국회의원한테 사기를 쳤을까요?"

"속은 놈이 바보지. 예쁘장하니까 헤벌레하고 사진 찍고 다녔을 거야. 근데 이 팀장, 재밌는 건 어제 인터뷰한 기자 이름이 인터넷 실시간 검색 1위에 올랐어. 방송에서 욕했다구."

"그런 인터뷰 당하면 욕 나오겠죠. 죽을 맛이었을 거예요."


"그동안 사람들이 이명박 정부에 불만이 많았나 봐. 칭찬은 없고 욕만 해."

"우리나라 대통령 중에 좋게 끝난 사람이 어딨어요. 다 욕먹고 물러났죠. 사람이 끝이 좋아야 하는데, 이명박 대통령은 인심을 너무 잃었어요. 나중에 아마 큰 코 다칠 거예요."

"처음에는 경제 대통령이라고 인기 많았어. 그 뭐야 비즈니스 프렌들리(Business Friendly) 한다고 했잖아."

"그래서 우리나라 비즈니스가 프렌들리 했나요? 노무현 대통령 때보다 언프렌들리(Unfriendly) 한 거 같은데요."

"그래도 샐러리맨의 신화잖아. 30대에 현대건설 사장하고 국회의원에 서울시장까지 한 사람이 대통령 되니까 사람들 기대가 컸지."

"관점의 차이죠. 누구나 대통령 되면 처음엔 다들 기대가 커요. 최 과장님은 <sup>25</sup>**미네르바** 기억 안 나요?"

"미네르바? 그게 뭔데?"

"인터넷에서 이명박 정부 경제정책 비판했다고 잡혀간 사람이요."

"아 그 사람."

"인터넷에서 비판 좀 했다고 잡아가는 게 어딨어요. 그러니까 인심을 잃죠."

"그 사람도 너무 했지 뭐. 경제 전문가인 척 말도 안 되는 얘기하니까 그런 거지."

"왜 전문가가 아니에요? 미네르바가 2008년에 미국 리먼 브라더스 파산 예언해서 맞췄어요. 그리고 환율 급등, 주식 폭락, 부동산 폭등, <sup>26</sup> **서브프라임 모기지** 사태 등등 적중시킨 게 얼마나 많은데요."

"이 팀장도 그걸 믿어? 그거 다 소 뒷걸음치다 쥐 잡은 거야. 인터넷에는 자기가 외국 금융 기관 다니는 엘리트라고 했다가, 알고 보니 전문대 나온 백수였잖아."

"그게 어때서요. 전문대 나오고 백수면 인터넷에 글 못 써요?"

"그게 아니고 내 말은 그래야만 사람들한테 설득력이 있다고 주장하지만, 그건 대중의 관심을 받는 사람들이 그 쾌감에 계속 거짓말을

...

25  이명박 정부 첫해인 2008년 하반기, '미네르바'라는 이름으로 인터넷 포털사이트에 약 100여 편에 이르는 경제 관련 글을 게시한 인물. 미국 서브프라임 모기지 사태와 리먼 브라더스 파산 예언이 적중하면서 대중들의 많은 관심을 받음. 2009년 1월 인터넷을 통한 허위 사실 유포 혐의로 구속됐지만, 4월 무죄 선고를 받고 석방됨.

26  서브프라임 모기지(Subprime Mortgage)는 미국에서 신용 등급이 낮은 저소득층에게 주택 자금을 빌려주는 주택 담보 대출 상품임. 일반적으로 대상자들의 신용도가 낮아서 우대 금리보다 높은 금리가 적용됨.

부풀리는 패턴이라는 거지. 미네르바는 ²⁷리플리 증후군이야. 그것도 모르고 미네르바가 전문가네 아니네, 진짜네 가짜네 하면서 누구냐고 얼마나 찾았어. 그래서 찾은 게 누구야? 어느 경제 신문 논설위원이었어. 괜한 사람 잡을 뻔했어."

"그 사람은 자기가 미네르바라고 했잖아요."

"천만에. 그냥 미네르바 비스름하게 패러디한 거야. 이 팀장이 그 논설위원 글 보면 알아."

"알겠어요. 제가 꼭 확인할게요."


"근데 이 팀장, 어제 문재인은 왜 취임식에 안 온 거야?"

"최 과장님, 지금 문재인이라고 했어요?"

"어. 그럼 뭐라고 해?"

"문재인이 친구예요? 당연히 문재인 의원이라고 해야죠. 말 잘못 하면 큰일 나요."

"쳇, 난 또 뭐라구. 그게 그거지."

"최소한 문재인 씨라고 하세요. 안 그러면 욕먹어요."

"그래, 알았어. 근데 왜 안 왔어?"

"바쁘시니까요. 대통령 떨어지고 하늘이 무너졌을 텐데, 남의 잔칫집에 가고 싶겠어요?"

"그럴 거야. 서로 죽일 듯이 싸웠는데 가는 게 오히려 이상하지. 충

...

27  리플리 증후군(Ripley Syndrome)은 자신의 현실을 부정하면서 존재하지 않는 허구의 세계를 진실이라 믿고 상습적으로 거짓말과 거짓 행동을 반복하는 증상. 미국 소설가 패트리샤 하이스미스의 소설 『재능 있는 리플리 씨 (The talented Mr. Ripley)』에서 유래함.

분히 이해해. 그래도 다음에 또 나오겠지? 다음에는 될까?"

"글쎄요. 또 나올까요? 다음에는 다른 사람이 나오겠죠. 대통령 병에 걸린 사람들 많잖아요."

"에이, 다음에 나올 사람이 누가 있어? 아무도 없지. 그런데 이번에 말하는 거 보니까, 다음에 나와도 힘들겠더라. 사람은 착해 보이던데, 주위 사람들이 너무 극성맞아. 나는 그게 싫더라구."

"정치인들 주위 사람들이 다 그렇죠."

"그래도 유독 심한 거 같애. 무슨 말을 못 하겠어. 그러면서 자기네 주장은 또 엄청 해요. 몰려다니기는 왜 그리 몰려다니는지. 아무튼, 뭔가 터지지 않는 이상은 자기 힘으론 대통령 못할 거야."

"이제 박근혜 대통령 시작인데, 벌써 다음 걱정을 왜 해요? 박근혜 대통령이 잘하나 못하나 봐야죠."


"아 참, 지난번 대통령 후보 TV토론에 같이 나왔던 여자도 안 왔지."

"그 여자는 당연히 안 오죠. 그 사람은 대통령 되는 게 아니라, 박근혜 떨어트리려고 나왔잖아요."

"그래, 맞아. 박근혜 대통령은 그 여자 덕 본 거야. TV토론 때, 문재인 후보는 꿔다 놓은 보릿자루처럼 멍하니 앉아있고, 여자 둘이서 싸우는 게 정말 볼 만 했는데. 이 팀장, 근데 말이야. 어제 대통령 취임사 보니까 창조경제라고 있는데, 그게 뭐야? 경제 부흥, 국민 행복, 문화 융성 이런 건 알겠는데 창조경제는 무슨 말인지 모르겠어. 혹시 4차 산업에서 하는 경젠가?"

"아니에요. 또 다른 정치 구호예요. 말 만들기 좋아하잖아요."

"그래도 잘 모르겠어. 이 팀장이 좀 가르쳐 주라."

"뉴튜브(NewTube) 같은 인터넷 방송에서 연예인이나 유명인들이 웃이며, 신발, 가방 소개하고 먹방 하면서 돈 버는 게 대표적이죠."

"그게 왜?"

"최 과장님은 그 사람들이 돈을 어떻게 버는지 알면 기절초풍할걸요."

"어떻게 버는데?"

"뉴튜브에 동영상 올리고 돈을 수억씩 벌어요. 뉴튜브 때문에 먹고 사는 사람들 많습니다."

"얼마? 수억?"

"그럼요. 유명세 이용해서 물건 홍보하고 업체한테 돈을 얼마나 받는데요. 일종의 [28]PPL 광고예요. 그리고 개인들한테 직접 후원금도 받아요. 그게 또 쏠쏠하죠. 아니면 동영상에 광고 넣고 뉴튜브하고 광고비를 나눌 수도 있구요."

"그런다고 돈을 수억 원씩 벌어?"

"물론 다 그러는 건 아니죠. PPL 아닌 척하다가 들통나서 욕먹는 사람도 많아요. 뒤에선 돈 받고 앞에선 아닌 척하니까요."

"PPL 한다고 욕을 먹어? 불법도 아니잖아."

"그게 좀 애매해요. 불법인 거 같기도 하고 아닌 거 같기도 하고. 하지만, 기존에 없던 새로운 방법으로 돈을 벌어요. 그러니까 창조경제죠. 애매하지만 새로운 방법으로 돈 버는 경제! 최 과장님, 그것도 하려면 기술도 필요하고 뻔뻔해야 해요."

...

---

28    Product Placement의 약자. 특정 기업의 협찬을 받고 영화나 드라마에 해당 기업의 상품이나 브랜드 이미지를 끼워 넣는 간접 광고.

"뻔뻔해야 한다고?"

"그럼요. 창조경제가 말처럼 쉬운 게 아닙니다. 인터넷 방송에 동영상 올리면 본인 얼굴 다 팔리고 수천, 수만 명이 볼 텐데, 그중에서 악플을 얼마나 달겠어요. 그거 견디려면 뻔뻔함이 필요하지 않을까요? 우리 같은 보통 사람은 절대로 못 해요. 저흰 그냥 월급쟁이로 살아야죠."

"인터넷 방송에 동영상 올렸다고 돈을 벌어? 당최 이해할 수가 없네."

"그럼 창조경제를 어떻게 설명할까요? 아 참, 지난번에 최 과장님이 누가 책 만든다고 크라우드 펀딩으로 몇 억 받았다고 했죠? 그것도 창조경제예요. 정상적이지 않은 비정상적인 것들!"

"이 팀장도 참, 인터넷에서 사람들이 떠든 얘기가 무슨 창조경제야."

"왜요? 남의 돈으로 자기 하고 싶은 거 하면서 돈 버는 게 얼마나 창조적이에요. 부가가치가 어마어마하잖아요. 그런 게 바로 창조경제죠. 그 아이디어는 정말 좋은 거 같아요."

"그래도 사람이 열심히 일해서 돈을 벌어야지, 남의 손으로 코 풀면 되겠어."

"최 과장님 생각은 전형적인 20세기 사고방식이에요. 21세기에는 그렇게 해서 돈 벌기 힘들어요."

"돈 버는 게 다 똑같지, 뭐가 달라?"

"요새 쇼핑몰하고 배달 업체들 보세요. 지들이 만든 것도 아닌데 남의 물건 소개하고 배달만 해서도 돈 벌잖아요. 그게 바로 수수료 사업이에요."

"수수료 사업?"

"그럼요. 처음엔 저가 수수료로 시작해서 조금씩 늘려가는 식이죠. 사채놀이하고 같아요."

"어떻게?"

"원금에 이자 붙여서 받는 거랑 물건값에 수수료 붙여서 받는 거랑 똑같잖아요. 아이디어도 간단하고 특별한 기술이 있는 것도 아니죠. 뭐니 뭐니 해도 수수료 사업의 절정은 애플리케이션이에요."

"애플리케이션?"

"모바일 앱 스토어에서 유료 콘텐츠 다운받으면 결제하잖아요. 그때 결제 수수료가 장난 아니에요. 앱 스토어에 콘텐츠를 소개했다는 것만으로도 고글(Goggle)이 버는 돈이 얼만데요. 콘텐츠 만든 개발자보다 더 벌어요. 자기 돈 안 들이고 크라우드 펀딩으로 책 만드는 것도 똑같아요. 뉴스에서는 뭣도 모르고 그런 걸 소셜커머스네 이커머스네 하면서 디지털 경제를 이끄는 스타트업(Startup) 기업이라고 포장도 잘 해주구요."

"이 팀장, 근데 들어보니까 그런 기업들은 다들 적자라고 하던데 돈은 어떻게 벌어?"

"벌긴요. 못 벌어요. 다 투자받아서 하는 거예요."

"투자를 받는다고?"

"아이디어만 있지 실체가 없잖아요. 지들이 개발 기술이 있겠어요. 생산 기술이 있겠어요. 남의 물건으로 장사하니까 비즈니스 모델이 어쩌네저쩌네 하면서 말만 그럴듯하게 포장해서 투자받는 거예요. 그러니까 적자가 나죠. 상식적으로 해선 절대 돈 못 버는 사업이에요. 쇼핑몰 쇼 호스트들 보세요. 말이 얼마나 화려해요. 곧이곧대로 들으면 절대로 안 됩니다."

"그건 그래. 그 사람들은 입이 재산이고 말이 돈이잖아. 말 잔치의 끝판왕이지."

"최 과장님, 제가 팁(Tip) 하나 알려줄까요?"

"뭔데?"

"옷이나 신발 있잖아요. 몸에 걸치는 건, 웬만하면 매장 가서 사세요. 그게 좋아요."


"그래도 요새 기발한 것들 많잖아. 별의별 IT 기술이 많던데?"

"기발하긴요. 뜯어보면 다 허울뿐이고 조잡하기 이를 때 없어요. 소문난 잔치에 먹을 것 없다고 하잖아요."

"그럼, 그 돈은 다 어디 가는 거야?"

"투자받는 사람만 노 나는 거죠. 그런 인간들이 뉴스에 성공한 젊은 CEO라고 나오는 거예요. 내가 보기엔 봉이 김선달하고 다를 게 없는데 말이죠. 뭐하나 터지면 눈물 흘리는 사람 많잖아요."

"글쎄, 난 알쏭달쏭한데? 알 거 같기도 하고 모를 거 같기도 하고."

"제 설명이 부족했나요? 어떻게 해야 우리 최 과장님이 이해하시려나?"

"이 팀장, 나도 이제 마흔 넘었어. 어제 일도 가물가물해. 쉽게 좀 얘기해주라."

"알겠습니다. 제가 다시 설명할게요. 확실히 아로새겨 드리겠습니다. 잘 들으세요."

"그래 알았어. 쉽게 얘기해줘."

"최 과장님, 포털사이트가 뭔지 알죠?"

"그거야 알지."

"포털(Portal)이란 게 게이트(Gate)란 뜻이에요. 우리나라 말로 문 (門)이란 뜻이죠. 그럼, 우리나라에서 제일 큰 인터넷 포털사이트가 어디예요?"

"그거야 넥스트(Next)하고 이웃(neighbour)이지. 설마 내가 그 정도도 모를까."

"넥스트는 아니에요. 옛날에야 알아줬지, 지금은 별 볼 일 없어요."

"넥스트가 왜? 사람들이 넥스트 이메일을 얼마나 많이 쓰는데. 이웃 이메일보다 더 많을걸."

"천만의 말씀! 이메일 유료화했다가 쪽박 찬지가 언젠데요. 지금은 사업 규모가 이웃에 반의반도 안 돼요. 그나마 코코안지 뭔지 하고 합병해서 간신히 버티는 거예요. 코코아 아니면 진작에 없어졌어요. 회사도 제주도에 있구요."

"정말? 어쩌다가 그렇게 됐어?"

"경영학에서 말하는 사업 전략의 대표적인 실패 사례라고 할 수 있어요. 사업의 성공과 실패는 복잡한 문제지만, 결과적으로 제주도에 간 게 실수입니다."

"그게 왜?"

"경영학 원론을 보시면 마케팅 편이 있어요. 거기에 4P가 나오는데 Product, Price, Promotion 그리고 Place예요. 쉽게 말하면, 제품 만들어서 가격 매기고 홍보해서 시장에 유통하는 거예요. 어느 것 하나 빠지면 안 돼요. 가장 기본이니까요. 이것들을 유동적으로 움직여야 마케팅 전략이 됩니다. 일반적으로 Place를 유통이라고 하는데, 장소라고 해도 돼요. 제품 팔려면 장소가 중요하니까요."

"그거야 당연하지."

"1980년대 초에 중국의 [29]등소평이 경제 개혁 하면서 중국 시장을 개방했어요. 그때 우스갯소리로 중국 인구가 10억이 넘으니까 한 사람한테 물건 하나씩만 팔아도 떼돈 번다고 했어요. 근데, 웬걸. 중국 가서 쪽박 찬 기업들 많아요. 말은 그럴듯해도 전혀 아닌 거죠. 어떤 사람은 남극에서도 에어컨 팔아야 한다고 하는데, 그런 인간은 100% 사기꾼이에요. 개뿔도 모르고 떠드는 거예요."

"그게 넥스트하고 무슨 상관이야?"

"포털사이트도 마찬가지입니다. 사업하려면 인프라 좋은 서울에서 해야죠. 사업이란 게 결국은 남들하고 경쟁에서 이겨야 하는데, 서울하고 제주도하고 경쟁이 되겠어요. 서울보다 경쟁력 있는 건 경치 좋은 거 말고 뭐가 있어요? 옛말 틀린 거 없어요."

"옛말?"

"말은 제주도로 보내고 사람은 서울로 보내라고 했잖아요. 요즘 같으면 말은 호주로 보내고 사람은 미국에 보내도 시원찮을 판인데, 제주도에 갔으니 말 다 했죠. 공기 좋고 경치 좋은 것도 하루 이틀이에요. 며칠 지나면 다 똑같습니다."

"그럼, 제주도는 왜 갔어?"

...

29   등소평(鄧小平 1904~1997, 중국명: 덩샤오핑). 1976년 마오쩌둥 사후 최고 권력자에 올라 시장개방 정책 및 자본주의 도입 등으로 중국 경제 발전의 토대를 마련함.

"그게 좀 상식적이지 않아요. 멀쩡하게 서울에 있다가 왜 뜬금없이 제주도에 간지 모르겠어요. 제주도에 사업지원금 받으러 갔다는 얘기도 있고, 땅 보러 갔다는 얘기도 있어요."

"갑자기 땅을 왜 봐?"

"제주도에 중국 관광객이 많잖아요. 땅값 오르기 전에 미리 사려고 간 거죠. 포털사이트 운영해서 버는 게 없으니까 부동산이라도 해서 벌어야죠. 우리나라 부동산은 불패잖아요. 아무튼, 넥스트가 포털사이트는 맞지만, 지금은 이웃 들러리예요. 우리나라 포털사이트 얘기할 때 이웃만 얘기하면 민망하니까 그냥 끼워주는 정도라고 할까요?"

"그래? 거기 사장이 유명하지 않나? TV에도 많이 나오던데."

"그 사람은 이제 사장 아니에요. 그리고 요샌 다른 일로 나와요."

"무슨 일?"

"자기는 무슨 혁신이라고 하는데, 내가 보기엔 그냥 편법이에요."

"편법이라구? 넥스트 사장까지 한 사람이 편법을 하겠어? 뭐하나 새로 만들었겠지?"

"만든 거 없어요. 제가 좀 전에 말한 것하고 같아요."

"그게 뭔데?"

"아이디어만 있지 실체가 없어요. 비즈니스 모델만 있고 기술이 없다구요."

"정말이야?"

"그럼요. 아무튼, 넥스트는 제외! 그럼 이웃만 남는데, 이웃이 보통 놈들이 아닙니다. 이웃 사장 별명이 뭔지 알아요?"

"그건 모르지. 별명이 뭔데?"

"은둔자요."

"은둔자? 왜?"

"왜 긴요. 문제가 많으니까 밖에 노출되면 골치 아파서 그렇죠."

"사장이 은둔하면 회사 경영은 누가 해?"

"그럴 줄 알고 참한 아낙네 하나 얼굴마담으로 세웠어요."

"여자를? 뭐 하는 사람인데?"

"제가 알기론 특별히 능력 있는 사람은 아니거든요. 뭐 이것저것 했다는데, 어떻게 그 자리에 갔는지 모르겠어요. 아주 유명한 '사쿠라'라는 말도 있고, 예전에 은둔자가 신세 진 게 있어서 보답 차원에서 갔다는 얘기도 있고 소문만 무성해요. 옛날에 무슨 잡지사에 있었다나 아무튼, 전생에 나라를 구했는지 돈을 몇십억씩 받아 가요. 하나님의 은총이 넘치는 여자죠."


"그 은둔자도 유명하지 않아?"

"유명하기보다 리스펙트합니다. 은둔하면서 돈 벌면 좋지 않을까요?"

"이 팀장, 나는 이웃에 매일 접속해. 거기 검색 서비스가 좋잖아. 그리고 뉴스도 보고 동영상도 보고 지도로 길도 찾고, 할 게 얼마나 많은데."

"최 과장님 같은 순진한 사람이 있으니까 이웃이 돈을 벌죠. 거기가 어떻게 돈 버는지 알아요?"

"어떻게 버는데?"

"누워서 떡 먹기보다 쉬워요. 완전 판타스틱해요."

"그게 무슨 말이야?"

"최 과장님은 이웃에서 뉴스 본다고 했죠?"

"당연하지. 거기 가면 우리나라 신문 기사하고 방송뉴스 다 볼 수 있어."

"그거 이상하지 않아요? 이웃이 언론사도 아닌데 뉴스를 어떻게 볼까요?"

"그건 검색하니까 나오는 거지."

"전혀 아니에요. 남들이 만든 거 그냥 가져다 쓰는 거예요."

"설마?"

"정말이에요. 지들이 뉴스 기사를 쓰겠어요. 방송뉴스를 하겠어요. 신문사하고 방송사한테 받아서 보여주는 것뿐이에요. 그런데 재밌는 건, 신문사하고 방송사는 찍소리도 못해요."

"그건 또 무슨 소리야? 자기네 콘텐츠를 가져다 쓰는데, 왜 아무 말도 못 해?"

"그게 아이러니죠. 왜냐면 우리나라 전체 언론사 홈페이지 방문자 수보다 이웃 홈페이지 방문자가 더 많아요. 이웃에 자기네 뉴스 안 나가면 사람들은 아예 모르죠. 그래서 어쩔 수 없이 뉴스 기사 나오게 하려고 그냥 줘요. 이웃은 그거 받아서 보여주는 거구요."

"정말? 근데, 이웃은 돈을 어떻게 벌어?"

"자기네 뉴스 페이지에 광고 붙여서 벌죠. 이웃에 뉴스 기사가 좀 많아요. 거기에 광고 붙여서 버는 거예요. 재주는 곰이 부리고 돈은 때 놈이 번다고 하잖아요. 이런 게 진짜 창조경제 아니겠어요?


"입장이 완전히 바뀌었네. 뉴스 콘텐츠를 대가도 없이 주면 언론사는 좀 억울하겠어. 난 콘텐츠가 중요하다고 생각했는데, 알고 보니 플랫폼이 더 중요한 거잖아."

"이제 이해하시네요. 최 과장님, 이젠 플랫폼이 중요합니다. 그래야 소비자를 쥐락펴락할 수 있어요. 그래서 독점기업이 무서운 거예요. 이웃은 메이저 언론사 눈치나 볼까, 나머지는 아무것도 아니에요. 그리고 지들한테 불리한 기사는 절대 노출 안 시켜요. 여론도 교묘히 흔든다는 얘기도 있구요. 게다가 이젠 언론사를 평가해요."

"언론사를 평가한다구?"

"그럼요. 지들이 평가해서 선정된 언론사 뉴스만 보여줘요."

"뉴스를 평가해? 그런 방법이 있어?"

"최 과장님, 정말 웃긴 게 무슨 평가 위원회가 있는데, 거기서 만든 기준에 미달된 언론사 뉴스는 서비스를 안 해요."

"그 기준이 뭔데?"

"말도 안 되는 기준이죠. 기준이 뭐냐면, 매월 나오는 뉴스 기사는 몇 건인지, 기자는 몇 명이고 회사 대표는 누군지, 언론사 특징은 뭐고 평판은 어떤지, 지들 요구사항을 따를 것인지 말 것이지 등등 그런 거예요. 그리고 또 어디서 본 건 있어서 평가 기준을 정량평가, 정성평가로 나누는데, 최 과장님은 정량평가가 중요할 거 같아요? 정성평가가 중요할 거 같아요?"

"그거야 정량평가가 중요하지 않을까? 정성평가는 아무래도 기준이 모호하잖아."

"그게 상식이죠. 그런데 정성평가가 더 중요해요. 지들 마음에 들면 하는 거고 안 들면 안 하는 거죠. 그리고 기준에 어긋나면 벌점 줘서 기존 언론사 뉴스도 빼버려요. 언론사도 등급이 있을 정도예요."

"등급이 있다구? 검열이 따로 없구만. 그 정도면 옛날에 군인들이 정치할 때, 뉴스 검열한 거하고 똑같은 거 아니야?"

"그땐 언론사가 강제로 당했지만, 지금은 자발적으로 하는 게 차이죠. 우리나라에만 있는 아주 독특한 시스템입니다. 세계적으로도 유일무이할 거예요."

"그거 참, 군사독재보다 플랫폼 독점 기업이 더 무섭네. 언론사들이 꼼짝 못 하나 봐. 그래서 이웃의 불리한 기사를 못 쓰는구나."

"당연하죠. 언론사가 군사 독재에는 저항이라도 했죠. 하지만, 플랫폼 독점 기업 앞에서는 속수무책입니다. 그래도 아쉬운 건 언론사예요. 불법도 아닌데 어디 가서 하소연도 못 해요. 맨날 눈치 보고 뒤에 가서 성토만 하는 꼴이에요."


"이웃은 [30]**독점금지법**에 걸리지 않나?"

"야, 최 과장님이 정곡을 찌르네. 독점금지법 얘기할 때마다 이웃이 하는 얘기가 있어요."

"그게 뭔데?"

"고글(Goggle)이요. 고글은 세계에서 검색 점유율이 제일 높아도 규제를 안 받는데, 자기들만 규제하는 건 부당하다는 거죠. 기울어진 운동장을 시정해야 한다는 둥 바로 잡아야 한다는 둥 떠들어요."

"고글은 우리나라 사이트가 아니잖아."

...

30  부당한 거래 제한과 불공정행위를 규제해 공정하고 자유로운 경쟁을 촉진시키는 법으로, 국내법상 명칭은 '독점규제 및 공정거래에 관한 법률(약칭: 공정거래법)'임.

"그러니까요. 괜히 딴소리하는 거예요. 최 과장님, 근데 더 웃긴 건 뭔지 알아요? 지들이 평가 위원회 만들어 놓고 무슨 문제 생기면 평가 위원회 일이라고 하면서 지들은 쏙 빠져요."

"평가 위원회는 누가 하는데?"

"누가 하긴요. 지들 입맛에 맞는 사람들이죠. 돈 몇 푼 받고 거기 가서 일하는 사람들 많아요."

"이 팀장, 그렇게 하면 정말 돈이 돼?"

"그럼요. 이웃의 뉴스 플랫폼이 우리나라의 최고 언론입니다. 갑 중 슈퍼 갑이에요. 이웃에 뉴스 안 나가면 언론사 자체가 유명무실해져요. 특히, 메인페이지에 없으면 그 언론사는 언론사 취급도 못 받아요. 당장 사람들이 모르잖아요. 그러니까 뉴스 기사 공짜로 주면서 서비스해 달라고 목매는 데가 얼마나 많겠어요. 재주는 곰이 부리고 돈은 떼 놈이 번다는 말이 딱 맞다니까요."


"언론사 관리가 보통이 아닌가 봐. 관리를 어떻게 하길래 그래?"

"은둔자가 대기업 출신이래요. 거기서 제대로 배운 거죠."

"그걸 배운다고 배울 수 있나?"

"그러니까 대기업이죠. 그냥 대기업이 됐겠어요. 대기업이 첨단 기술만 만드는 게 아니에요. 관리 기술이 얼마나 중요한데요."

"뭘 관리하는데?"

"조직 관리, 직원 관리, 성과 관리 등등 관리를 잘하니깐 대기업이 된 거예요. 만드는 기술은 배울 수나 있지, 관리 기술을 어디서 배우겠어요. 그건 돈 주고도 못 배워요. 솔직히 대기업에서 슈킹한 거죠."

"그래도 기자들 있는 언론사 상대하기가 만만치 않을 거 같은데?"

"기자요? 기자들이 왜요?"

"기자들 곤조가 있잖아. 이웃이 자기들 관리하는 거 알면 가만있겠어?"

"지들이 가만있어야지 어쩌겠어요. 곤조 같은 근성 따위는 옛날 얘기예요. 지금은 지들 먹고 사는 게 더 중요하죠. 이웃에 못 가서 안달 난 기자들 많습니다."

"설마? 기자 가오가 있지, 무슨 안달이나?"

"최 과장님이 몰라서 그래요. 우리나라 기자들 월급 얼마 안 돼요. 메이저 언론사면 모를까, 나머지 언론사 중엔 월급 못 받고 일하는 사람도 많아요. 그러니까 이웃이 손짓하면 쪼로로 달려가죠. 이웃에 들어간 기자들이 얼마나 많은데요."

"이웃에 간 기자들이 많다고? 거기서 뭐 하는데?"

"뭐하긴요. 언론사 관리하죠. 그게 그 사람들 일이에요. 지들 있던 곳 관리하는데 얼마나 잘하겠어요. 속속들이 다 알 거 아니에요. 그러니까 언론사들이 꼼짝 못 하죠. '이이제이'라고 '오랑캐는 오랑캐로 잡는다!' 관리의 예술이라고 할 수 있습니다. 그뿐만이 아니에요. 이웃 출신의 청와대 직원, 국회의원도 있어요. 안에서는 솎아내고 밖에서는 병풍 쳐서 관리하는 조직입니다."


"근데, 이웃은 왜 그렇게 관리를 하는 거야?"

"그게 또 재밌는 얘기가 있어요."

"무슨 얘긴데?"

"대기업에서 일하던 사람이 이웃으로 회사를 옮겼대요. 대기업에서 일을 오죽했겠어요. 맨날 야근에 죽도록 고생하다가 이웃에 가니까 너무 편한 거예요. 그걸 눈치 없이 사내 게시판에 쓴 거죠. 세상에 이런 널 널한 회사가 없다구. 근데, 하필 은둔자가 그걸 보고 빡 돌아서 관리를 시작했다고 하더라구요. 아주 웃기는 짬뽕들이죠."

"그래도 이웃에는 재미난 콘텐츠가 많잖아. 난 거기서 만화하고 소설도 봐."

"웹툰하고 웹소설이요?"

"그래. 재밌는 내용이 얼마나 많은데. 이웃에 글 올려서 돈 버는 작가들도 많대. 요샌 신춘문예에 당선돼서 등단하는 작가들도 월 100만 원 벌기가 힘든데, 웹툰하고 웹소설 써서 몇억씩 버는 사람도 있대."

"돈을 벌어요? 그건 희망 고문의 아름다운 표현이죠. 이웃에 글 올리는 사람이 한 둘이겠어요. 몇천 명은 될걸요. 하루에 새로 올라오는 작품이 아마 100편은 넘을 거예요. 근데, 거기서 돈 버는 사람이 몇이나 되겠어요? 선택받은 자만 돈 버는 거예요."

"선택을 받아?"

"이웃의 선택을 받아야죠. 선택보다 간택이 좋겠네요."

"그럼 돈은 어떻게 버는 거야?"

"그것도 기준이 있어요."

"또 무슨 기준?"

"우선 글부터 쓰게 해요. 하지만 글쓴이에게 돈은 없습니다. 그래서 이웃에 올라온 수많은 글들은 무료로 볼 수 있어요. 그래도 그중에서 재미난 글은 사람들이 보겠죠. 그럼, 조회수가 올라가고 댓글도 쓰고 점점 회원 가입자가 많아지면 이웃에 도움이 되는 거예요."

"그렇겠지."

"그렇게 자기들한테 도움이 될 때, 해당 글쓴이의 등급을 한 단계 올려줘요."

"등급을 올려준다고?"

"일종의 혜택이라고 보면 돼요. 일반 사람들과 차별화하는 거죠."

"혜택? 그럼 그때 돈을 주는 거야?"

"아니요. 돈 벌려면 아직 멀었어요."

"그럼, 언제 돈을 버는 거야?"

"그렇게 등급이 올라간 사람도 아마 수백 명은 될 거예요. 그중에서도 계속 재밌는 글을 써서 조회수도 많고 일정 이상의 사이트 회원을 유지한 글쓴이가 있으면 그때 가서 그 사람과 계약을 해요. 그 계약도 철저히 계산적입니다."

"어떻게?"

"그 정도 계약한 사람의 글은 인기가 많아서 유료 회원들이 생겨요. 그렇게 월정액으로 결제한 돈을 작가들과 나누는 거죠. 다 주는 것도 아니구요."

"아아 그렇구나."

"그렇게 이웃에서 돈 받는 사람이 수천 명 중에 열 손가락이나 될까요? 이웃이야 돈 버는 작가들이 많은 것처럼 얘기하고 싶겠죠. 하지만, 백 번 양보해서 많아야 20~30명 될 거예요. 그거 가지고 돈 버는 사람 많다고 생색내면 되겠어요? 요새 웹툰 작가 몇 명이 TV에 나오던데, 그런 사람들 거의 없습니다. 기존에 등단한 작가들도 돈 벌긴 힘들지만, 웹툰이나 웹소설도 돈 벌기 힘들어요. 그러나 분명한 건 플랫폼 가진 이웃은 확실히 돈을 벌어요."

"그거 서비스하려면 기술개발은 할 거 아니야?"

"골치 아프게 기술개발을 하겠어요? 제휴라는 손쉬운 방법이 있잖아요. 이웃이 사업 제휴를 얼마나 많이 하는데요. 제휴라는 이름으로 기술이고 콘텐츠고 다 갖다 써요."

"그럼, 기술도 누가 주는 건가?"

"최 과장님 말마따나 요새 별의별 IT 기술들이 많잖아요. 벤처기업 중에 쓸 만한 기술 있으면 갖다 쓰는 거예요."

"돈은 안 줘?"

"안 주죠. 조그만 벤처기업들이 언제 이웃하고 일을 하겠어요. 같이 일하는 것만도 영광인데."

"그래도 기술개발 하려면 장빗값하고 개발비가 들잖아. 그 비용은 받아야지?"

"고급 기술 아니면 돈 받기 힘들어요. 아니면 M&A 해서 자기 걸로 만들면 되구요."

"인수합병을 한다구?"

"인수합병을 해야 자기 게 되죠. 애당초 이웃은 인수합병으로 큰 회사예요."

"인수합병 하면 개발자는 어떡하고?"

"지분하고 자리하나 주면 돼요. 그렇게 해도 개발자는 손해 볼 거 없어요. 기술 하나 개발해서 지분 받고, 우리나라에서 제일 큰 포털사이트에서 일하고 월급 받으면 좋잖아요."


"이 팀장 말 들으면 이웃은 돈 나갈 때가 없네. 돈만 벌면 되겠어."

"창조경제의 진정한 주역입니다. [31]유니콘 기업이 따로 없어요. 혹시 최 과장님도 댓글 써요?"

"댓글? 나야 안 쓰지. 그걸 언제 써."

"그 흔한 댓글도 개인들이 쓰잖아요. 블로그도 마찬가지구요. 다 남들이 만든 거 보여주는 수준이에요."

"하긴 그래. 댓글도 개인들이 쓰지. 난 댓글에다 욕 좀 안 하면 좋겠는데, 그거 막을 수는 없나?"

"요즘 사람들 분노가 넘치는데, 그걸 누가 막아요."

"그래도 댓글에 욕하는 거 보면 너무 심해. 인신공격도 장난 아니구. 잘 알지도 못하고 그냥 욕하잖아. 그거 못하게 하는 기술은 없나?"

"그건 기술 필요 없죠. 그냥 글 못 쓰게 막으면 되는데, 그렇겐 안 할걸요."

"왜?"

"댓글이 돈인데 왜 막아요."

"그것도 돈이야?"

"그럼요. 댓글 기능이 있어야 사람들이 사이트에 오죠. 남들 욕하는 재미가 짜릿하잖아요. 사람들이 댓글을 써야, 사이트 접속이 늘고 접속 시간이 길어야 광고를 해서 돈을 벌죠. 결국, 포털사이트는 광고 사이트예요."


"악플 때문에 댓글 폐지한다던데."


...
31   기업 가치가 10억 달러(약 1조 원) 이상인 스타트업 기업을 전설 속의 동물인
     유니콘(Unicorn)에 비유한 말.

"요새 그런 얘기가 있는데, 그래도 절대 폐지 안 해요."

"댓글 때문에 문제가 많잖아. 심지어 자살하는 연예인도 있는데 폐지를 안 한다구?"

"댓글하고 연예인 자살하고 무슨 관계예요? 직접적인 관계가 있어요?"

"꼭 그런 건 아니지만, 말들이 많으니까."

"그랬으면 진작에 폐지했어야죠. 지금까지 자살한 연예인이 몇 명인데, 이때까지 뭐하고 이제 와서 야단이에요. 한다 해도 눈 가리고 아웅 할 거예요."

"어떻게?"

"뻔하죠. 연예 뉴스에만 댓글 못쓰게 하는 거죠."

"그러면 연예인들 욕은 못 하겠네."

"최 과장님, 참 순진하시네. 그런다고 사람들이 욕 안 할 거 같아요. 요즘 연예인들이 연예 뉴스에만 나오나요. 정치, 경제, 사회면을 넘나드는 연예인이 얼마나 많아요. 연예 뉴스 댓글 막으면 다른 뉴스에서 욕하면 되는데, 그것도 막을 건가요? 그 정도 해서 댓글 폐지한다고 하면 안 되죠."

"그럼, 왜 폐지한다는 거야?"

"그건 문제가 많아서가 아니라, 이젠 효용 가치가 떨어진 거죠."

"효용 가치?"

"쉽게 얘기해서 단물 다 빤 거예요. 이제 돈이 안 되는 거죠. 새로운 콘텐츠로 돈을 버니까, 이제 댓글 따위는 폐지해도 문제없다는 자신감의 표현이죠. 제가 그랬잖아요. 플랫폼이 있어야 돈을 번다구요. 강력한 플랫폼이 있으면 콘텐츠 한두 개 갈아 끼우는 건 쉬워요."

"그게 뭔데?"

"온라인 결제, 쇼핑몰, 음악, 영화, 게임, 만화, 동영상, 전자책 등등 콘텐츠는 수도 없어요. 아니면 하나로 묶어서 유료 서비스할 수도 있구요. 그렇게 해서 지들만의 인터넷 세상을 만드는 거죠. 나중엔 회원 DB 이용해서 금융업도 할걸요."

"금융업?"

"Money makes money! 돈이 돈을 번다고 했어요. 금융업을 해야 주구장창 돈을 벌죠."

"그것도 플랫폼을 이용해? 금융업은 좀 어렵지 않을까?"

"어렵긴요. 잔머리 굴리는 놈들한텐 딱인 아이템이에요. 돈 꿔주고 이자 붙여서 받으면 그만이잖아요. 이웃 금융업에서 돈 빌리고 못 갚으면 아마 이웃의 콘텐츠 이용 못 하게 할 거예요. 접속도 못 하게 하구요. 그럼, 그 사람은 신용불량자에 정보 이용 불가능자가 되는 겁니다."

"잔인하구만."

"탐욕스럽죠. 그래서 인터넷 플랫폼 회사들이 금융업 하면 반드시 규제를 강화하고 관리감독을 철저히 해야 해요. 그렇지 않으면 사각지대가 생겨서 나중에 책임 묻기도 힘들구요."

"왜? 무슨 문제라도 있어?"

"우선, 플랫폼 회사들의 우월적 지위 남용이 문제예요. 언론사도 굽신거리는데, 금융사는 괜찮겠어요?"

"그게 무슨 말이야?"

"플랫폼 회사들은 단독으로는 절대 금융업을 안 해요. 분명히 금융사들과 제휴해서 할 거예요. 그렇게 되면, 특정 금융사 상품을 밀어줄 수 있고 어떤 금융사 상품은 제외시킬 수도 있죠. 마치 언론사 뉴스처럼요. 나중에는 언론사 뉴스처럼 갖가지 평가 기준을 만들어서 금융사 상품을 다룰 수도 있어요. 그렇게 되면, 금융사들도 지금의 언론사들같이 종속되는 겁니다."

"다른 문제는?"

"다른 문제는 책임 회피예요. 금융사고 한번 터지면 복잡하잖아요. 피해 규모도 크구요. 그 사고를 누가 책임질까요? 플랫폼 회사들이 할까요? 아마 금융사에 넘길 거예요. 자기들은 금융상품만 소개했다고 면피하는 거죠. 예를 들어서, 인터넷 쇼핑몰이 상품만 소개하고 상품 하자나 배송 등은 생산자가 책임지게 하는 것과 같아요."

"아, 그런 문제가 있었네."

"그래서 플랫폼 회사들이 금융업을 하면 규제를 강화하고 관리감독을 해야 해요. 그렇게 안 하면 인터넷 방송에 PPL 광고 올리고 업체한테 돈 안 받은 것처럼 속이는 일이 벌어질 거예요. 완전 난장판 되는 거죠."

"규제하는 방법은 있어?"

"³²**집단소송제**와 ³³**징벌적 손해배상**이 있어요."

"그건 또 뭐야? 듣기만 해도 무서운데."

"쉽게 얘기해서 법대로 하는 거예요. 이상하게 그런 놈들이 정부 당국의 눈치를 엄청 봐요. 법도 무서워하고요. 양아치들의 특성이라고 할까요."


"그거 참, 이웃은 사업이 예술이야."

"로얄이죠. 인터넷을 지들이 만든 것도 아닌데, 인터넷 세상 만나서

...

32　피해자 중 한 사람 또는 일부가 가해자를 소송 시, 다른 피해자들은 별도 소송 없이 그 판결로 피해를 구제받는 제도.

33　가해자 행위가 악의적이고 반사회적일 경우 실제 손해액보다 훨씬 많은 배상액을 부과하는 제도.

돈 잘 버는 진정한 창조경제의 일인자들입니다. 21세기 신흥 재벌이라니까요."

"이웃은 그 돈 다 벌어서 뭐 할까?"

"뭐하긴요. 세상에서 몸에 좋은 건 다 먹겠죠. 그 인간들은 아마 100살 넘어서도 살 거예요. 그 노래 알죠? 100세 인생. 그 노래에 150살까지 나와요. 그래도 끄떡없어요. 이미 평생 먹고살 돈 있어도 끊임없이 버니까요."

"이 팀장, 혹시 이웃한테 무슨 감정 있어?"

"전혀요. 있는 그대로 얘기하는 겁니다. 최 과장님 같은 보통 사람을 위해서!"

"이 팀장 얘기 들으니까 좀 알 거 같은데, 그런 게 창조경제면 좋은 것도 아니네. 그래도 난 봉이 김선달밖엔 모르겠다."

"그것만 알아도 다행이에요. 하지만 IT 일하는 사람들이 무슨 대단한 아이디어랍시고 잔꾀 부리다가 얍삽하단 소리 듣는 건 꼭 기억하세요."

"그래, 알았어. 이 팀장이 그러면 할 수 없지."

"최 과장님, 이번에 행정안전부가 안전행정부로 바뀐 건 알아요? 무슨 말장난하는 것도 아니고 이름 앞뒤만 바꾼다고 뭐가 달라져요. 쓸데없이 뭐 하는지 몰라요."

"국민 안전하고 재난 예방을 위해서 그런 거래. 새 정부니까 이전하고 좀 달라야 하잖아."

"재난이 이름 보고 오나요. 박근혜 대통령은 다를 줄 알았는데, 실망이에요."

"그래도 이 팀장, 취임사 보니까 박근혜 대통령이 IT에 관심이 많은 가 봐. 창조경제의 핵심은 과학 기술하고 IT 산업이라고 했어."

"4대강하고 운하보단 낫겠죠. 괜히 강바닥 긋는 것보다 IT 잘해서 뭐 하나 만드는 게 백 번 낫잖아요."


"어제 취임사에 <sup>34</sup>**미래창조과학부**가 창조경제를 이끈다고 했는데 지 식경제부가 미래창조과학부로 바뀐 거 맞지?"

"네, 맞아요. 정보통신부 부활한다더니 미래창조과학부가 생겼네 요."

"그럼 연구원도 미래창조과학부 소속으로 바뀌겠네. 클라우드육성 센터도 미래창조과학부 소속으로 바뀌고. 미래부가 IT 사업하면 지경 부 때보단 힘 좀 더 쓰지 않을까?"

"우리나라 IT가 언제 힘쓴 적 있어요. 인터넷 속도 빠른 거 빼곤 없 잖아요."

"그래도 지경부보다 IT에 투자를 많이 하지 않을까? 내가 보기엔 지 금 IT에서 투자하기엔 클라우드가 딱인데 말이야. 그래야 클라우드육 성센터 사업 예산도 많아지고 규모도 커지고 좋은데. 물 들어올 때 노 저어야 하잖아."

"물 들어올 때 노 저어라… 최 과장님 비유가 좋아요. 나도 다음에 써먹어야지. 아무튼, 아직 미래창조과학부 이름만 있지 아무것도 없어

...

34 박근혜 정부가 설립한 새로운 부처. 이명박 정부의 지식경제부와 교육기술과 학부가 맡았던 IT와 과학 기술 분야를 미래창조과학부로 이전함. 박근혜 정 부의 17개 부처 중, 서열 2위임.

요. 제 생각엔 올해 안에 제대로 일하긴 어려울 거예요."

"자, 여러분 회의실로 모이세요. 잠깐 회의 좀 합시다."


## ❙ 클라우드지원센터 회의실


"지난주에 연구원하고 회의했어. 올해 우리 업무 계획도 보고 했구. 근데, 연구원에선 정부 개편이 아직 안 됐다고 우리 일은 나중에 얘기하자고 하네."

"연구원 놈들 또 시작이네요."

"최 과장, 왜 그래?"

"박 부장님, 작년에도 저희가 사업을 늦게 했어요. 그거 때문에 얼마나 고생했는데요."

"그래? 올핸 정권이 바뀌어서 준비할 게 많다고 하던데. 이번에 연구원이 지경부에서 미래부 소속으로 바뀐 건 알지? 미래부 이름만 있지 아직 내부적으로 결정된 게 아무것도 없대. 상급 기관이 정해진 게 없으니 자기들도 지금 올스톱이래. 그래서 올해 클라우드육성센터 사업은 좀 기다리라고 하네."


"정부 개편이 언제 끝날 줄 알고 기다리래요. 연구원은 자기 일만 하면 되잖아요."

"홍 대리, 그래도 올핸 좀 다른 거 같애. 새 정부 들어서 연구원도 준비할 게 많은 모양이야. 연구원 수석 얘기가 원장도 바뀌고 내부 인사도 있다고 하더라구."

"내부 인사요? 수석은 계속 있나요?"

"수석은 계속 있을 거 같애. 윤 책임도 있고."

"에이씨, 그놈들 또 보게 생겼네."

"여러분들 마음은 이해하지만 올해도 그 수석하고 일해야 해."


"박 부장님, 정부 개편이 쉽게 끝나겠어요. 제가 보니까 아직 미래부 홈페이지도 없어요. 일하려면 몇 개월은 걸릴 거 같은데, 저희는 그동안 뭐하죠?"

"이 팀장, 그거 때문에 모이라고 했어. 올해 업무 계획은 보고했는데 연구원 지시가 없으니까 나도 난감해. 그렇다고 마냥 기다릴 수도 없구. 무슨 좋은 생각 있으면 얘기해봐. 그래도 나보단 여러분들이 더 오래 있었잖아."

"글쎄요, 부장님. 뭘 해야 좋을까요? 괜한 일했다간 연구원한테 욕만 먹을 테고, 가만있자니 시간이 아깝고. 이 팀장 뭐가 좋을까?"

"최 과장님, 우리가 작년에 못 한 게 뭐가 있죠? 작년에 못 한 걸 해야 할까요? 아니면 새로운 걸 해야 할까요?"

"우리가 못한 게 뭐 있어. 연구원이 시킨 일은 다 했잖아."


"저… 부장님."

"어 그래, 막내 얘기해 봐."

"올해는 클라우드육성센터 외부 홍보를 하면 어떨까요?"

"외부 홍보?"

"네. 작년에 보니까 사람들이 저흴 잘 모르더라구요. 사람들이 알아야 무슨 말을 하는데 저흴 모르니까 일하기가 힘들었어요."

"외부 홍보라… 어차피 홍보는 해야 하는데, 최 과장 생각은 어때?"

"부장님, 저희가 작년에 일을 늦게 해서 홍보가 부족했던 건 있어요. 막내 말대로 저희 홍보하는 것도 괜찮겠어요. 이 팀장은 어때?"

"나쁘지 않죠. 그리고 지방은 아직 클라우드를 잘 모르잖아요."

"하기야, 서울 사람들도 클라우드(Cloud) 얘기하면 무슨 뜬구름(Cloud) 잡는 줄 아는데 지방은 더 하겠지. 그럼 올해는 밖에 나가서 우리 홍보를 좀 할까?"

"네, 부장님. 당장 일도 없는데 밖에 나가서 클라우드 알리고 우리 일도 소개하면 좋겠습니다."

"그럼 좋아, 오늘이 2월 말이니까 지금부터 준비해서 3월에는 클라우드육성센터 홍보를 합시다. 홍 대리하고 막내는 클라우드 업체하고 지역 리스트를 만들어 봐. 최 과장하고 이 팀장은 클라우드육성센터 소개 자료 만들고. 리스트 빨리 만들어서 홍보 메일 보내고 클라우드에 관심 있는 곳이 어딘지 한번 보자구."

"네, 알겠습니다."

"그리고 MS가 부산에 클라우드데이터센터(Cloud Data Center)를 만든다는 얘길 들었어. 또 부산에 무슨 클라우드 행사가 있다는데, 요새 부산이 클라우드에 관심이 많은가 봐. 나중에 내려갈 수도 있으니까 지역 리스트에 부산은 꼭 넣어 둬. 그럼, 홍보 계획 만들어서 3월 초에 다시 얘기합시다."

# 제11장 뉴페이스의 등장

## '전문가? 사기꾼?'

"이 팀장, 그거 봤어?"

"최 과장님, 뭐요?"

"지경부 차관이 미래부 장관 된 거? 작년 말에 인터뷰 했던 사람 말이야."

"진짜요? 언제요?"

"오늘 출근하는데 아침 뉴스에 나오더라구. 미래창조과학부 초대 장관에 임명됐대."

"그래요? 청문회는 통과했어요?"

"여기 신문 봐봐. 이 사람 맞지?"

"네, 맞아요. 이 사람이 어떻게 장관이 됐지?"

"그러게 말이야. 그때 인터뷰가 좋았나 봐. 막내 선배가 포장을 잘해 줬잖아."

"방송이 좋긴 좋아요. 이래서 다들 TV에 나오려고 하나 봐요."

"연예인하고 정치인은 TV에 안 나오면 끝이라고 하잖아. 욕먹어도 TV에 나와서 먹어야 한다니까. 뉴스에서 그러는데, 이번에 장관 후보들이 청문회를 통과 못 하니까 대통령이 그냥 임명했다는 말도 있어."

"그래도 이명박 정부에서 차관 했던 사람을 장관으로 쓸 수 있나?

다른 사람들이 가만있었을까요?"

"박근혜 대통령하고 고향이 같다는 얘기도 있는데, 오죽 급하면 이전 정부 사람을 쓰겠어. 대통령 된 지 한 달이 넘었잖아. 벌써 4월인데, 장관이 없으니 미래부가 일을 못 해서 그렇지. 내가 보기엔 아무래도 작년 인터뷰가 큰 거 같애. 이 사람이 방송에서 IT가 우리나라의 미래라고 했잖아. 박근혜 대통령이 그걸 봤을까?"

"그럴 수도 있죠. 아무튼, 장차관을 다 하다니 관운이 보통 좋은 사람이 아니네요."

"이 사람이 우릴 기억할까? 장관 됐다고 모른 척하면 안 되는데 말이야."


"최 과장하고 이 팀장 있었네. 무슨 얘기해?"
"아무것도 아니에요. 부장님."
"혹시 누구 안 왔어?"
"누구요?"
"교수님이 오기로 했거든."
"교수님이요?"
"응. 학교 이름이 뭐더라, 대학원 학생들하고 온다고 했는데."


'딩동! 딩동!'
"이제 왔나? 막내야 나가봐."


"누구세요?"
"네, 여기 책임자신가요?"

"아니요. 잠시만요. 박 부장님 누가 오셨는데요."


"누구시죠?"

"안녕하세요. 어제 전화했던 KDI 국제정책대학원에 장 교수입니다."

"네, 교수님. 어서 오세요. 근데, 여길 어떻게 오셨어요?"

"우리 학교에 외국 학생들이 많거든요. 지금 공부하는 학생 중에 우리나라 클라우드에 관심 있는 학생들이 있어서 오게 됐습니다."

"그러세요."

"아침 일찍 와서 죄송합니다. 실례가 안 되면 잠깐 시간 좀 내실 수 있을까요?"

"네, 우선 들어오세요. 저는 클라우드육성센터를 맡고 있는 박 부장입니다."

"박 부장님, 실롄 줄 알면서 왔습니다. 잠시만 시간 내주시면 감사하겠습니다."

"네, 그렇게 하세요."


"박 부장님, 저하고 같이 온 학생들을 소개할게요. 여기는 태국 학생 낫타퐁(Nattapong)이고, 이쪽은 이집트 학생 무하마드(Muhammad), 저쪽은 카자흐스탄에서 온 옥산나(Oksana)와 자밀라(Jamila)예요. 우리나라 클라우드에 관심이 많습니다. 인사 나누시죠."


"안녕하세요. 만나서 반가워요."

"사와디 캅(안녕하세요.)"

"앗살라 말라이쿰(안녕하세요.)"

"즈드라스트부이쩨(안녕하세요.)"


"박 부장님, 학생들이 물어보는 거 말씀해 주시면 제가 설명하겠습니다."

"알겠습니다. 교수님. 제가 어떤 걸 얘기할까요?"

"먼저 클라우드육성센터를 소개해 주세요."

"저희 클라우드육성센터는 정부 산하 연구원 소속으로 작년에 설립했어요. 하는 일은 우리나라의 클라우드 시장 활성화를 위해 클라우드 기업들을 지원하고 있어요. 클라우드 컨설팅, 시장조사, 보고서 발간 등의 일을 하고 있습니다."


"Mr. Park said, This here is a government agency and established the last year 2012. They work for the revitalization of the Cloud industry and support of Cloud company in Korea. as a consulting, market research, making a report."

(박 부장님께서 말씀하시길, 클라우드육성센터는 정부 기관 소속으로, 2012년에 설립됐어요. 한국의 클라우드 시장 활성화를 위해 기업 지원과 컨설팅, 시장조사, 보고서 발간 일을 하신답니다.)


"Professor, What kind of doing exactly for Cloud company?"

(교수님, 클라우드 기업들에게 구체적으로 무슨 일을 하나요?)


"박 부장님, 낫타퐁 학생이 클라우드 기업들에게 무슨 일을 하는지 물어보는데요?”

"저희는 클라우드 중소기업들에게 주로 컨설팅과 홍보 지원을 하고 있어요. 관련 정보도 제공하구요.”

"Nattapong, They support Cloud consulting and promotion for small and medium sized companies. Also, they provide business information about Cloud.”

(낫타퐁 학생, 클라우드 중소기업들에게 주로 컨설팅과 홍보 일을 한다고 해요. 사업 정보도 제공하구요.)

"You said before a little bit, this here is a government agency. Is it belong to which government ministry?”

(알겠습니다. 교수님. 그리고 좀 전에 클라우드육성센터가 정부 기관 소속이라 고 하셨는데, 어디 소속인가요?)

"박 부장님, 클라우드육성센터는 어디 소속인가요?”
"미래창조과학부입니다.”
"미래창조과학부요? 이번에 새로 생긴 부처 말씀이시죠?”
"네, 맞습니다.”

"Cloud Promotion Center belongs to the MSIP. MSIP is short for the Ministry of Science, ICT and Future Planning.”

(클라우드육성센터는 미래부 소속입니다. 미래부는 미래창조과학부의 약자예요.)

"Professor, What is the main policy of MSIP?”

(교수님, 미래부의 주요 정책은 뭐예요?)

"박 부장님, 낫타퐁이 미래부의 정책을 물어보는데 뭐라고 할까요?"

"글쎄요. 생긴 지 얼마 안 돼서 저도 잘 모르겠어요. 그냥 간단히 우리나라 정보통신 정책을 수립하는 곳이라고 말씀하시죠. 아 참, 창조경제 주무 부처라고 하면 되겠네요."

"네, 알겠습니다."


"MSIP set up policy and national business about IT in Korea. And also, they are the main ministry of the Creative Economy."

(미래부는 한국의 정보통신 정책과 IT 사업을 수립하는 곳이에요. 그리고 창조경제의 주무 부처입니다.)

"Creative Economy?"

(창조경제요?)

"Nattapong, Creative Economy is Keypoint of policy in economy activation of the new President Park Geun-Hye."

(낫타퐁 학생, 창조경제는 한국의 새 대통령인 박근혜 대통령의 핵심 경제정책이에요.)

"I know Park Geun-Hye President. I saw that she is the newly elected on TV."

(저도 박근혜 대통령 알아요. 지난번에 당선되는 거 TV에서 봤어요.)


"That's right. You are interested in Korea. The prime minister of Thailand is also a woman, right?"

(네 맞아요. 낫타퐁 학생이 한국에 관심이 많네요. 태국 총리도 여성이죠?)

"Yes Sir. She is Prime Minister Yingluck Shinawatra. She is the younger sister of [35]**Thaksin Shinawatra** a former Prime Minister. She became Thailand's prime minister after her brother. They are very famous people in Thailand. Because there were two prime ministers in one family. But I am not interested in politics. There is a lot of corruption and they just fight each other. That's why coups happen frequently in Thailand. I am interested in Korean Wave because it is very popular in Thailand. The Korean Wave is the first thing that comes to mind when I think Korea."

(네, 교수님. 잉락 친나왓 총리예요. 전 총리였던 탁신 친나왓의 여동생이구요. 오빠에 이어서 총리가 됐어요. 태국에서는 아주 유명한 사람들이죠. 한 집안에서 총리가 두 명이나 나왔으니까요. 하지만 전 정치에 관심이 없어요. 부정부패도 많고 서로 싸우기만 하거든요. 그래서 태국은 쿠데타가 자주 일어나요. 대신에 전 한류에 관심이 많아요. 한국 하면 한류가 가장 먼저 떠올라요.)


"Really? Who do you like among Korean Wave?"

(그런가요. 낫타퐁은 한류 중에 누굴 좋아해요?)

"After all, the number one of the Korean Wave is an idol star. Psy, Big Bang, EXO, SHINee, Girls' Generation, 2NE1, etc. I can't count it with my hand. However, which debuted a while ago,

...

35  태국의 23대 총리이자 잉락 친나왓 총리의 오빠. 2001년 2월 총리에 취임했으나 부정부패 등으로 2006년 9월 군부 쿠데타로 실각됨.

[36]**BTS is really the best."**

(뭐니 뭐니 해도 아이돌 가수죠. 싸이, 빅뱅, 엑소, 샤이니, 소녀시대, 투애니원 등등 손으로 꼽을 수가 없어요. 얼마 전에 데뷔한 BTS는 정말 최고예요.)

"Who?"

(누구요?)

"BTS! Bang Tan Sonyeondan!"

(BTS요. 방탄소년단이요.)

"Well, it's my first time listening, isn't Psy famous?"

(글쎄, 난 처음 듣는데, 싸이가 유명하지 않나요?)

"Psy is more famous now, but sooner or later, BTS will become a world-class singer representing Korea. They will also be number 1 on the US Billboard Chart."

(지금은 싸이가 더 유명하지만, 조만간 방탄소년단이 한국을 대표하는 세계적인 가수가 될 거예요. 미국 빌보드 차트 1위도 할 겁니다.)

"No way. Psy didn't even be ranked number 1 on the Billboard Chart."

(설마요. 빌보드 차트 1위는 싸이도 못 했어요.)

"No. professor. BTS will definitely do it. Please wait."

(아니에요. 교수님. 방탄소년단은 꼭 할 거예요. 두고 보세요.)

...

36  2013년 6월 싱글 앨범 '2 Cool 4 Skool'으로 데뷔한 방탄소년단은 2020년 9월 'Dynamite'로 한국 가수로는 최초로 미국 빌보드 핫100 1위를 차지함. 2019년 11월 미국 CNBC 따르면 방탄소년단은 향후 10년간 한국 경제에 약 37조 원 이상의 가치를 가져다줄 것으로 예상함.

"Does anyone else think so?"

(다른 사람도 그렇게 생각해요?)

"Of course, professor. BTS is the best. It's so cool. They will be the Beatles of Korea."

(당연하죠. 교수님. 방탄소년단이 최고예요. 너무 멋있어요. 한국의 비틀즈가 될 거예요.)

"Who are they? Why did they name Bang Tan Sonyeondan for reason? Do they wear a bulletproof jacket?"

(도대체 그들이 누구예요? 이름은 왜 하필 방탄소년단이죠? 방탄을 입고 다니나요?)

"BTS is a teenage group consisting of 7 boys. As the name suggests, Bang Tan Sonyeondan has a profound meaning of stopping all dangerous and difficult things. They don't need to wear a bulletproof jacket. Because the fans cover everything."

(BTS는 7명으로 구성된 소년 그룹이에요. 방탄소년단은 이름에서도 알 수 있듯이 힘들고 어려운 일이 있어도 다 막아내겠다는 심오한 뜻을 갖고 있어요. 그리고 방탄소년단은 방탄조끼를 입을 필요가 없어요. 팬들이 모든 걸 감싸주니까요.)

"Jamila was excited to talk about BTS. Jamila likes BTS so much?"

(BTS 얘기를 하니 자밀라가 신났군요. 자밀라는 BTS가 그렇게 좋아요?)

"I love them so much. You'll change your mind if you watch the BTS music video."

(너무 사랑하죠. 교수님이 방탄소년단 뮤직비디오를 보시면 마음이 바뀔 거예요.)

"Jamila is right. You must also watch the BTS music video. The members are RM, Jin, Suga, J-Hope, Jimin, V, and Jungkook. The Korean names are Kim Nam-Jun, Kim Seok-Jin, Min Yun-ki, Jeong Ho-Seok, Park Ji-Min, Kim Tae-Hyung, and Jeon Jeong-Kook."

(자밀라 말이 맞아요. 교수님도 뮤직비디오를 꼭 보세요. 멤버는 RM, 진, 슈가, 제이홉, 지민, 뷔, 정국이에요. 이름은 김남준, 김석진, 민윤기, 정호석, 박지민, 김태형, 전정국이구요.)

"Oksana is amazing. How do you know the names of so many people?"

(옥산나 대단해요. 그 많은 사람 이름을 어떻게 다 알아요?)

"To be a true fan, you need to know that much."

(그 정도는 알아야 진정한 팬이죠.)

"I thought I lived younger than anyone, but it's too old that I can't keep up with the latest trends."

(난 누구보다 젊게 산다고 생각했는데, 최신 유행을 못 따라가는 걸 보니 너무 올드했네요.)

"You also need to know BTS to communicate with young people."

(교수님도 젊은 사람과 소통하려면 BTS는 아셔야 돼요.)

"Okay. I don't want to say 'When I was young' but the time has already passed like this. For adults to talk to young people, they have to talk about the latest trends, not just nagging. But I don't think I'm like that. I'll know how great BTS is. However, everyone should also be interested in Korean IT technology as much as the Korean Wave."

(알았어요. '나 땐 말이야' 이런 말은 하기 싫지만, 어느새 세월이 이렇게 흘렀네요. 어른들이 젊은이들하고 얘기하려면 잔소리만 하지 말고 최신 유행도 얘기해야 하는데 말이죠. 나도 BTS가 얼마나 대단한지 알아볼게요. 하지만 여러분들은 한류만큼이나 한국의 IT 기술에 관심을 가져야 됩니다.)


"I'm very interested in Korean IT technology and the cloud so much. I'd like to learn a lot this time at Cloud Promotion Center."

(교수님. 저는 한국의 IT 기술과 클라우드에 관심이 무척 많아요. 클라우드육성센터에 왔으니까 많이 배우고 싶어요.)

"Nattapong, a very good attitude. The Korean Wave is more gaining continuous popularity because of IT technology. In the 4th industrial revolution, IT technology will be more important. I hope you have to become a hero in the 4th industrial revolution in Thailand later. You continue to devote yourself to study hard that way."

(낫타퐁 학생, 아주 훌륭한 자세예요. IT 기술 덕분에 한류가 지속적인 인기를 얻는 거예요. 4차 산업혁명에서는 IT 기술이 더 중요해요. 나중에 태국에 가서 4차 산업혁명의 주인공이 될 수 있도록 학업에 정진하세요.)

"Thank you Sir."

(감사합니다. 교수님.)

"Did you hear about The 4th Industrial Revolution?"

(여러분들도 4차 산업혁명 얘기를 들어봤죠?)

"Yes."

(네.)

"If I say briefly about the 4th industrial revolution, it was first introduced by [37]**Klaus Schwab** of Germany. He will expect AI to lead the 4th industrial revolution. Although Korea is a powerful IT technology right now, I don't know what will happen in the 4th Industrial Revolution. If you prepare for that fast, your country can be leading ahead."

(4차 산업혁명을 잠시 얘기하면, 독일의 클라우스 슈밥이라는 사람이 처음 소개했어요. 그는 AI가 4차 산업을 이끌 것으로 예상해요. 지금은 한국이 IT 강국이지만, 4차 산업혁명에서는 어떻게 될지 몰라요. 빨리 준비하면, 여러분들이 앞서갈 수 있습니다.)


"Professor, what is the success strategy of the 4th industrial revolution?"

(교수님, 4차 산업혁명의 성공 전략은 무엇인가요?)

"Nattapong, If I say a few things about it, first of all, it is important to look at the future. To do that, you need to develop your ability to cope with changes in the times without

...

37   클라우스 슈밥(Klaus Schwab)은 스위스 다보스 포럼(Davos Forum)의 창립자이자 회장으로 2016년 다보스 포럼에서 4차 산업혁명이라는 용어를 처음 사용함.

complacency. The era of the 4th Industrial Revolution will become a convergence society. You will not be able to survive exclusively. No longer will companies develop technology in a way that is not independent, but in a way that reduces uncertainty about technology investment by working with many external expert groups. In some cases, companies will also collaborate with competitors and other sectors. This is because a strategy to acquire the necessary skills on time is important in the rapidly changing technology trend. So-called [38]**Open Innovation** is the keyword to the success strategy of the 4th industrial revolution. I want you to study hard and become a leader doing that kind of thing."

(4차 산업혁명의 성공 전략을 얘기하면, 우선 미래를 보는 안목이 중요합니다. 그러기 위해서는 현실에 안주하지 않고 시대 변화에 대처하는 능력을 키워야 해요. 4차 산업혁명 시대는 융합 사회가 될 겁니다. 배타적이어서는 절대 살아갈 수 없어요. 기업들도 더 이상 단독이 아니라 외부 전문가 집단들과 협력해 기술 투자의 불확실성을 줄이는 방식으로 기술개발을 할 거예요. 경우에 따라서는 경쟁 업체나 전혀 다른 분야의 업체와도 협력할 겁니다. 빠르게 변하는 기술 트렌드에서 필요한 기술을 적시에 확보하는 전략이 무엇보다 중요하기 때문이에요. 이른바 오픈 이노베이션이 4차 산업혁명의 성공 전략이라고 할 수 있어요. 여러분들이 열심히 공부해서 그런 일을 하면 좋겠어요.)

"Thank you Professor."

(감사합니다. 교수님.)

. . .

38  오픈 이노베이션(Open Innovation)은 외부와의 협력을 강조하는 기술 혁신 전략. 기업이 대학과 연구소 등 외부 전문 기관과 컨소시엄을 구축해 미래 기술 투자에 대한 불확실성을 줄여 필요한 기술을 확보하는 방식임.

"Okay, Other people wonder about Korea Cloud? Any questions?"

(그럼, 다른 사람 질문하세요?)

"Yes, Professor."

(교수님, 저요.)

"Muhammad, Tell me."

(무하마드, 얘기해요.)

"I know Korea is an IT strong country in the world. How about the Cloud technical level?"

(한국은 IT 강국인데, 클라우드 기술 수준은 어느 정도예요?)


"박 부장님, 무하마드가 우리나라 클라우드 기술 수준을 묻는데요?"

"교수님, 우리나라 수준이 높지 않아서요. 교수님이 좋게 말씀해 주세요."

"네, 알겠습니다. 걱정 마세요."


"Muhammad is correct. Korea is famous for IT strong country such as the internet and networking. In Korea, we can get downloading a movie on the internet in only one minute. It is the fastest internet speed in the world. I think Cloud technology will be similar. I will tell you more at school."

(무하마드 학생이 정확히 알고 있네요. 한국은 IT 강국으로 유명하죠. 한국은 인터넷에서 영화 한 편 다운로드 받는 데 1분도 안 걸려요. 아마 세계에서 제일 빠를

거예요. 클라우드 기술도 비슷할 거라고 생각해요. 자세한 건 학교에서 알려줄게요.)

"Yes, Professor. Korea's internet speed is very fast. We have to wait all day long if download a movie on the internet in Egypt."

(맞아요. 교수님. 한국의 인터넷 속도는 정말 빨라요. 이집트는 인터넷 속도가 느려서 영화 한 편 받으려면 하루 종일 걸려요.)

"However, I heard that Egypt is a powerful country in Arab countries. Also, Egypt has many famous places like the pyramids, Sphinx, and the Nile river. Many tourists will come every year, but if the internet is slow, they will be inconvenient."

(아랍 국가에선 이집트가 선진국이라고 들었어요. 피라미드나 스핑크스, 나일 강 같은 유명지도 많구요. 관광객들이 많이 올 텐데 인터넷이 느리면 많이 불편할 거예요.)

"Yes, Professor."

(맞습니다. 교수님.)

"Muhammad, Is the Korean Wave popular in Egypt too?"

(무하마드, 이집트에도 한류가 인긴가요?)

"That's right. It is very famous. In particular, K-POP is the best in the world. BTS will be popular soon. How popular it is, girl students wear hijab on their heads and dancing of idol stars. It has a dance contest too. Korean dramas are especially popular. The highest drama view rating in Egyptian TV history are Korean dramas."

(그럼요, 교수님. 아주 유명하죠. K-POP이 단연 최고예요. 곧 있으면 BTS가 인기를 얻을 거예요. 얼마나 인긴지, 이집트 여학생들은 히잡을 쓰고 아이돌 춤을 춰요. 춤 경연 대회도 있어요. 그리고 한국 드라마도 인기예요. 이집트에서 역대급으

로 가장 높은 시청률을 기록한 드라마가 한국 드라마예요.)

"Muhammad, Really? Korean dramas are popular in Egypt?"

(무하마드 진짜예요? 이집트에서 한국 드라마가 인기예요?)

"Of course. A few years ago, Korean dramas like 『Winter Sonata』 and 『Dae Jang-Geum』 were very popular in Egypt. There is a Korean speaking contest. I also got a friendly impression on Korea after watching Korean drama."

(물론이죠. 몇 년 전에 『겨울연가』하고 『대장금』 드라마가 인기여서 한국어 말하기 대회도 생겼어요. 저도 한국 드라마를 보고 한국에 좋은 인상을 받았어요.)


"I don't know Korean Idol and TV drama well. So, I can't feel that of Egypt. There is a saying that 'The most Korean thing is the global thing'. This can be applied not only to Korea but to all countries including Egypt, Thailand, and Kazakhstan. Adding IT technology to your country's own culture will make more great the culture flourishes on the synergy effect."

(나는 한국 아이돌과 드라마를 잘 모르는데, 이집트에서 인기라니 실감이 안 나네요. 여러분, '가장 한국적인 것이 가장 세계적이다'란 말이 있어요. 이 말은 한국뿐만 아니라, 이집트, 태국, 카자흐스탄 등 모든 나라에 적용할 수 있습니다. 여러분 나라의 고유문화에 IT 기술을 더하면 시너지 효과가 생겨서 더욱 융성해질 겁니다.)

"Yes, Sir."

(네, 교수님.)

"Muhammad, If using IT technology like Cloud will be visiting in more tourists to Egypt. You can spread more about Egypt's famous culture. You have to do it."

(무하마드, 클라우드 같은 IT 기술을 이용하면 이집트에 관광객이 더 많이 올 거예요. 이집트의 유명한 문화들도 더 많이 알릴 수 있구요. 무하마드가 그 일을 해야합니다.)

"Thank you Professor."

(감사합니다. 교수님.)


"Jamila, How about Kazakhstan? Is the internet fast?"

(자밀라 학생, 카자흐스탄은 어때요? 인터넷이 빠른가요?)

"No. We are similar to Egypt. Kazakhstan is a big country and there are a lot of old places. So, there is no internet service in some countryside. I envy Korea."

(아니요. 저희도 이집트하고 비슷해요. 카자흐스탄은 나라가 크고 낙후된 곳이 많아요. 시골에는 아직 인터넷이 안 되는 곳도 있어요. 한국이 부럽네요.)

"Jamila, Don't worry. You have to introduce IT technology of Korea to Kazakhstan. It will get better soon. Do you know what I mean?"

(걱정 말아요. 자밀라가 한국의 IT 기술을 카자흐스탄에 알리세요. 그럼 좋아질 거예요. 무슨 말인지 알겠죠?)

"Okay Professor."

(알겠습니다. 교수님.)


"There is a saying that **'Successful people have a common reason, but failed people have a variety of reasons'**. This is the sentence of famous [39]**Russian novel**. Maybe does Jamila knows the novel?"

**('성공한 사람들은 공통점이 있지만, 실패한 사람들은 다양한 이유가 있다'**라는 말이 있어요. 러시아의 유명한 소설에 나오는 말인데, 혹시 자밀라 알아요?)

"I don't know. Kazakhstan became independent from Russia long ago."

(아니요. 모르는데요. 그리고 카자흐스탄은 오래전에 러시아에서 독립했어요.)

"Don't mind. Everyone, There is a saying in Korea proverb that there is no grave without a story. Even if your country's environment is different, for society to improve, you need to learn the IT skills of advanced countries like Korea. Don't be ashamed to learn. I want to say this to everyone."

(몰라도 괜찮아요. 여러분, 한국 속담 중에 '사연 없는 무덤 없다'는 말이 있어요. 여러분 나라의 환경이 다르더라도 발전하기 위해서는 한국과 같은 앞선 나라의 IT 기술을 배워야 합니다. 배우는 것을 부끄럽게 생각하지 말아요. 이 말을 꼭 해주고 싶어요.)

"It's great impressive. I will keep in mind."

(인상적인 말씀이시네요. 명심할게요. 교수님.)


"Jamila, I know there are many Korean companies in

...

39  톨스토이의 『안나 카레니나』 첫 문장 '모든 행복한 가정은 엇비슷하지만, 불행한 가정은 제각기 나름대로 불행을 안고 있다'를 비유한 말. 플라톤아카데미 '삶, 어떻게 살 것인가' 시리즈 중 석영중 교수의 '톨스토이, 성장을 말하다'에서 인용.

Kazakhstan. Am I right?"

(자밀라, 카자흐스탄에 한국 기업들이 많다고 들었는데, 정말인가요?)

"Sure. There are many big companies like Samsung and LG. LG Electronics and Hyundai motors have a big factory in Kazakhstan. The Korean Wave is also awesome in Kazakhstan."

(맞아요. 교수님. 삼성, LG 같은 대기업들이 있어요. LG전자와 현대자동차는 큰 공장도 있구요. 한류도 끝내주죠.)

"I hope Jamila and Oksana get a job at the companies and doing IT works. Kazakhstan will soon become an IT strong country such as Korea."

(자밀라와 옥산나가 그런 회사에 들어가서 IT 일을 하면 좋겠어요. 그럼, 카자흐스탄도 금방 IT 강국이 될 거예요.)

"I hope so too."

(저도 그랬으면 좋겠어요.)


"Everyone listen to me, Have you ever been before heard Saemaul-Undong?"

(여러분들 혹시 새마을운동이라고 들어봤어요?)

"Saemaul-Undong?"

(새마을운동이요?)

"Yes. Saemaul-Undong is a New Town making movement in English. New Town making movement is one of the policies developed by the countryside or rural area in Korea in the 1970s. At the time, it's like the 4th industrial revolution nowadays.

The policy was very successful. So, East-South Asia and African countries, learn the policy and want to set up a role model. I think that Cloud is the same even in the era of the 4th industrial revolution. When you work for your country, refer to it. Something just like that, it will help you as best practice."

(네, 새마을운동을 영어로 하면 뉴타운 메이킹 무브먼트라고 할 수 있어요. 1970년대 한국의 시골 마을을 개발하려는 정책이었죠. 당시로 보면, 지금의 4차 산업혁명과 같은 거예요. 그 정책은 아주 성공적이었습니다. 동남아시아나 아프리카에서는 그 정책을 롤 모델로 삼을 정도예요. 저는 4차 산업혁명 시대에 클라우드도 같다고 생각합니다. 여러분들이 여러분 나라에서 일할 때 참고하세요. 분명히 도움될 거예요.)

"Professor, who made the policy?"

(교수님, 새마을운동은 누가 만들었나요?)

"President Park Jung-Hee."

(박정희 대통령입니다.)

"Park Jung-Hee?"

(박정희요?)

"Yes. He is the father of President Park Geun-Hye, now President of Korea."

(네. 그는 박근혜 대통령의 아버지죠.)

"Wow, Surprise! It's great that both father and daughter became presidents."

(정말요? 아버지와 딸이 모두 대통령이 되다니 대단하네요.)

"Yes. In Thailand, brother and sister became prime ministers, but in Korea, father and daughter became presidents. The father was doing Saemaul-Undong and now, the daughter is doing the 4th Industrial Revolution. There is a saying that history goes around. In this view, history is very irony."

(그렇죠. 태국은 오빠와 여동생이 총리가 됐지만, 한국은 아버지와 딸이 대통령이 됐어요. 아버지는 새마을운동을 했고 딸은 4차 산업을 하고 있어요. 역사는 돌고 돈다는데, 참 재밌어요.)


"Professor, What kind of person was he?"

(교수님, 박정희 대통령은 어떤 분이셨나요?)

"Jamila, It is a difficult question. I don't know what to say about him."

(글쎄요 자밀라, 그건 어려운 질문이네요. 그분에 대해서 무슨 말을 해야 할지 모르겠어요.)

"Why? What happened to him?"

(교수님 왜죠? 무슨 일이 있었나요?)


"He has received various evaluations from Korea. Everyone has a good thing and a bad thing, and I think he is the same. He was the president of a soldier. Someone blame for him that he suppressed human rights and dictatorship. On the other hand, some people say that he contributed to the economic development of Korea. Everyone is the same, there are many different views about him, but I think the evaluation is a difference of opinion. I wonder how people will evaluate President Park Geun-Hye later. You don't know well, but he and his daughter have a lot of joys and sorrows. Let's stop talking about this and talk about something else."

(그는 한국 사회에서 다양한 평가를 받고 있어요. 사람에게는 잘한 일과 잘못한 일이 있듯이, 그분도 마찬가지라고 생각합니다. 사실 그는 군인 출신 대통령이었습니다. 어떤 사람들은 그가 인권을 탄압하고 독재를 했다고 비난해요. 또 다른 사람들은 그가 한국 경제를 발전시켰다고 얘기합니다. 누구나 마찬가지지만, 그에 대한 평가는 견해의 차이라고 생각해요. 나중에 박근혜 대통령은 어떤 평가를 받을지 궁금하네요. 여러분들은 잘 모르겠지만, 그와 그의 딸은 애환이 많은 사람들이에요. 자, 이 얘기는 그만하고 다른 얘길 합시다.)

"Professor, Please ask Mr. Park that they can support Cloud consulting or business know-how in Thailand? We are still beginning a step about Cloud."

(교수님, 박 부장님께 태국에서 클라우드 컨설팅이나 사업 노하우를 전수받을 수 있는지 물어봐 주세요. 태국의 클라우드는 이제 시작 단계라서요.)

"박 부장님, 해외에서 클라우드 컨설팅 지원이나 노하우 전수는 가능한가요? 아니면 이참에 외국 학생들을 교육하는 건 어떠세요?"

"교수님, 아직 그런 계획은 없습니다. 저흰 국내 기업들을 위해서만 일하고 있어요."

"알겠습니다. 박 부장님. 외국 학생들에게 가르치면 좋을 텐데 아쉽네요. 아무튼, 알겠습니다."

"Nattapong, They don't have any plans support for abroad."

(낫타퐁, 클라우드육성센터는 아직 해외 지원 계획은 없다고 하네요.)

"Professor, I have a question more."

(교수님, 또 질문 있어요?)

"Me, too."

(교수님, 저도요.)


"저… 장 교수님, 시간이 많이 지났는데요."

"죄송합니다. 박 부장님. 제가 깜빡했네요. 이 학생들이 우리나라 클라우드에 관심이 많아서, 시간 가는 줄 몰랐네요."


"No, No. Nattapong, Muhammad. It's past visiting hours. Mr. Park is busy now. Who didn't ask a question? I think Oksana, didn't it. Do you have any last questions?"

(낫타퐁, 무하마드. 이제 그만해야 해요. 시간이 많이 지났어요. 혹시 질문 안 한 사람 있나요? 옥산나가 안 한 거 같은데, 옥산나가 마지막으로 할래요?)

"Professor, Can I ask directly to Mr. Park?"

(교수님, 박 부장님께 직접 물어봐도 될까요?)

"박 부장님, 옥산나 학생이 부장님께 질문 있다고 하는데, 괜찮으시겠어요?"

"교수님, 짧게 하라고 해주세요."

"Oksana, Do ask a short question."

(옥산나, 짧게 물어봐요.)

"안녕하세요. 박 부장님. 만나서 반갑습니다. 저는 카자흐스탄에서 온 옥산나예요. 아까 교수님과 박 부장님 대화 중에 클라우드육성센터는 외국 학생에겐 교육을 안 한다고 하셨는데, 그럼 클라우드육성센터의 일을 알 수 있는 소개 자료를 볼 수 있을까요?"

"헉? 깜짝이야. 옥산나, 한국말 할 줄 알아요?"

"네, 교수님. 한국말 조금 해요. 잘은 못 해요."

"박 부장님, 클라우드육성센터 소개 자료 있나요? 학생들한테 그걸 주면 좋겠어요."

"자료가 있긴 한데, 이게 한글 자료예요. 영문 자료는 아직 없습니다."

"그럼, 영문 홈페이지 주소를 알려 주세요."

"교수님, 그것도 없습니다. 저흰 영문 홈페이지를 운영하지 않거든요."

"영문 자료가 있어야 외국 학생들한테 알리는데… 없어서 아쉽네요. 혹시 나중에라도 만들면 보내주세요. 제가 클라우드육성센터를 많이 소개하겠습니다."

"감사합니다. 장 교수님."

"박 부장님, 그럼 이만 가 볼게요. 바쁘신데 시간 내주셔서 감사합니다. 다음에 또 뵈면 좋겠어요."

"Everyone, time to say good bye."

(학생 여러분, 이제 갈 시간이에요. 박 부장님께 인사하세요.)

"싸왓디 프룽니 쩌 깐(안녕히 계세요.)"

"와다 안, 아라 카 가단(안녕히 계세요.)"

"빠까, 더자프뜨라(안녕히 계세요.)"

"Nattapong, Muhammad, Jamila, Oksana. Good bye Everyone."

(그래요 잘 가요. 낫타퐁, 무하마드, 자밀라, 옥산나.)


"부장님, 누구예요?"

"나 참, 별일이 다 있네. 해외에서 우릴 찾아왔어."

"해외에서요? 해외 어디서요?"

"태국하고 이집트, 카자흐스탄 학생들이 왔어."

"카자흐스탄이요? 거기가 어디예요?"

"나도 모르지. 거기 학생이 2명이나 왔어. KDI 국제정책대학원에 다니는 학생들인데, 장 교수라는 분이 데려왔어. 이런 학교가 있었나?"

"카자흐스탄이면 공산국가 아니에요? 옛날에 소련 같은데요."

"그래? 소련이면 러시아잖아? 러시아면 유럽인데? 근데, 어떤 학생은 꼭 한국 사람처럼 생겼어."

"맞다! 카자흐스탄에 고려인이 많다고 들었어요."

"그래서 그런가? 옥산나는 한국 사람인 줄 알았어."

"옥산나요?"

"오늘 온 학생인데 한국말을 잘하더라구."

"그래서 뭐라고 하셨어요?"

"그냥 이것저것 얘기해줬어. 뭐 할 얘기가 있어야지."

"부장님, 이거 연구원에 얘기해야 하는 거 아니에요? 클라우드육성센터에 외국 학생들이 방문했다고 얘기하세요."

"방문은 무슨 방문. 그냥 한번 온 거야. 그리고 오늘 오후에 누구 오기로 했어."

"또 누구요?"

"어제 연구원 수석이 한 사람 보낸다고 연락이 왔어. 한번 만나보라는데, 통 무슨 얘길 하는지 알 수가 없네."

"누군데요?"

"수석이 올해 클라우드육성센터 사업에 중소기업을 넣자는 거야. 우리하고 중소기업하고 같이 일하는 게 좋을 거 같다고 하면서 오늘 그 회사 이사를 만나라는데, 내가 뭐라고 할 수가 있어야지."

"갑자기 우리 일에 중소기업을 넣어요?"

"KIT가 대기업이니까 중소기업하고 상생하는 차원에서 같이 하래. 박근혜 정부가 상생을 좋아한다고 그렇게 해야 한대."

"그래서 뭐라고 하셨어요?"

"일단 만나겠다고 했는데 어떻게 할지 모르겠어. 엄연히 KIT가 계약해서 하는 일인데 중소기업하고 같이 하라니, 해야 할지 말아야 할지. 이거 참."

"부장님, 무슨 꿍꿍이 있는 거 아니에요?"

"수석이 만나보면 알 거라고 하는데 나도 기분이 찜찜해. 아무리 자기가 연구원 담당자라도 이건 너무하는 거 같애. 아무튼, 이따 사람 오면 최 과장하고 이 팀장도 같이 봐. 무슨 얘길 하는지 들어봅시다."

# | 그날 오후 클라우드육성센터 회의실

"안녕하세요 박 부장님. 처음 뵐게요."

"네, 안녕하세요."

"전 ⁴⁰**빅 클라우드**에 심 이사예요. 헤헤."

"여긴 저하고 같이 일하는 최 과장하고 이 팀장이에요."

"네, 안녕하세요. 전 박 부장님하고만 얘기하는 줄 알았는데. 헤헤."

"아니에요. 오늘 회의가 중요할 거 같아서 오라고 했어요. 최 과장하고 이 팀장은 클라우드육성센터 실무자들입니다."

"그러세요. 앞으로 잘 부탁드려요. 최 과장님, 이 팀장님 헤헤."


"회사 이름이 빅 클라우드인가요?"

"네, 부장님. 저희가 클라우드 전문회사거든요. 헤헤."

"클라우드 전문회사요? 여기 명함에는 빅 오피스(Big Office)로 되어 있는데, 이건 뭔가요?"

"헤헤, 그건 예전 회사 이름이에요. 얼마 전에 회사 이름을 빅 클라우드로 바꿨는데 아직 명함을 못 바꿨어요. 명함도 곧 바꿀 거예요. 여기 회사 소개서 보세요. 소개서에는 빅 클라우드로 돼 있어요. 헤헤."

"회사 이름을 바꿨다구요?"

"그럼요, 부장님. 이제 클라우드육성센터 일하려면 바꿔야죠. 헤헤."


...

40   빅 클라우드(Big Cloud). 책 내용을 위해 만들어진 가상의 회사.

"예전 회사는 무슨 일을 했어요? 오피스면 클라우드하고 관련 있나요?"

"헤헤… 그게요… 부장님, 잠시 사무용품을 만들었는데 이젠 아니에요. 지금은 클라우드 사업만 하고 있어요."

"알겠습니다. 제가 듣기엔 연구원 수석님이 추천했다고 하던데, 저희 클라우드육성센터는 알고 계세요?"

"그럼요, 부장님. 알다마다요. 클라우드 일하는 사람 중에 여기 모르는 사람이 있나요. 여기 분들이 일 잘한다고 소문이 자자하던데요. 헤헤."

"연구원 수석님은 어떻게 아세요?"

"아는 분한테 소개받았어요. 신경 쓰지 마세요. 헤헤."

"수석님이 추천할 정도면 꽤 가까우신가 봐요?"

"클라우드 업계가 워낙 좁잖아요. 헤헤."


"그렇군요. 여기 소개서에 클라우드 내용은 어딨어요?"

"뒤쪽에 있어요."

"음… 내용이 간단하네요. 사업 시기도 얼마 안 됐구요."

"클라우드 사업은 올 초에 했지만, 사업 준비는 꽤 됐습니다. 헤헤."

"올 초에요? 지금이 4월인데, 올 초면 서너 달밖에 안 됐네요."

"헤헤 부장님, 저희가 클라우드 준비를 오래 했어요. 뭐든지 준비가 중요하잖아요."

"클라우드 일이 처음은 아니죠?"

"그럼요. 부장님. 저희가 클라우드 시장조사도 하고 보고서도 쓰고 그랬어요."

"보고서는 저희도 쓰는데, 무슨 보고서를 썼어요?"

"헤헤, 중요한 건 아니구요. 수석님이 부탁한 게 있어서 클라우드 보고서를 몇 개 썼어요."

"어떤 보고선지 볼 수 있을까요?"

"헤헤, 오늘은 안 가져왔는데 다음에 보여드릴게요."


"알겠습니다. 그렇게 하시죠. 그리고 빅 클라우드는 직원이 몇 명이에요?"

"한 10명 정도 있어요."

"전체 직원이 10명인가요? 클라우드 직원이 10명인가요?"

"전체죠. 헤헤."

"10명이 사무용품 일도 하고 클라우드 일도 하나요?"

"클라우드 인력은 지금 뽑고 있어요. 헤헤."

"클라우드 전문회사라고 해서 클라우드 인력이 꽤 될 줄 알았는데 많지가 않네요. 지금 뽑아서 일할 수 있겠어요?"

"그럼요 부장님. 다음 달에 클라우드육성센터 일하니까 빨리 뽑아야죠."


"클라우드육성센터 일을요? 누가요?"

"누구긴요. 저희죠 헤헤. 부장님, 저희가 잘 도와드릴게요."

"빅 클라우드가 클라우드육성센터 일을 한다고 누가 그래요?"

"그거야 수석님이 그러시죠. 저희 직원들을 클라우드육성센터에 보내라고 하셨거든요."

"뭐라구요? 심 이사님, 그럴 거 없어요. 거기 직원들이 여기 오는 일은 없을 겁니다."

"네네, 알겠습니다. 그건 부장님 말씀대로 할게요. 헤헤."


"그리고 또 뭐라고 하던가요?"

"이번에 박근혜 정부의 핵심 경제정책이 대기업하고 중소기업의 상생이라고 하셨어요. 그래서 저희하고 KIT가 같이 클라우드육성센터 일을 하는 거라고 하셨거든요."

"수석님이 그런 얘길 했어요? 그래서 뭐라고 했어요?"

"감사하다고 했죠. 저희가 언제 KIT 같은 대기업하고 일을 하겠어요. 수석님이 추천해 주시니까 하는 거죠. 헤헤."

"심 이사님, 그게 무슨 말이에요?"

"부장님, 얘기 못 들으셨어요? 저는 다 아시는 줄 알았는데, 헤헤."

"저흰 아직 결정된 게 없어요. 수석님하고도 더 얘길 해야 해요."

"저한텐 얘기 끝났다고 했거든요. 미래부에 보고 다 했다고 했는데, 부장님한텐 얘길 안 하셨나 보네요. 헤헤."

"아니요. 아직 몰라요. 더 얘기해야 합니다."

"알겠습니다. 부장님. 그럼, 수석님하고 얘기해 보세요. 얘기하셔도 안 될 거 같은데 헤헤. 저도 수석님한테 다시 물어볼게요."

"빅 클라우드는 사장님이 아니라 심 이사님이 연락하나 보죠?"

"사장님이 바쁘시니까 제가 하는 거예요. 헤헤."


"일단 알겠습니다. 그리고 저희가 빅 클라우드하고 일한다는 장담은 안 하는 게 좋겠어요."

"박 부장님, 그러지 마시고 잘 좀 봐주세요. 저희가 열심히 할게요.

헤헤.”

"그건 나중에 얘기하시고, 최 과장하고 이 팀장은 궁금한 거 없어?"

"……."

"박 부장님, 오늘 처음 뵙는데 그만하시죠. 많이 바쁘시잖아요. 다음에 또 뵐 텐데요. 헤헤.”

"잠시만요. 심 이사님. 궁금한 게 있는데 혹시 수석님하고 사업비 얘기도 하셨나요? 클라우드육성센터 사업하면 얼마나 생각하고 계세요?"

"왜 사업비를 이 팀장님이 물어보세요. 그건 수석님하고 얘기하고 있어요.”

"사업비는 우리하고 얘기해야 합니다. 클라우드육성센터 사업 주체는 KIT예요. 사업 예산은 연구원에서 받아도 집행은 우리가 하거든요.”

"헤헤, 그런가요? 그건 몰랐네요.”

"저흰 아직 사업제안서나 견적서도 못 받았어요. 그리고 참여 인력 이력서하고 클라우드 사업 실적 등 저희한테 제출해야 할 서류가 많아요. 아 참, 지난 3년간 빅 클라우드 재무제표도 필요해요.”

"예?"

"서류들은 클라우드육성센터 일을 하건 못하건 상관없이 제출하는 거 아시죠?"

"그걸 왜 이 팀장님… "

"그건 제가 아니고 KIT 본사에서 검토해요. 대기업하고 일하려면 필요한 서류가 많아서요. 그 얘긴 수석님한테 못 들으셨나요?"

"……."

"정작 중요한 얘길 못 들으셨네요. 필요한 서류는 제가 다시 알려드릴게요."

"알겠습니다. 이 팀장님. 수석님이 일할 준비만 하라고 해서 다른 건 생각을 못 했네요. 헤헤."

"최 과장은 궁금한 거 없어?"

"네, 없습니다."

"그럼 심 이사님, 이만하시죠. 저희가 내부 회의를 해서 연락드릴게요."

"네네, 부장님. 수석님하고 말씀해 보시고 연락 주세요. 저흰 일할 준비하고 있을게요. 헤헤. 부장님 그럼 또 뵐게요. 안녕히 계세요."

"최 과장, 이 팀장 어때?"

"부장님, 저 사람 도대체 뭐예요? 깐죽깐죽 웃기나 하고 재수 없게."

"골치 아프게 생겼어. 저런 놈하고 무슨 일을 하라는 건지 어이가 없네."

"부장님은 저 회사 이름 들어보셨어요? 저는 오늘 처음 들어요."

"나도 처음 들어. 저딴 게 KIT하고 일을 한다구. 대기업이 우습게 보이지. 최 과장, 홍 대리가 만든 클라우드 업체 리스트에 저 회사 있어?"

"없어요. 지난번에 홍 대리가 크고 작은 클라우드 회사는 다 조사했는데, 이름이 없으면 아닌 거예요."

"그럴 줄 알았어. 근데, 무슨 클라우드 전문회사란 거야?"

"부장님, 연구원 수석한테 얘기하세요."

"뭐라고?"

"회사가 이상하다구요. 추천하려면 제대로 해야지 클라우드 회사도 아니고 사무용품 회사가 뭐예요."

"연구원 수석이 내 얘길 들을까? 오늘 사람까지 보냈는데."

"그럼, 저 회사하고 진짜 일하게요? 저런 놈들하고 일 못 해요. 말하는 거 보니까 완전 사기꾼이에요."

"최 과장, 누가 그걸 몰라. 어쩔 수 없으니까 만났잖아."

"그래도 저 회사는 아니에요. 저런 놈들은 처음부터 상종을 말아야 해요."

"이 팀장은 어떻게 하면 좋겠어?"

"우선 KIT에 가서 한 부장님하고 상의하세요. 한 부장님도 아셔야죠."

"그래, 한 부장님을 만나야겠어."

"그리고 저 회사를 좀 알아야겠어요. 오늘 처음 봐서 아는 게 없잖아요. 심 이사란 사람도 이상하고요."

"어디서 알아봐? 물어볼 때 있어?"


"부장님, 그건 제가 알아볼게요."

"최 과장이 어떻게?"

"제가 아는 회사 대표님이 계세요. 그분이 클라우드 업체 모임 회장이에요."

"그분이 누군데? 믿을 만해?"

"강 대표님이라고 작년에 몇 번 봤는데 그분이 클라우드 쪽에 인맥이 많아요."

"그럼, 그분한테 알아볼 수 있을까? 빅 클라우드가 어떤 회산지?"

"제가 강 대표님한테 물어볼게요. 그분이 모르면 진짜 모르는 거예요."

"아니야, 최 과장. 내가 직접 만나는 게 좋겠어. 그분 연락처를 줘. 내가 연락할게."

"네, 바로 드릴게요. 연락해 보세요."

"그래, 알았어. 내가 조만간에 한 부장님하고 강 대표님 만나보고 어떻게 할지 다시 얘기합시다."

# 제12장 홈페이지 개편

## '선무당이 사람 잡다'

"이 팀장, 시간 잘 간다."

"무슨 시간이요?"

"벌써 5월이잖아. 여의도 국회의사당 앞에 벚꽃이 활짝 폈던데, 거기 구경 갈까?"

"신세 편한 얘길 하시네. 거길 왜 가요. 사람이 얼마나 많은데요."

"뭐 어때, 꽃구경도 하고 사람 구경도 하면 좋지."

"거기 가서 무슨 고생을 하게요. 사람들 때문에 꽃구경 못 해요. 매년 여의도 가라앉는 거 몰라요?"

"여의도가 가라앉아?"

"봄에는 꽃구경, 가을에는 불꽃놀이 구경한다고 전국에서 사람들이 오니까 가라앉죠. 봄, 가을이면 1cm씩 가라앉는대요."

"진짜야?"

"안 그러면 그 작은 섬이 어떻게 버텨요. 맨날 건물 짓는다고 공사도 하잖아요. 아마 국회의사당이 제일 먼저 가라앉을 거예요. 쓸데없는 인간들이 제일 많으니까."

"이 팀장, 그러지 말고 점심시간에 갔다 오자. 여기서 멀지도 않잖아."

"가길 어딜 가요. 최 과장님은 일 안 해요?"

"무슨 일?"

"지난번에 박 부장님이 클라우드육성센터 소개 자료 만들라고 했잖아요?"

"그건 다 해놨지. 내가 영문 자료도 만들었어."

"영문 소개 자료도 만들었어요?"

"당연하지. 하는 김에 같이 했어. 내가 이 팀장 안 줬나? 홍 대리하고 막내한테는 줬는데. 막내한테 그걸로 홍보 메일 만들어서 업체들한테 보내라고 했어."

"벌써요? 그걸 언제 다 했어요?"

"일은 빨리빨리 해야지. 내가 노는 줄 알아? 내가 다 했으니까 이 팀장은 하지 마. 오늘은 그냥 나하고 놀자. 요새 내가 여행 책을 많이 봐요. 내가 재밌는 얘기 해 줄게."

"그래도 안 돼요. 박 부장님이 오후에 회의한다고 했어요."

"또 무슨 회의?"

"오피스 회사 있잖아요. 지난주에 계속 한 부장님 만나는 거 같던데, 얘기가 잘 안 되는 모양이에요."

"그 회사하고 끝난 거 아니었어?"

"연구원 수석이 자꾸 하라나 봐요."

"수석이 그런다고? 부장님이 강 대표님은 만났나?"

"어제 강 대표님 만나고 오늘 오전에 수석 만난다고 했어요. 박 부장님 오시면 회의해야 하니까, 다들 어디 가지 말고 사무실에 있어요."

## ┃ 그날 오후 클라우드육성센터 회의실

"부장님, 얘긴 잘 하셨어요?"

"어휴, 그게 말이야."

"부장님, 왜요?"

"여기저기 알아봤는데 잘 안됐어. 결론부터 얘기하면 올해 빅 클라우드하고 일하게 됐어. 미안해."

"부장님이 왜 미안해요. 열심히 하셨잖아요."

"연구원 수석하고 얘기했는데 빅 클라우드를 꼭 넣겠다고 해서 말이야."

"왜요?"

"이 팀장, 지난번에 심 이사가 얘기했었지. 박근혜 정부의 경제정책이 대기업하고 중소기업의 상생이라고. 그 얘길 수석이 또 하더라구."

"상생이요? 그게 뭔데요?"

"나도 몰라. 이명박 정부에선 동반 성장이라고 했던 걸, 박근혜 정부는 상생이라고 하나 봐."

"상생 같은 소리 하네! 그럼, 왜 하필 빅 클라우드예요. 그게 이상하잖아요? 연구원 사업 담당자가 지가 아는 회사를 추천하는 게 어딨어요?"

"최 과장, 수석 말로는 지금 당장 빅 클라우드 만한 회사가 없대. 새로운 회사 뽑으려면 적어도 한두 달은 걸리는데, 그럴 시간도 없구."

"그렇다고 자격도 안 되는 회사하고 일을 해요? 빅 클라우드는 클라우드 회사도 아니잖아요."

"심 이사가 클라우드 준비를 오래 했다잖아. 외부에서 주는 클라우드 인증서도 받은 모양이야."

"쳇, 돈만 주면 다 받는 인증서요."

"또 뭐라더라, 어느 대학교하고 클라우드 기술 논문을 썼는데 거기 교수가 빅 클라우드를 추천해서 공정성에도 문제가 없대."

"논문이면 교수가 썼겠지 빅 클라우드가 썼겠어요. 사무용품 회사가 갑자기 클라우드 기술 논문을 어떻게 써요? 그건 교수 논문에 이름 하나 올리는 거잖아요. 그런 걸로 추천했는데 공정성에 문제가 없어요?"

"최 과장 마음은 이해해. 하지만, 우리도 지금 이럴 때가 아니야. 어찌 됐건 클라우드육성센터 일은 해야 하잖아. 정부 개편 때문에 그동안 일을 못 했는데 언제 할 거야? 다음 달이면 벌써 6월이야. 이러다간 올해 일 못 해."


"그래서 빅 클라우드하고 일하기로 하셨어요?"

"이 팀장, 지금 박근혜 정부 초기라 서슬이 퍼런데 눈치 봐야지 어찌겠어. 상생이 핵심 경제정책이라 연구원도 다른 얘기하기 힘들어. 수석이 벌써 미래부 사무관하고 얘기 끝냈어."


"이건 짜고 치는 고스톱이에요. 이럴 거면 우리가 왜 일을 해요?"

"최 과장, 박근혜 대통령이 창조경제의 핵심은 IT라고 했어. 사람들은 미래부가 무슨 일할지 기대가 큰데, 대기업하고 중소기업이 클라우드육성센터 일하면 상생도 하고 명분도 쌓고 좋잖아."

"빅 클라우드하고 일하는 이유가 단지 그거예요?"

"그럼, 뭐가 더 있어. 연구원 수석은 미래부 공무원한테 잘 보이고 미래부도 청와대에 잘 보이는 기회야."

"부장님, 그럼 빅 클라우드는 무슨 일을 해요?"

"이 팀장이 하던 클라우드 시장조사하고 보고서를 쓰기로 했어. 나머진 우리가 하면 돼."

"뭘 알아야 보고서를 쓰지, 아무것도 모르는데 클라우드 보고서를 써요?"

"논문도 쓰는데 보고서를 못 쓰겠어. 홍 대리는 신경 쓰지 마. 이젠 우리 일이 아니야."

"부장님, 이 팀장이 쓴 보고서가 보통 일이 아니에요. 저하고 막내, 한두 사람은 서포트를 해야 해요. 근데, 그걸 빅 클라우드가 쓴다구요?"

"홍 대리, 내가 얘기했잖아. 이젠 우리 일이 아니라구."

"빅 클라우드가 못하면 나중에 우리가 하는 건 아니죠?"

"우리가 왜 해? 클라우드 일할 사람 뽑았다니까 지들이 알아서 하겠지."

"부장님, 연구원 수석이 다른 얘긴 안 했나요?"

"시간도 많이 지났고 미래부도 업무가 정리돼서 이제 클라우드육성센터 일을 하라고 했어."

"그럼, 올 초에 보고했던 업무 계획대로 하면 되죠?"

"그래 이 팀장. 업무 계획대로 하면 돼. 근데, 먼저 할 게 있어."

"뭐를요?"

"클라우드육성센터 이름을 바꿔야 해."

"이름을 바꿔요? 뭐로요?"

"클라우드창조센터!"


"네? 창조센터요?"

"홍 대리, 박근혜 정부의 핵심 키워드가 창조경젠 거 몰라."

"그래도 육성하고 창조하고 무슨 차이라고 바꿔요?"

"육성은 옛날 느낌 난다고 지우래. 대신 창조를 넣어서 클라우드창조센터로 바꾸라는 지시가 내려왔어."

"부장님, 센터 소개 자료는 이미 클라우드육성센터라고 했어요."

"홍 대리, 그건 이름 바꿔서 다시 인쇄하면 되잖아. 그런 거까지 얘기해야 해."

"……."


"그리고 홈페이지도 바꿔야 해."

"홈페이지요?"

"센터 이름이 바뀌니까 당연히 바뀌야지. 지금 홈페이지는 작년 지경부 때 만들었잖아. 지경부가 미래부로 바뀌면서 IT 정책이고 사업이고 다 바뀌어서 거기에 맞게 홈페이지를 바꿔야 해. 연구원도 홈페이지 개편한다고 했어."


"부장님, 저흰 하는 일이 작년하고 똑같은데도 개편해요?"

"막내 너까지 왜 그래. 위가 바꾸면 아래도 바꾸는 거야. 우리 홈페이지에서도 미래부를 소개해야 해."

"홈페이지 개편은 언제까지 하나요?"

"올해 상반기까지 마쳐야 해. 지금이 5월 초니까 6월 말까지는 끝내야지. 연구원도 6월 말에 오픈한다니까, 이 팀장이 그 일정에 맞춰서 우리 홈페이지도 오픈해 봐."

"부장님, 그렇게 빨리요? 저흰 인원도 적은데, 그 일정은 힘들어요."

"홈페이지 개발은 빅 클라우드가 할 거야. 우리는 홈페이지 기획하고 디자인, 콘텐츠 내용만 만들면 돼."

"빅 클라우드가 홈페이지를 만든다구요?"

"이번에 개발자 뽑았다니까 거기서 만들 거야. 우리는 홈페이지 기획서하고 디자인만 빅 클라우드에 주면 돼. 콘텐츠 내용은 그 후에 주면 되고. 이 팀장이 우리 홈페이지를 제일 잘 알잖아, 그러니까 이 팀장이 홈페이지 기획서 만들고 홍 대리는 콘텐츠 내용, 막내는 디자인을 잘하니까 홈페이지 디자인을 해."

"부장님, 저는요?"

"최 과장은 대외 협력 일을 해야겠어."

"대외 협력이요?"

"올 초에 클라우드육성센터 홍보를 해서 그런지 외부에서 계속 연락이 와. 우리 일에 관심 있는 업체들도 많구. 최 과장은 업체들 만나서 상담하고 우리하고 같이 할 수 있는 게 있는지 찾아봐. 그리고 빅 클라우드에 가서 교육도 하구."

"빅 클라우드에 가라구요?"

"거기 있는 사람들이 우리 일을 모르잖아. 사람들 새로 뽑았으면 우리 일을 가르쳐 줘야 같이 일할 거 아니야."

"……."

"다들 힘든 건 알지만 그래도 참아야지 어린애들처럼 왜 이래? 나도 빅 클라우드하고 일하기 싫어. 하지만, 상황이 여의치 않은 걸 어떡해. 여러분들이 힘들어도 이해해야 해. 자 그럼, 내가 얘기한 것들 바로 시작하고 오늘 회의는 이만합시다. 아 잠깐, 깜박한 게 있네. 연구원 수석 있지, 이번에 실장으로 승진했어. 앞으로 보면 실장님으로 불러야 할 거야. 다들 실수하지 말고."

## | 6월 말 클라우드창조센터 회의실

"홍 대리, 오픈할 수 있겠어?"

"이 팀장님, 힘들 거 같아요."

"빅 클라우드 개발자가 뭐래? 이번 주에 오픈 못 한대?"

"말로는 한다고 하는데 제가 보기엔 힘들어요."

"뭐가 힘들어? 홈페이지 내용만 업데이트하면 되잖아. 막내 보기엔 어때?"

"글쎄요. 오픈해도 문제예요. 지금쯤 베타버전 테스트해서 에러 수정해야 하는데 수정 없이 오픈하면 오류가 많을 거예요."

"테스트는 얼마나 해야 돼?"

"2~3주는 해야죠. 계속 테스트하면서 수정하고 확인하려면 최소 2
주는 해야 해요."

"테스트만 2주면 다음 주에도 오픈 못 하잖아."

"테스트 없이 오픈했다가 오류 생기면 사람들한테 더 욕먹어요. 홈
페이지 방문자도 떨어지고 회원가입도 안 하구요."

"연구원은 홈페이지 오픈했어?"

"그저께 했어요."


"근데 왜 우린 늦는 거야? 일정대로 다 해줬잖아. 기획서하고 디자
인 넘긴 게 언젠데 왜 못 해. 무슨 문제 있어?"

"빅 클라우드 개발자가 잘 모르는 거 같아요."

"홍 대리, 모르면 가르쳐 줘야지, 가만있으면 어떡해?"

"가르쳐주죠. 가르쳐 주는데도 개발자가 잘 몰라요."

"뭐라구?"


"맞아요. 이 팀장님. 저도 연락하는데 개발자가 이헬 못 해요. 아무
래도 신입 같아요. 그리고 개발자가 한 명이라 개발 속도도 느려요."

"클라우드창조센터 홈페이지를 혼자 개발한다구? 그것도 신입이?"


"네. 막내도 저도 한 명하고만 연락했어요. 그리고 이번에 개편하면
서 영문 홈페이지 추가했잖아요. 혼자 하니까 영문 홈페이지는 손도 못
댔어요."

"영문은 손도 못 댔어? 홍 대리는 왜 그걸 이제 말해. 이번 주가 오

픈인데."

"이 팀장님, 죄송해요. 작년처럼 쉽게 될 줄 알고 그만."

"막내야, 부장님 자리에 계셔? 부장님한테 말씀드려야겠다."


"부장님, 드릴 말씀이 있는데요."

"어 그래? 이 팀장, 뭔데?"

"부장님, 홈페이지 오픈을 연기해야 할 거 같아요."

"뭐라고? 또 왜?"

"아직 개발이 안 됐어요."

"무슨 소리야? 이번 주가 오픈인데, 아직 개발이 안 되면 어떡해?"

"죄송합니다. 부장님."

"빅 클라우드에서 개발 안 끝냈어?"

"네. 아무래도 이번 주는 힘들 거 같아요."

"어제 연구원에서 우리 홈페이지 언제 오픈하냐고 연락 왔어. 근데, 연기를 해?"

"잘못했습니다. 부장님. 생각보다 빅 클라우드 개발 속도가 더뎌서요."

"왜 속도가 더뎌? 달라는 거 다 줬잖아. 그거 가지고 만들면 되는데 뭐가 더디단 거야?"

"개발자가 한 명이라 시간이 많이 걸리네요."

"개발자가 한 명이야? 심 이사가 여러 명 뽑았다고 했는데, 한 명이라구?"

"그동안 홍 대리하고 막내가 거기 개발자 한 명하고만 연락했대요. 혼자서 홈페이지를 만드는 거 같아요."

"이거 참, 당장 오픈인데 큰일 났네."

"부장님, 그리고 영문 홈페이지는 시간이 더 걸릴 거 같습니다."

"그건 왜? 같이 오픈하기로 했잖아?"

"같이 해야 하는데 그게… "

"가만있어 봐. 내가 심 이사한테 전화할게."


"여보세요? 심 이사님, 저 박 부장이에요."

"네, 부장님 헤헤. 별일 없으시죠. 무슨 일이세요?"

"일이 있으니까 전화했죠. 이번 주에 클라우드창조센터 홈페이지 오픈되죠?"

"부장님, 지금 개발 중이에요. 헤헤."

"그러니까, 이번 주에 오픈하는 거예요, 안 하는 거예요?"

"해야죠. 헤헤."

"그런 말이 어딨어요. 원래 이번 주에 오픈이잖아요."

"헤헤 부장님, 저희 개발자가 정리 중이에요. 조금만 기다려 주세요."


"심 이사님, 거기 개발자가 몇 명이에요?"

"개발자요? 그건 왜 물으세요?"

"개발자 여러 명 뽑았다고 하지 않았어요? 근데, 한 명이 개발한다는데 정말이에요?"

"헤헤, 누가 그러나요. 여럿이서 하고 있어요."

"그럼, 왜 개발이 늦어요? 이번 주가 오픈이면 벌써 끝나야죠."

"부장님, 시간이 좀 남았으니까 기다려 주세요. 지금 하고 있어요."

"심 이사님, 영문 홈페이지도 같이 오픈하는 거죠?"

"영문 홈페이지요? 그 얘긴 못 들었는데요."

"우리가 지난달에 국문, 영문 자료 다 줬잖아요. 같이 오픈하기로 했는데, 그게 무슨 소리예요?"

"글쎄요. 연구원 실장님이 영문 홈페이지 얘긴 없었는데요."

"뭐라구요?"

"부장님, 영문은 다음에 하면 안 될까요? 헤헤."

"뭐요? 우리하고 약속했으면 만들어야지, 실장님 얘기 없었다고 안 해요? 지금 누구하고 일하는데 그런 얘길 해요."

"네네, 부장님. 그게 아니구요. 국문 홈페이지 먼저 만들고 영문은 나중에 하자는 거죠. 헤헤."

"내가 실장님한테 국문, 영문 같이 만든다고 했어요. 그러니까 이번 주에 같이 오픈하세요."


"부장님, 제가 실장님한테 얘기할까요? 제가 얘기하면 될 거 같은데요. 헤헤."

"지금 뭐라는 거예요? 나한테 해야지 왜 실장님한테 얘길 해요."

"네네, 그럼요, 부장님."

"연구원은 홈페이지 벌써 오픈한 거 알아요?"

"그건 제가 모르죠. 헤헤."

"원래 같이 오픈하는 건데 우리만 늦었어요. 그럼, 연구원에서 뭐라고 하겠어요? 빅 클라우드를 욕하겠어요? 우릴 욕하겠어요? 우리 입장을 생각해야죠."

"그럼요, 그럼요. 부장님."

"심 이사님, 이번 주에 오픈하는 겁니다. 제가 분명히 말했어요."

"네네, 부장님. 국문 홈페이지라도 오픈하겠습니다."

"영문은요? 영문은 언제 하게요?"

"부장님, 영문은 나중에 하는 걸로. 헤헤."

"정말 이렇게 할 거예요? 내가 같이 오픈한다고 했잖아요!!"

"부장님, 그러니까 제가 실장님한테 얘기할게요. 헤헤."

"실장님한테 얘기나 하고 참 잘하십니다."

"헤헤, 그게 아니구요. 실장님한테 전화드릴 일이 있어서요."

"아무튼, 어떻게 하는지 봅시다. 딸깍!'


"부장님, 심 이사가 뭐래요? 이번 주에 오픈한대요?"

"몰라. 힘들 거 같애. 이 팀장은 이런 건 빨리 얘길 해야지 오늘 얘기하면 어떡해."

"죄송합니다. 부장님."

"홍 대리하고 막내는 어딨어? 이상하다 싶으면 빨리 보고해야지 그동안 뭐 한 거야?"

"아닙니다. 부장님. 제 잘못이에요. 제가 빨리 확인해야 했는데 늦게 해서 죄송합니다. 드릴 말씀이 없네요."

"이 팀장한테 그런 얘기 들으려고 한 게 아니야. 심 이사 이놈이, 나 몰래 실장하고 연락하는 거 같애."

"심 이사가 부장님 몰래 실장하고 연락해요?"

"그래. 내 이 자식을 어떡하지? 괘씸한 놈!"


"부장님, 그럼 홈페이지 오픈은 어떻게 할까요?"

"기다려야지. 이번 주에 하는지 못하는지 기다리는 수밖에."

"부장님, 우선 국문 홈페이지만 먼저 오픈하고 영문은 나중에 하면 어떨까요?"

"이 팀장까지 왜 이래. 안 그래도 늦었는데."

"괜히 어설프게 오픈하는 것보단 나중에 하는 게 좋겠어요."

"일단 기다려 봐. 심 이사 이놈이 어떻게 하는지 보고 결정할 거야. 이 팀장은 진행 사항 계속 확인하고 있어. 그리고 홍 대리하고 막내는 나한테 오라고 해."

"알겠습니다. 부장님."

# 제13장 부산에서 만난 사람들

## '스치는 인연'

"막내야, 이 팀장하고 홍 대리한테 무슨 일 있어? 왜 저렇게 심각해?"

"최 과장님, 큰일 났어요. 아직 홈페이지 오픈 못 했어요."

"뭐? 못 했어? 6월에 하기로 했잖아."

"빅 클라우드가 개발을 못 했어요. 다음 주에야 겨우 국문 홈페이지 오픈한대요."

"지금이 7월이야. 영문 홈페이지는 언제 하는데?"

"영문은 아직 몰라요. 이 팀장님하고 홍 대리님이 일정 다시 잡고 있어요."

"오픈이 왜 늦은 거야? 무슨 문제 있어?"

"빅 클라우드 때문이죠. 개발자도 없고 개발도 서툴러요. 아 참, 최 과장님이 빅 클라우드에 가셨죠. 거기 직원이 몇 명이나 있어요?"

"한 10명 됐나?"

"혹시, 홈페이지 개발자 보셨어요?"

"홈페이지 개발자? 글쎄, 나도 한 번 가서 잘 모르겠어. 심 이사도 없어서 몇 명한테만 우리 일 설명해 주고 왔거든. 그건 왜?"

"거기 개발자가 여럿이라고 했는데, 아무래도 혼잔 거 같아요. 저하고 홍 대리님이 연락하면 꼭 한 사람만 받거든요. 혼자 개발하니까 늦어지죠."

"이 팀장이 또 고생하겠구만."

"말도 마세요. 지난주부터 계속 비상이에요. 며칠 동안 퇴근도 못 하고 계속 홈페이지 테스트만 하고 있어요."

"그래서 빅 클라우드는 어떻게 한대?"

"거기 심 이사는 배짱이 좋은 건지, 빽이 좋은 건지 계속 기다리래요."

"뭘 기다려? 약속했으면 지켜야지. 하루 이틀도 아니고 한 달이 넘었잖아."

"그러게 말이에요. 지금 박 부장님이 심 이사 때문에 화가 단단히 나셨어요. 부장님 몰래 연구원 실장하고 연락하나 봐요."

"뭐라구? 실장하고 연락을 해? 그 새끼가 돌았나, 제정신이야? 막내너 모른 척하고 있어. 다른 사람한텐 얘기하지 말고."

"네."


## | 7월 말, 클라우드창조센터 홈페이지 오픈일


"드디어 홈페이지 오픈했네. 이 팀장하고 홍 대리 수고했어."

"부장님, 죄송해요. 한 달이나 늦었네요."

"이 팀장이 뭐가 죄송해. 이 팀장 때문에 그런 것도 아닌데. 홍 대리도 수고했어. 매일 야근에 퇴근도 못 했는데 오늘은 일찍 퇴근해."

"아니에요. 부장님. 저도 죄송해요."


"오늘 홈페이지 오픈했지만, 영문 홈페이지는 못 했어. 국문 홈페이지도 겨우 했는데 영문은 언제 할지 걱정이야."

"심 이사는 뭐라고 해요?"

"그 자식은 실장한테 찰싹 붙어서 깐죽대기만 하고 일할 생각을 안해."

"정말요? 영문 홈페이지는 언제 하려구요?"

"그 자식만 생각하면 속이 뒤집혀서 어떻게 할지 모르겠어."

"부장님, 영문 홈페이지도 빨리 오픈해야죠."

"심 이사 그놈이 실장을 어떻게 구워삶았는지 아직 별 얘긴 없어."

"원래 같이 오픈하기로 했잖아요. 이제 영문도 빨리 오픈하라고 재촉할 거예요."

"그럼 뭐해. 국문 홈페이지도 이렇게 늦었는데 영문은 더 늦겠지. 내일이면 벌써 8월이야. 이 팀장하고 홍 대리가 홈페이지만 만들 순 없잖아. 최 과장도 매일 밖에서 혼자 일하는데 같이 일할 사람도 필요하구."

"영문 홈페이지는 좀 쉬울 거예요. 내용만 번역하면 되니깐, 빨리 끝내고 제가 최 과장님을 도울게요."

"심 이사 이놈을 조져야 하는데 뻔질나게 도망만 다니고 어디 잡히기만 해 봐. 내가 가만두나."

"애초에 심 이사하고 일하는 게 아니었어요."

"이미 엎질러진 물이야. 내가 실장 눈치 보느라 바보같이 말도 못하고 내가 병신이지."

"저 부장님, 말씀 중에 죄송한데요."

"그래 홍 대리, 얘기해."

"제가 빅 클라우드에 가면 안 될까요?"

"홍 대리가 거길 왜 가?"

"제가 빅 클라우드 개발자하고 영문 홈페이지를 끝낼게요. 옆에 있어야 일이 빠를 거 같아요."

"그건 안 돼. 번역할 게 수십 페이지가 넘어. 어떻게 다 하려고 그래."

"아니에요. 이 팀장님. 이 팀장님은 다른 일도 많잖아요. 번역은 저 혼자서 할게요."

"혼자는 힘들다니까. 홍 대리는 번역만 할래?"

"제가 빅 클라우드에 가서 빨리 끝내고 올게요. 2주 안에 끝내겠습니다."

"진짜 2주 안에 끝낼 수 있어?"

"네, 부장님. 제가 빅 클라우드 가면 2주 안에 끝낼 수 있습니다."

"홍 대리가 그렇게 해주면 좋긴 한데, 가서 어떻게 하려구?"

"홈페이지 내용만 번역하면 되니깐 제가 번역해서 개발자한테 주면 개발자가 코딩하고 바로 홈페이지에 올리면 돼요. 국문 홈페이지보다 빨리 끝낼 수 있어요."

"정말 혼자 다 할 수 있겠어? 막내하고 같이 갈래?"

"아니에요. 부장님. 저 혼자 가도 돼요. 제가 8월 중순까지 끝낼게요."

박근혜 정부의 사물인터넷(IoT) 비리 사건

"그래, 알았어. 그럼 홍 대리가 빅 클라우드에 가서 한번 해봐. 하다가 힘들면 얘기해. 내가 다른 사람이라도 붙여줄게."

"알겠습니다. 부장님. 제가 8월 중순까지 영문 홈페이지 오픈하겠습니다."


"홍 대리가 영문 홈페이지 맡으면 이 팀장은 다른 걸 해야겠어."

"제가 오늘이라도 최 과장님을 도울게요."

"그것도 그렇고, 이 팀장은 부산에 가야 해."

"부산에요?"

"9월에 부산 벡스코에서 클라우드 행사가 있는데, 이 팀장이 최 과장하고 다녀와."

"무슨 행산데요?"

"클라우드 박람회라고 작년에 우리가 했던 클라우드 로드 쇼하고 비슷한 거 같애. 부산에서도 클라우드 행사를 하는 모양이야. 최 과장하고 같이 갔다 와."

"알겠습니다. 부장님."

"행사 가려면 준비할 게 많으니까 최 과장하고 먼저 상의해 봐. 내려간 김에 사람들 만나서 클라우드창조센터 홍보도 하고 우리 홈페이지도 소개해 줘."

"네, 그래야죠. 최 과장님하고 얘기할게요."

## | 9월 말, 부산 해운대 벡스코 가는 길

"최 과장님, 부산이 은근히 클라우드에 관심이 많아요."

"그러게 말이야. 부산하고 클라우드하고 뭐가 있나? 난 부산하면 해운대하고 광안리밖에 생각 안 나던데, 이상하게 클라우드에 관심이 많아. 지난번에 박 부장님이 그랬나, MS가 부산에 클라우드데이터센터 만든다고 했었지?"

"네. [41]데이터센터 별명이 뭔지 알죠?"

"뭔데?"

"전기 먹는 하마잖아요. 데이터센터 건물 하나가 웬만한 중소 도시 전기세하고 같대요. 부산 바닷바람으로 클라우드데이터센터 열기 식히려고 짓나 봐요. 그래야 전기료를 아끼죠."

"이 팀장, 저기 저 여자 봐봐. 완전 세련되게 생겼어. 어, 우리 쪽으로 오는데."


"Excuse me?"

(실례합니다.)

"Yes."

(네.)


...

41  서버, 네트워크, 스토리지 등 IT 서비스에 필요한 장비를 건물 안에 모아 운영관리하는 시설임. 데이터센터는 IT 산업에서 발생하는 모든 정보를 저장하고 처리하는 역할을 함. 이를 위해 발전기와 무정전 전원 장치(UPS), 항온항습기, 백업 시스템, 보안 시스템 등이 갖춰져 있어 많은 전기가 소모됨.

"Could I ask you for directions?"

(길 좀 물어봐도 될까요?)

"Yes, where are you going?"

(네. 어디 가세요?)

"I want to go to BEXCO. How can I get there from here?"

(벡스코에 가려구요. 여기서 어떻게 가면 될까요?)


"최 과장님, 벡스코 가는 길 물어보는데요."

"잘됐네. 우리도 거기 가잖아. 같이 가자고 해."

"에이, 어떻게 그래요. 누군지도 모르는데 따로 가야죠."

"글쎄, 여기서 걸어가면 20~30분 정도 걸릴 텐데. 바쁘면 그냥 택시 타라고 해."


"BEXCO takes about 20 minutes to walk from here. If you take a taxi, you will be there in 5 minutes. Maybe the basic fare will come out."

(벡스코는 여기서 걸어가면 20분 정도 걸려요. 택시는 5분이면 갈 거예요. 아마 기본요금 나올 겁니다.)

"Okay. Where can I take a taxi?"

(네 알겠습니다. 그럼, 택시는 어디서 탈 수 있죠?)

"Do you see it over there? You see the taxi sign next to the bus stop over there. You can take a taxi there."

(저기 보이나요? 저기 버스 정류장 옆에 택시 표시판 보이죠. 저기서 타면 돼요.)

"Yes, I see it. Thank you so much. Have a nice day."

(네 보여요. 정말 감사합니다. 그럼, 좋은 하루 되세요.)

"You too."

(네, 좋은 하루 되세요.)


"한국 사람인 줄 알았는데 아닌가 봐. 이 팀장, 저 여자는 벡스코에 왜 갈까?"

"그야 모르죠."

"근데, 엄청 미인이다. 정윤희 닮았어."

"정윤희요?"

"그래, 정윤희. 이 팀장, 정윤희 몰라?"

"누군데요?"

"영화배우잖아. 정윤희를 모르다니 안타깝다. 얼굴이 얼마나 예쁜지 북한 간첩이 보려고 왔다잖아."

"그건 황신혜 아니에요?"

"황신혜는 정윤희 다음이구."

"그 정도예요?"

"당연하지. 단군 이래 최고 미인! 이 팀장은 정윤희 나온 영화 안 봤어?"

"그게 뭔데요?"

"답답하네. [42]『뻐꾸기도 밤에 우는가』, 『앵무새 몸으로 울었다』이런 영화들을 봤어야지. 이런 명화를 안 봤어? 어렸을 때 봤어도 너무 예뻐서 아직도 기억나네. 벡스코에서 또 보면 좋겠다."

"최 과장님, 저기 봐요. 건물 옥상에 [43]프로스펙스 광고판이 있어요."

"프로스펙스?"

"저기요. 광고판이 큰 게 있잖아요. 부산에는 아직도 프로스펙스가 있나 봐요."

"이 팀장은 어릴 때, 메이커 신발 뭐 신었어?"

"메이커 신발요?"

"응. 미국의 나이키, 영국의 리복, 독일의 아디다스하고 푸마, 일본의 아식스 그리고 우리나라는 프로스펙스였잖아. 그 정도는 신어야 폼을 잡지."

"어떻게 그런 걸 다 기억해요?"

"나 중학교 들어갔다고 아버지가 사준 신발이 프로스펙스였어. 아버지가 돈도 없는데, 난 그것도 모르고 어찌나 기분이 좋던지 아직도 기억이 나네. 지금은 추억의 브랜드가 됐지만. 근데, 그걸 부산에서 만들었다고 하더라구."

...

42  『뻐꾸기도 밤에 우는가』(1980년 3월 개봉. 정진우 감독, 이대근, 정윤희 주연), 『앵무새 몸으로 울었다』(1981년 10월 개봉. 정진우 감독, 황해, 정윤희 주연). 정윤희는 이 두 영화로 제19회, 20회 대종상 여우주연상을 수상함.

43  국제상사가 만든 우리나라 스포츠웨어 브랜드. 프로스펙스는 한때, 미국 내 6대 스포츠화에 선정됐으며 해외 스포츠 잡지 Runners World에서 5성 등급을 받기도 함.

"그래요? 부산에서 프로스펙스를 만들었어요?"

"그렇다니까. 우리 아버지 고향이 부산이야. 들어보니까, 옛날엔 부산에서 신발, 가방, 봉제 인형들을 만들어서 수출을 많이 했대."

"다 지나간 얘기예요. 지금은 중국산들이 넘쳐요."

"이 팀장, 프로스펙스가 왜 망했는지 알아?"

"유행을 못 따라가니까 망했죠."

"아니야. 그 아저씨 때문에 망했어."

"누구요?"

"그 아저씨 있잖아. 대머리 아저씨!"

"그게 누군데요?"

"갑자기 생각이 안 나네, 아무튼, 그 인간 때문에 그 큰 회사가 하루 아침에 망했다고 하더라구. 그 회사를 하도 쪽쪽 빨아먹어서 대머리 됐대. 명은 또 어찌나 긴지 늙어서도 맨날 골프 치고 놀러 다니고 재밌게 산다더라."

"누구 말하는지 모르겠네."

"이 팀장, 저기 롯데 광고판도 보인다. 아 참, 부산 사람들이 야구 좋아하지?"

"뭘 좋아해요. 잘해야 좋아하지 못하면 보지도 않아요."

"몇 년 전에 외국인 감독 있을 땐, 롯데가 야구 잘하지 않았나?"

"**⁴⁴로이스터** 감독이요."

...

44    제런 케니스 로이스터(Jeron Kennis Royster). 미국 출신의 한국 프로야구 최초의 외국인 감독. 2008년 롯데 자이언츠 감독으로 부임해 2010년까지 3년 연속 포스트 시즌에 진출함.

"그래, 그 감독. 그 사람 있을 땐 롯데가 가을 야구했잖아."

"지금이 [45]2013년이에요. 그 사람 관둔 지가 언젠데요."

"올해는 어디가 가을 야구해?"

"올해는 삼성, LG, 넥센, 두산이 해요."

"1위가 어디야?"

"삼성이죠."

"또 삼성이야. 삼성은 맨날 1등만 하네. 다른 팀도 1등 해야 재밌는데."

"그래도 올해는 LG가 가을 야구하잖아요. LG하고 두산이 잠실에서 붙으면 재밌을 거예요."

"이 팀장은 LG 편이야?"

"아니요, 두산이요."

"근데 왜 좋아해?"

"두산 라이벌이잖아요. 올해 한국 시리즈는 분명히 두산하고 삼성이 할 거예요."

"이 팀장 그거 알아?"

"어떤 거요?"

"타자가 홈런 치면 관중이 공 가져가잖아."

"그렇죠."

"근데, 부산에선 홈런 공 잡으면 뭐라는 줄 알아?"

"뭐라는 대요?"

...

45  2013년 KBO 정규 시즌 순위는 삼성, LG, 넥센, 두산 순위임. 두산이 한국 시
리즈에 진출했으나 삼성이 우승함.

"아주라! 아주라! 한대."

"아주라요? 그게 뭐예요?"

"애한테 공 주라는 말이래. 그게 아주라야. 웃기지?"

"자기들이 못 잡아서 샘나니까 애한테 주라는 거잖아요."

"그래도 아주라는 말 너무 웃기지 않아? 나는 만화 영화에 나오는 괴물 이름인 줄 알았어."

"사투리가 그렇죠. 서울 사람이 어떻게 알아요."

"이 팀장, 들어보니깐 롯데가 야구하는 날이면 사직구장 앞에 치킨집이 그렇게 잘된대요. 클라우드고 뭐고 다 때려치우고 거기서 치킨집이나 할까?"

"최 과장님이 또 답답한 소리 하시네. 백에 아흔아홉 개 망하는 게 치킨집이에요. 그리고 롯데는 올해 가을 야구 못해요. 두산이나 응원해요."

"그래 알았어."


## | 부산 벡스코 클라우드 박람회 행사장


"최 과장님, 생각보다 부산 클라우드 행사가 커요. 참가 업체도 많구요. 우리만 부스가 하나지, 여러 개인 곳도 많네요."

"그러네. 작년 우리 행사보다 큰 거 같아. 행사장도 넓고 외국 사람도 많이 왔어. 저쪽엔 해외 바이어 상담 부스도 있구. 이 팀장, 저기 행사장 입구 좀 봐. 사람들이 엄청 많아. 무슨 이벤트가 있나?"

"외국에서 손님이 왔나 봐요. 도우미들이 꽃도 달아주고 사진도 찍는데요?"

"이 팀장, 잠깐 있어 봐. 내가 가볼게."


"아이고 이게 누구신가? 최 과장 아니야?"

"안녕하세요, 강 대표님. 오랜만이에요. 잘 지내셨죠?"

"바쁜 최 과장을 여기서 보네! 부산에 오면 나한테 연락을 해야지. 왜 안 했어? 부산은 언제 왔어?"

"오늘 아침에 왔어요."

"클라우드 행사 때문에 온 거야? 우리 부스는 여기야. 최 과장네 부스는 어딨어?"

"저희 부스는 저쪽에 있어요. 아 참, 강 대표님 회사가 부산에도 있죠?"

"여기 벡스코 앞에 부산지사가 있어."

"그래서 클라우드 행사에 오셨구나."


"근데, 최 과장은 서울에 있지 부산까지 왜 왔어?"

"부산에서 처음 하는 클라우드 행사잖아요. 궁금해서 구경하러 왔어요."

"뭐가 궁금해. 촌놈들이 하는 게 뻔하지."

"그래도 벡스코 오는 길에 보니까 해운대 건물들이 장난 아니에요. 전 다른 나라 온 줄 알았어요. 서울 강남보다 더 화려해요."

"다 난개발이야. 저렇게 고층 아파트를 지어대니 땅덩어리가 남아나겠어."

"그건 누가 짓는 거예요?"

"누구긴 건설업자, 공무원, 정치인들 합작품이지. 사기꾼들이 따로 없어."

"왜요? 전 보기 좋던데요."

"최 과장이 몰라서 그래. 바람 한번 불면 건물풍인지 뭔지 장난 아니야. 차는 또 얼마나 막히는데. 저 높은 곳에 불이라도 나봐. 그걸 누가 꺼?"

"그래도 부산이 서울 다음으로 크잖아요. 대도시에 그런 것도 있어야죠."

"무슨 대도시야. 부산 인구가 얼마나 줄었는데. 사람도 없고, 먹고 살 게 없으니까 그렇게라도 짓는 거지. 아무리 화려해도 부산 사람들한텐 그림의 떡이야."

"해운대는 바다도 가깝고 전망이 좋아서 아파트가 엄청 비싸겠어요?"

"서울 강남 아파트보다 비싸다고 하는데 부산 사람들은 신경도 안써. 서울 사람들이 가만있나, 벌써 다 샀지. 없는 사람들만 불쌍해."


"다음 달에 해운대에서 부산국제영화제 하던데, 해운대가 볼거리도 많고 문화시설도 많아서 더 비싼가 봐요?"

"영화제? 그것도 이제 한물갔어. 해운대가 원래 관광지니까 사람이 많은 거지 영화제 해도 예전처럼 오지도 않아."

"부산국제영화제 유명하잖아요. 배우들도 많이 오고 영화도 많이 상영하구요."

"옛날엔 그랬는데 한번 대판 싸우더니 그것도 시들해졌어."

"대판 싸워요?"

"부산시가 영화제를 후원하는데, 배우들이 그랬나 누가 그랬나 돈만 보내고 간섭은 하지 말라고 했대. 그 얘기 듣고 부산시장이 열 받아서 후원을 하네 마네, 영화제를 여네 마네, 대판 싸운 모양이야."

"정말요? 그래서 어떻게 됐어요?"

"어떻게 되긴, 서로 대충 정리하고 하는 둥 마는 둥 하는 거지. 배우들은 돈도 많으면서 왜 그런지 몰라? 저기 꼭대기 층에 사는 사람들 말이야."

"그런 일이 있었어요. 저만 몰랐네요."


"최 과장, 그건 그렇고 내년에 클라우드창조센터는 누가 해?"

"아직 몰라요. 올해 일도 많이 남았는데 내년을 어떻게 알겠어요. 근데, 그건 왜 물으세요?"

"우리도 한번 하려고 그러지. 최 과장, 그러지 말고 얘기 좀 해줘. 내년에 나하고 같이 할까?"

"저희야 강 대표님하고 하면 좋죠. 근데 아직 몰라요. 결정된 게 없어요."

"뭐가 없어. 내년에 KIT 빠지고 빅 클라우드가 클라우드창조센터 맡아서 한다던데, 그게 진짜야?"

"누가 그래요?"

"누가긴, 거기 심 이사라고 있지? 그 인간이 그러지."

"심 이사가 그런 얘길 해요?"

"최 과장 몰랐어? 다들 그렇게 알고 있어. 내가 박 부장한테도 빅 클라우드하고 일하면 안 된다고 그렇게 얘길 했는데… 지금 걔네 땜에 고생한다며. 나하고 했어 봐, 편하게 일하고 얼마나 좋아."

"강 대표님, 지난봄에 박 부장님 만나셨죠?"
"만났지. 최 과장한테 소개받아서 전화했다고 만나자고 하더라구."
"만나서 뭐라고 하셨어요?"
"빅 클라우드가 클라우드 회사냐고 묻길래 아니라고 했어. 내가 클라우드 업체 모임 회장이잖아. 알아보니까, 사무용품 만들어서 파는 회사야. 클라우드하고는 상관없어."
"박 부장님은 뭐라고 하세요?"
"연구원 수석이 빅 클라우드하고 클라우드창조센터 같이 하라고 했다던데, 딱 보니깐 박 부장이 수석한테 꽉 잡힌 거 같더라."
"네, 맞아요."

"거기 수석 놈이 얼마나 갈롱지는지 몰라."
"갈롱이요?"
"최 과장 갈롱 모르나? 아무튼, 수석 놈이 보통 갈롱쟁이가 아니야. 잘 풀려서 망정이지, 안 풀렸으면 딱 기생오라비 됐을 거야."
"수석이 왜요?"
"어찌나 거들먹대는지 사람을 하대하더라구. 겉만 번드르르해서 무슨 일만 생기면 건방지게 오라 가라 하고 툭하면 뭐 조사해서 제출하라고 보채기나 하구. 우리가 지 밑 닦아 주는 사람인 줄 안다니까."
"강 대표님한테도 그래요?"
"연구원에서 몇 번 봤는데 올해 실장 되더니 기세가 더 등등해졌어. 지가 클라우드 업체한테 뭐 해줬다고 이래라저래라 말만 많구. 빅인지,

스몰인지 이상한 놈하고 일할 때부터 알아봤어."

"그 사람은 어딜 가나 좋은 소릴 못 듣네요."

"무슨 망상이 들렸는지, 클라우드도 모르는 게 우리나라 클라우드 산업을 개혁한다나 개편한다나. 말도 안 되는 소리나 하구. 개악이나 안 하면 다행이지. 탁상행정 하는 놈이 클라우드를 뭘 알겠어."

"네, 맞아요. 이상한 성격의 소유자예요."

"가만있으면 중간은 간다고 나랏일 하는 놈들은 그냥 가만있는 게 도와주는 거야. 맨날 혁신이네, 창조네, 포용이네 뻔질나게 말만 많고 내용도 없는 자료만 내놓잖아. 어떤 미친놈이 그런 함량 미달을 실장에 앉혔는지 모르겠어. 하여간 실장 놈, 뭐하나 걸리기만 해 봐. 확 쌔리마 조사뿔 거야."

"그래도 그 사람이 지금 실세예요. 강 대표님도 잘 보이세요."

"그러니까 최 과장이 좀 도와줘. 최 과장이 우릴 도와야지 누가 도와주겠어. 내년에 빅 클라우드 그놈들한테 다 뺏기려고 그래?"

"설마 그렇게 되겠어요."

"최 과장, 올해 소프트웨어 산업진흥법 개정된 거 알지? 그 법 때문에 내년부터 대기업은 공공기관 IT 사업 못 해. 내년에는 KIT가 클라우드창조센터 사업을 못 한다구. 그럼, 빅 클라우드가 홀라당 다 먹는 거야. 안 그래?"

"강 대표님, 일단 기다려 보세요. 서울 가서 알아보고 연락드릴게요."

"야 뭐라노. 최 과장, 고마 손 한번 잡아 주이소."

"네?"

"한 번만 도와 달라고. 빅 클라우드는 벌써 준비하는데 우리도 퍼뜩 해야지 늦으면 게임이 되겠나? 최 과장, 그러지 말고 내년에 나하고 클라우드창조센터 같이 하자."

"알겠습니다. 강 대표님. 제가 서울 가서 연락드릴게요."

"아 놔, 참말로 삐리하네."

"삐리요?"

"그런 건 묻지 말고. 최 과장이 좀만 도와주면 되는데 뭘 망설여. 아깝깝네."

"강 대표님 조금만 기다리세요. 제가 꼭 연락드리겠습니다."

"그럼, 서울 가면 연락해. 기다린데이."


## │ 같은 시각, 클라우드창조센터 부스


"Excuse me. Oh my god. See you again here."
(실례합니다. 어머, 여기서 또 뵙네요.)

"헉, 진짜 또 보네."

"Did you ask me the way before?"
(아까 저한테 길 물어보셨죠?)

"Yes, It's nice to see you again. I didn't say my mind but thank you very much at that time. I came to BEXCO soon because of you. I didn't know at geography because it's my first time in Busan."

(네, 맞아요. 다시 뵙게 돼서 반가워요. 아까는 감사 표시를 못 했는데 정말 고마웠어요. 덕분에 벡스코에 금방 왔어요. 부산이 처음이라 지리를 잘 모르거든요.)

"It's glad to hear that."

(네. 다행이네요.)

"I saw you twice in Busan for a short time. I think I have a relationship with you. Do you have time now?"

(짧은 시간에 두 번이나 봤으니, 인연인가 봐요. 잠깐 시간 있으세요?)

"Of course. May I help you?"

(물론이죠. 뭐 도와드릴까요?)


"Here, this is my name card."

(제 명함이에요.)

"Ms. Yoshiko? Are you Japanese?"

(요시코? 일본분이세요?)

"Yes, I'm Japanese. May I take your name card?"

(네, 일본 사람이에요. 저도 명함 받을 수 있을까요?)

"Here. I work for Cloud Creative Center. You just call me Mr. Lee"

(여기요. 저는 클라우드창조센터에서 근무하는 이 팀장이에요.)

"Nice to meet you. I'm at a IT PR company in Japan. I came to Busan from Japan yesterday because I was curious about Korean IT events."

(반가워요. 이 팀장님. 저는 IT 홍보 회사에 다녀요. 한국의 IT 행사가 궁금해서 어제 일본에서 부산에 왔어요.)

"You are very busy."

(바쁘시네요.)

"That's OK. What does your company do?"

(괜찮아요. 근데, 클라우드창조센터는 뭐 하는 곳이에요?)

"We are not generally private companies and operate by the government. Exactly, It operating by ICT Convergence Research Institute by the Ministry of Science ICT and Future Planning."

(클라우드창조센터는 일반 회사가 아니고 정부가 운영하는 곳이에요. 미래창조과학부 소속의 ICT 융합연구원이 운영하고 있어요.)


"Really? I didn't know it was in Korea."

(정말요? 한국에 그런 곳이 있는 줄 몰랐어요.)

"Originally, our center was Cloud Promotion Center, but at the beginning of this year it was renamed to Cloud Creative Center."

(원래는 클라우드육성센터였는데, 올 초에 클라우드창조센터로 이름을 바꿨어요.)

"I think Creative Center name is a bit vague. Why did you change it?"

(창조센터 이름은 좀 모호한데, 왜 바꾸셨어요?)

"That was an internal decision. Anyway, so what can I do for you?"

(그건 내부적으로 결정된 사항이에요. 아무튼, 제가 뭘 도와 드릴까요?)

"Please tell me what the Cloud Creative Center is doing to."

(클라우드창조센터가 무슨 일을 하는지 얘기해 주세요.)

"Do you wonder about our center? I will say about it briefly. Our center is located in Seoul and was founded last year. We work for Cloud industrial activity and PR support, consulting, market research of Cloud company in Korea."

(클라우드창조센터가 궁금하세요? 클라우드창조센터는 서울에 있는데 작년에 생겼어요. 하는 일은 한국의 클라우드 산업 활성화와 홍보 지원, 컨설팅, 시장조사 등의 일을 해요.)

"Cloud PR support?"

(클라우드 홍보를 지원한다구요?)

"This is the main business. Also, we publish Cloud reports and a lot of IT information. In addition to this, we hold such as event and seminar for Cloud company."

(네. 그게 주 업무예요. 그리고 클라우드 보고서와 IT 정보도 제공하죠. 그 외에도 클라우드 기업들을 위한 행사나 세미나도 개최해요.)

"Great! You are doing a lot of work for Cloud company. This is why Korea is an IT strong country. Korea is ahead of Japan in the IT industry, and so is Cloud too. I think Korea will be a powerful country in the 4th industrial revolution."

(클라우드 일을 많이 하시네요. 이래서 한국이 IT 강국인가 봐요. 한국은 IT 산업에서 일본을 앞서더니 클라우드도 마찬가지네요. 한국은 4차 산업혁명에서도 강국이 될 거예요.)

"The 4th industrial revolution?"

(4차 산업혁명이요?)

"Yes. Japan used the term 4th Industrial Revolution earlier than Korea. The Japanese government was the first country to use the term at the government level."

(네. 일본은 한국보다 4차 산업혁명 용어를 먼저 썼어요. 정부 차원에서 처음 쓴 국가예요.)

"I see. I didn't know that."

(그렇군요. 그건 몰랐네요.)


"Japan has been lost for 20 years. But It should be different now."

(그동안 일본은 잃어버린 20년이 있었지만, 이젠 달라져야죠.)

"How?"

(어떻게요?)

"Japan is now, [46]**It's going through a long tunnel of recession and heading to the white snow village. The night darkness of the recession is changing white little by little. The recession train has to stop in front of the 4th industrial revolution.**"

· · ·

46  가와바타 야스나리의 소설, 『설국』의 첫 문장 '국경의 긴 터널을 빠져나오자 눈의 고장이었다. 밤의 밑바닥이 하얘졌다. 신호소에 기차가 멈춰 섰다'를 비유한 말.

(지금 일본은 '불경기의 긴 터널을 빠져나와 새하얀 눈의 마을로 가고 있어요. 불황의 밤의 어둠이 하얘지는 거죠. 4차 산업혁명 앞에서 불황의 기차가 멈춰 서야 죠'.)

"Wow, your metaphor is amazing. It sounds so sentimental. I think that I'm listening to a passage of literary work."

(와아, 요시코 씨 비유가 아주 기가 막혀요. 문학 작품의 한 소절을 듣는 거 같아요.)

"HoHoHo, I hope my English expressions are well communicated to you."

(호호호, 제 영어 표현이 잘 전달됐으면 좋겠네요.)

"Of course. Humans are called animals of oblivion. One day this will be a dim memory. Japan will find the glory of an economic revival. Let's now, you paddle when water comes in."

(그럼요. 인간은 망각의 동물이라고 하잖아요. 언젠가 아련한 추억이 될 거예요. 일본은 조만간 경제 부흥이 재현될 거 같네요. 물 들어올 때 노 저으면 말이죠.)

"Your English expression is so good. But it's still starting. Japan might fall behind Korea again too."

(이 팀장님 표현도 좋네요. 하지만, 이제 시작이에요. 또 한국에 뒤떨어질지 몰라요.)

"How is Japan preparing for the era of the 4th industrial revolution?"

(일본은 4차 산업혁명 시대를 어떻게 준비해요?)

"Now actually, Japan is establishing economic, industrial,

and science and technology policies through the 4th industrial revolution. Japan is now an aging society, and we are using Big Data and Robot technology to solve healthcare, welfare, and medical problems for the elderly."

(일본은 실제로 경제, 산업, 과학 기술 분야에서 4차 산업 정책들을 수립하고 있어요. 특히, 일본은 초고령화 사회여서 빅데이터나 로봇 기술을 이용해 노인들의 건강, 복지, 의료 문제를 해결하죠.)

"What is an example?"

(예를 들면요?)

"Let me take an example. Pet robots are becoming friends of senior instead of a dog or a cat. These days, pets are family. We are emotionally stable and feels good when with a pet. But pet robots are more than that. Robots can care for them and can manage health and life in general. Robots can measure their blood pressure, heart rate, breathing, et., tell when to take their medication, and call rescue teams in case of an emergency. Above all, the most advantage of pet robots can communicate. The best gift for lonely people."

(예를 들면, 반려로봇이 노인들의 친구가 되고 있어요. 강아지나 고양이 대신 말이죠. 요즘은 반려동물이 가족인 시대잖아요. 반려동물을 키우면 정서적으로 안정되고 기분도 좋아져요. 하지만 반려로봇은 그 이상이에요. 노인들을 케어할 수 있고 건강이나 생활 전반을 관리해요. 혈압이나 심박수, 호흡 등을 측정할 수 있고 약 먹는 시간도 알려주고, 위급 시에는 구조대에 연락할 수 있어요. 무엇보다 반려로봇의 가장 큰 장점은 대화할 수 있는 거예요. 외로운 사람들에겐 최고의 선물이죠.)

"Talking to people?"

(대화를 한다구요?)

"Absolutely. Even the smartest animals can't talk to people. But, robots are possible."

(물론이죠. 아무리 똑똑한 동물도 사람과 대화는 못 하잖아요. 하지만 로봇은 가능해요.)

"Instead, animals have emotions. The lack of emotions is the disadvantage of robots."

(대신 동물은 감정이 있잖아요. 감정이 없는 게 로봇의 단점이죠.)

"You've watched too many Disney movies. We don't need feelings. The feeling is coming out naturally affection after spending a long time. And we can make it enough with technology. It would be faster for a robot to have feelings than an animal would say. These are all thanks to the 4th industrial revolution technology. Soon, companion robots will also become a family. Rather, there will be more homes with companion robots than companion animals."

(이 팀장님이 디즈니 영화를 너무 많이 보셨네요. 감정 따윈 필요 없어요. 감정이란 오랫동안 정 붙이면 저절로 생기게 마련이에요. 그리고 기술로 충분히 만들 수 있어요. 동물이 말하는 것보다 로봇이 감정 갖는 게 빠를 거예요. 이게 다 4차 산업혁명 기술 덕분이에요. 머지않아 반려로봇도 가족이 될 거예요. 오히려 반려동물보다 반려로봇을 키우는 집들이 많을 겁니다.)


"Ms. Yoshiko, what is the necessary strategy in the era of the 4th industrial revolution?"

(요시코 씨, 4차 산업혁명 시대에 필요한 전략은 무언가요?)

"You are asking a difficult question. If you prepare for successful strategies of the 4th industrial revolution, but above all, I think openness and diversity are important. In Japan, from the old days, unity and cooperation, the spirit of teamwork, obedience to the organization were important. But in the era of the 4th Industrial Revolution, I think a more personality and flexible way of thinking is needed. In this regard, Korea is ahead of Japan."

(어려운 질문이네요. 4차 산업혁명의 성공 전략은 무엇보다도 개방성과 다양성에 있다고 생각해요. 일본은 옛날부터 단합과 협동, 일치단결, 조직에 대한 순종 등이 중요했어요. 하지만, 4차 산업혁명 시대에는 좀 더 개성적이고 유연한 사고방식이 필요하죠. 그런 면에서 한국은 일본보다 앞서 있다고 생각합니다.)


"Not at all. Korea is similar. And what else?"

(아니에요. 한국도 비슷해요. 그리고 또 뭐가 있나요?)

"In the era of the 4th industrial revolution, the software system is more important than anything else. Because the knowledge created by artificial intelligence or computer robots is far ahead of the knowledge created by humans. So, you need to build such a system well to succeed. Already in the late 90s, [47]Computers

...

47   1997년 IBM이 만든 컴퓨터 디퍼블루(Deeper Blue)는 당시 체스 세계 챔피언인 러시아의 게리 카스파로프와의 대결에서 2승 3무 1패로 승리했으며, 2011년 미국 ABC의 퀴즈 쇼에서는 IBM의 슈퍼컴퓨터 왓슨(Watson)이 퀴즈 달인들과의 대결에서 승리함.

won the chess game between humans and computers. In 2011, computers also won the quiz battle with people. In the future, computers may beat humans in that difficult Baduk."

(4차 산업혁명 시대는 무엇보다 소프트웨어 시스템이 중요해요. 왜냐하면, 인간이 만들어 내는 지식보다 인공지능이나 컴퓨터 로봇이 만들어 내는 지식이 훨씬 앞설 테니까요. 따라서 그런 시스템을 잘 구축해야 성공할 거예요. 이미 90년대 말에 사람과 컴퓨터의 체스 경기에서 컴퓨터가 이겼어요. 지난 2011년에는 사람들과의 퀴즈 대결에서도 컴퓨터가 이겼구요. 앞으론 그 어렵다는 바둑도 컴퓨터가 이길지 몰라요.)

"It's nonsense. You don't know Baduk well. Baduk is really difficult. Baduk is different from chess. Computers can never win."

(말도 안 돼요. 요시코가 바둑을 잘 모르는군요. 바둑이 얼마나 어려운데요. 바둑은 체스하고 차원이 달라요. 컴퓨터가 절대로 못 이겨요.)

"Really? I say objectively from a third-person point of view. Anyway, You will know what will happen in the future. The future will be a world of uncertainty different from now. We can face situations we have never experienced. Maybe we need new indicators and standards that are different from now. So, a system is important that can accurately predict using software technology."

(정말 그럴까요? 저는 3인칭 관찰자 시점에서 객관적으로 말하는 거예요. 어쨌든 어떻게 될진 두고 보면 알겠죠. 미래는 불확실성의 시대가 될 거예요. 한번도 경험하지 못한 일들이 일어날 수 있죠. 아마 지금과 다른 새로운 지표와 기준이 필요할 수 있구요. 그래서 소프트웨어 기술을 이용해 정확히 예측할 수 있는 시스템이 중요합니다.)

"That's a great foresight. I learned a lot."

(굉장한 선견지명이네요. 많이 배웠어요.)

"Your welcome. I have related materials, can I send it to you?"

(천만에요. 저한테 관련 자료가 있는데, 보내드릴까요?)

"Of course. Please send me later when it's time."

(물론이죠. 나중에 시간 될 때 보내주세요.)


"I will go to Japan and send it by e-mail. And I have a question."

(제가 일본에 가서 메일로 보내드릴게요. 아 그리고, 저도 궁금한 게 있어요.)

"Okay. If you have to wonder, I can tell you that."

(알겠습니다. 물어보세요.)


"I am interested in the Cloud market and the company of Korea. Actually, I came to Busan to promote the IT Fair."

(이 팀장님, 저는 한국의 클라우드에 관심이 많아요. 사실 저는 IT 행사를 홍보하려고 부산에 왔어요.)

"IT Fair?"

(IT 행사요?)

"This is the Japan IT Week Exhibition. It is the largest IT event in Japan held in Tokyo every spring."

(일본 IT 주간 전시회라는 행사예요. 매년 봄에 도쿄에서 열리는 일본에서 가장 큰 IT 행사랍니다.)

"Sorry but I don't know yet."

(저는 잘 모르겠는데요.)


"I'm sad that you don't know it. If your mind, Can I talk to you IT Fair?"

(이 팀장님이 모른다니 아쉽네요. 괜찮으시면, 제가 잠깐 얘기해 드릴까요?)

"I can't a long story. My partner coming soon."

(요시코 씨, 길게는 얘기 못 해요. 곧 제 동료가 와요.)


"Don't worry. I want to promote Japan IT Week in Korea. I work for the office of Japan IT Week."

(그렇게 할게요. 저는 일본 IT 전시회를 홍보하려고 한국에 왔어요. 전 거기 홍보 직원이에요.)

"Oh, I see."

(아, 그래요.)


"Japan IT Week is the largest IT Fair in Japan and the world's second-largest. As you know, Japan's IT industry market is more than about 15% of the world's software and IT service."

(일본 IT 전시회는 일본에서 가장 큰 IT 행사면서 세계에서는 두 번째로 큰 행사예요. 이 팀장님도 아시겠지만, 일본의 IT 산업은 전 세계 소프트웨어와 IT 서비스의 약 15%를 차지해요.)

"It is a big market."

(일본 시장이 굉장히 크네요.)

"And then, It is the international Exhibition and comes from more than 100,000 visitors and 1,500 companies from 16 countries are joining. It takes place every spring in Tokyo and next year's event is due to opening May. And It participates in large companies in Korea like this Samsung and LG every year."

(게다가 매년 16개국에서 약 10만 명의 방문객과 1500개 이상의 업체들이 참가하는 국제적인 행사입니다. 매년 봄에 도쿄에서 개최되는데 내년에는 5월에 개최해요. 삼성이나 LG 같은 한국의 대기업들도 참가하죠.)

"Good event."

(좋은 행사네요.)


"We support a lot of exhibitors for the success of the event."

(저희는 행사 성공을 위해 참가 업체들한테 지원도 많이 해요.)

"What support is there?"

(뭔데요?)

"For example, we have business partner meetings, export consulting, technology PR, company and community sponsorships."

(예를 들면, 사업 파트너 회의나 수출 상담, 기술 홍보, 그리고 회사와 커뮤니티를 후원해요.)

"You are doing a lot of good things."

(좋은 일을 많이 하시네요.)


"Also, we exhibited Cloud products and technologies for Cloud company from last year and we run a special program like this business matching between buyer and seller. The program is running only for Cloud company."

(그리고 작년부턴 클라우드 제품과 기술도 전시하고 있어요. 클라우드 전시회는 비즈니스 매칭 같은 프로그램이 있는데, 클라우드 업체한테만 제공하는 특별 프로그램이죠.)

"Business Matching Program?"

(비즈니스 매칭 프로그램이요?)

"I know that. From a few years ago, Cloud is a general trend of IT technology in Japan such as Korea. There are many Cloud company entered Japan IT market through our exhibition last year. Top leading companies visited our exhibition to find solutions to their technical problems. Business matching is a program that connects these companies and helps their business succeed."

(역시 이 팀장님이 궁금해할 줄 알았어요. 지금 일본은 클라우드가 IT 대세예요. 작년부터 많은 클라우드 기업들이 저희 전시회를 통해서 일본 IT 시장에 진출하고 있어요. 세계적인 IT 기업들도 기술적인 문제를 해결하려고 저희 전시회를 찾을 정도예요. 비즈니스 매칭은 이런 기업들을 서로 소개하고 사업이 성공되게 지원하는 프로그램입니다.)

"It's good for participating companies."

(참가 기업들에게 좋겠어요.)

"If Korea's Cloud company will participate in our exhibition next year, definitely they will succeed in the Cloud business in Japan. Could you help me promote our event to Cloud company in Korea?"

(한국의 클라우드 기업들이 저희 행사에 참가하면, 클라우드 사업이 분명히 성공할 거예요. 혹시 저희 행사에 올 수 있게 이 팀장님이 도와주실 수 있을까요?)


"내가 이럴 줄 알았다. 여자가 왔길래 혹시나 했는데 역시 나지. 나도 바빠 죽겠는데 당신네 행사 홍보를 어떻게 도와줘요. 최 과장은 도대체 어디 가서 안 오는 거야?"


"Mr. Lee, What did you say? Do you understand me? I think Our exhibition is the best place to expand its Cloud business in Japan. we expect a $400 or 500 million Cloud business effect next year. I strongly recommend the Cloud company of Korea and they don't miss this opportunity."

(이 팀장님, 뭐라고 하셨어요? 제 말 무슨 말인지 알겠어요? 저희 전시회가 일본에서 클라우드 사업을 확장하는 가장 좋은 행사예요. 내년에는 4억에서 5억 달러의 클라우드 사업 효과를 기대해요. 한국 클라우드 회사들이 이 기회를 놓치지 않았으면 좋겠어요. 정말 강추 드려요.)

"I got it. Ms. Yoshiko."

(네 알겠습니다. 요시코 씨.)

"Thank you, Mr. Lee. My story was too long for you."

(감사해요 이 팀장님. 제 얘기가 너무 길었죠.)

"No, It was very informative. If the Cloud company of Korea heard your story, It would have been beneficial."

(아니에요. 좋았어요. 우리나라 클라우드 회사들이 들었으면 더 좋았을 거 같아요.)

"Mr. Lee, Could you participate with them at Japan IT Week next year?"

(이 팀장님, 내년에 한국의 클라우드 회사들하고 저희 행사에 오는 건 어떠세요?)

"That's good, but we don't promote it overseas."

(그러면 좋은데, 저흰 해외 홍보는 안 해요.)

"Why? Why don't you promote Cloud abroad? That is a very important thing."

(해외 홍보가 얼마나 중요한데 왜 안 해요?)

"I know. But our center is not a private company and is a government agency. If we have to go overseas, we need government permission in advance. The process is complicated."

(클라우드창조센터는 민간 기업이 아니라 정부가 운영하는 곳이에요. 해외 홍보를 하려면 사전 승인을 받아야 해요. 그 과정이 좀 복잡해요.)

"Mr. Lee, Just says it continues."

(그래도 얘기해 보세요)

"No way. We don't have the plan yet and not afford to business budget. Our business is smaller than you think."

(안 돼요. 저흰 해외 홍보 계획이 없어요. 우리 사업은 생각보다 작아요.)

"Could you promote to Cloud company of Korea or a member of your center about our exhibition? If necessary, I can give you our exhibition brochure."

(그럼, 한국의 클라우드 회사나 클라우드창조센터 회원한테 저희 행사를 홍보할 수 있을까요? 행사 소개 자료를 드릴게요.)

"Ms. Yoshiko, I'm not the president of our center and can't for me to decide. I'm afraid I am not in a position to help you. I'm sorry I can't help you right now. But if I can help you, I will contact you."

(요시코 씨, 저는 책임자가 아니라서 권한이 없어요. 그런 위치가 아니거든요. 도움이 못 돼서 미안해요. 하지만 도울 방법이 있으면 나중이라도 연락드릴게요.)

"No, not at all. Thank you very much. I'm so happy I met you. It's been good talking to you today. I'd like to see you next time too. Please tell your boss well for our exhibition."

(아니에요. 이 팀장님한테 너무 감사해요. 이 팀장님을 만나서 너무 다행이에요. 아주 좋은 시간이었어요. 앞으로도 이 팀장님하고 연락하면 좋겠어요. 윗분한테도 말씀 잘해주세요.)

"Okay. Ms. Yoshiko, I hope your exhibition will be everything that turns out well. Good Luck."

(알겠어요. 요시코 씨, 내년 행사가 잘 되길 바랄게요. 행운을 빌어요.)

"I have a lot to talk to you but we don't have enough time. However, I'd like to a good relationship with you. Please don't forget me and you'll just call me back. I want to look forward to the good news. Good bye."

(이 팀장님하고 할 얘기가 많은데, 시간이 없어서 아쉽네요. 하지만, 앞으로 이 팀장님하고 좋은 사이가 됐으면 좋겠네요. 잊지 마시고 연락 주세요. 기다릴게요. 그럼, 안녕히 계세요.)

"이 팀장, 저 여자 아까 그 여자 아니야? 정윤희 닮은 여자."

"네 맞아요. 근데, 최 과장님은 어디 갔다 왔어요? 얼마나 기다렸는데."

"저기 행사장 입구에서 강 대표님 만났어. 거기에 부스가 있더라구. 근데, 저 여자 뭐야? 꽤 오래 있던데, 무슨 얘기 했어? 저 여자가 뭐래?"

"뭐라긴요. 말이 어찌나 많은지 혼났어요."

"그래? 그거 봐봐. 내가 또 본다고 했지."

"그러게요. 자기도 두 번이나 봐서 놀랐대요."

"내가 그럴 줄 알았다니까. 저 여자 이름이 뭐야?"

"이거 보세요. 저 여자 명함이에요"

"요시코? 뭐 하는 여자야?"

"일본 여잔데 일본 IT 행사 홍보하러 왔대요."

"행사 홍보?"

"내년 봄에 일본에서 클라우드 행사가 있는데 거기 오래요."

"그래서 뭐라고 했어? 간다고 했어?"

"우리가 어떻게 가요. 못 간다고 했죠."

"그러니까 뭐래?"

"아쉽다고 하네요."

"아쉽다구? 에이, 그냥 간다고 하지 그랬어."

"못 가는데 어떻게 간다고 해요."


"그리고 또 무슨 얘기 했어?"

"클라우드창조센터가 뭐 하는 데냐, 한국에서 자기네 행사 홍보할 수 있냐, 한국 클라우드 업체한테 소개 좀 해줘라, 뭐 이런 얘기죠. 부탁만 잔뜩 했어요."

"그래서 소개시켜 준다고 했어?"

"제가 어떻게 소개시켜 줘요. 그냥 대충 얼버무리고 말았죠."


"그리고 또 뭐래? 다른 얘긴 안 했어?"

"아 참, 4차 산업혁명 시대는 시스템이 중요하대요. 그리고 컴퓨터가 사람하고 바둑 둬서 이긴다고 했어요. 한번도 경험하지 못한 일들이 일어난다나 뭐라나."

"뭐? 4차 산업 뭐?"

"네, 그 여자가 그랬어요."

"4차 같은 소리 하네. 이 팀장, 나는 술을 마셔도 1차밖에 안 먹어. 근데 4차가 뭐 어쨌다고. 당장 내일 일도 모르는데, 미래 얘기를 해?"

"정말이에요. 요시코가 그랬다니까요."


"아휴, 이 사람아 그런 얘길 하면 어떻게 해, 다른 얘길 했어야지."

"무슨 얘기요?"

"딱 보면 몰라. 다시 만나자고 해야지. 이 팀장 보는 눈빛이 심상치 않더만. 갈 때도 아쉬워하고."

"에이, 만나면 뭐 해요. 전 관심 없어요."

"저런 미인한테 왜 관심이 없어? 내가 옆에서 쭉 봤는데, 아무래도 저 여자가 이 팀장한테 관심 있는 거 같애. 서울 가서 연락해 봐."

"싫어요. 관심 있으면 최 과장님이 해요."

"싫다고? 미쳤어? 저런 미인 만나기가 쉬운 줄 알아. 내 말 듣고 서울 가서 연락해. 안 그러면 나중에 후회한다."

"됐습니다. 최 과장님. 그만 하세요."

"아이구, 이 사람아. 저런 여잘 어디서 만나려고 그래? 이보다 더 좋은 인연이 어딨어? 또 알아? 서로 잘 될지. 바둑 얘기도 했다며? 만나서 바둑이라도 둬."

"한국 여자도 못 만나는데, 일본 여잘 어떻게 만나요. 전 관심 없어요."

"세상이 어떤 세상인데, 한국 여자 일본 여잘 따져. 내가 보니까 둘이 잘만 어울리더만. 내가 이 팀장이면 지금 당장 쫓아갔다."

"얼굴 뜯어먹고 살 것도 아닌데, 예쁘기만 하면 뭐 해요."

"이왕이면 다홍치마가 좋잖아. 왜? 이젠 다른 거 보냐?"

"푸하하, 무슨 소리예요. 전 아무것도 안 봐요."

"여러 가지 한다. 그냥 적당히 살아."


"강 대표님은 뭐래요?"

"뭐라긴… 뻔하지."

"뭐가요?"

"맨날 죽는 소리지. 부산에 일 없다고 내년에 자기하고 클라우드창조센터 같이 하재."

"왜 부산에 클라우드 일이 없어요. 이런 큰 행사를 하는데?"

"다 허울인가 봐. 원래 빈 깡통이 요란하잖아. 강 대표님이 오죽 답답하면 나한테 매달리겠어."

"이상하네. 부산에서 클라우드 일이 많을 거 같으니까 박 부장님이 우릴 보냈죠. 그냥 보내겠어요."

"나도 그런 줄 알았는데, 강 대표님 말 들으니까 아닌 거 같애."

"그래요."

"이 팀장, 근데 말이야 강 대표님이 우리 일을 다 알고 있어."

"우리 일이요?"

"연구원 실장하고 빅 클라우드 심 이사 때문에 고생하는 걸 알더라구."

"어떻게요?"

"아무래도 심 이사 이 자식이 무슨 야로가 있어. 지가 내년에 클라우드창조센터 한다고 떠벌리나 봐. 그동안 우리만 몰랐어."

"진짜요?"

"그렇다니까. 아무튼, 서울 가서 박 부장님하고 다시 얘기하자."

# 제14장 주객전도

## '굴러온 돌이 박힌 돌을 빼다'

"막내야, 너 소프트웨어 산업진흥법 들어봤어?"

"네, 들어봤어요."

"그거 찾아서 프린트 좀 해 줄래?"

"네, 최 과장님. 갖다 드릴게요."

"이 팀장, 이거 봐봐. 올해 개정된 소프트웨어 산업진흥법이 내년에 시행된다고 나왔어. 심 이사가 이걸 보고 얘기하나?"

"그런 거 같아요. 대기업은 공공분야 IT 사업 못 한다고 첫 페이지에 나왔네요."

"이래서 심 이사가 신났구나. 연구원 실장도 있겠다, 법도 바뀌니까 내년에 클라우드창조센터 지가 한다고 떠든 거야. 교활한 새끼!"

"그놈이 여길 맡으면 다른 데서 가만있겠어요?"

"실장이 바람막이하겠지. 놈들 머리 쓰는 게 보통이 아니야. 근데, 갑자기 대기업은 못 하게 하는 거야?"

"이명박 정부에서 대기업들이 4대강이네 뭐네 하면서 많이 챙겼잖아요. 계열사한테 일감 몰아주고 여기저기 사업 싹 다 가져가니까, IT 사업은 못 하게 하는 거죠."

"그렇다고 이렇게 법 만들어서 못 하게 할 수 있어? 대기업은 뭐 먹고 살라고?"

"대기업을 왜 걱정해요. 돈이 대(大)자로 많아서 대기업인데. 그리고 박근혜 정부는 중소기업 살리는 게 중요하다고 하잖아요."

"최 과장하고 이 팀장은 무슨 얘기해?"

"네, 부장님. 법이 바뀐다고 해서요."

"무슨 법?"

"소프트웨어 산업진흥법이요. 박 부장님도 알고 계시죠?"

"그럼 알지. 그거 때문에 지난주에 KIT 본사 가서 회의했어. KIT도 내년에 공공분야 IT 사업 못 할까 봐 지금 대책 세우고 난리야."

"부장님, 내년에 클라우드창조센터는 어떻게 되는 거예요? KIT가 계속하나요? 아니면 다른 데가 하나요?"

"연구원하고 얘기해 봐야 아는데, 아무래도 KIT는 힘들 거 같아. 법이 바뀌는데 할 수 없잖아."

"부장님, 그럼 저흰 어떻게 되는 거죠? KIT 소속이지만, 다들 계약직이잖아요."

"최 과장, 그건 한 부장님하고 상의하고 있어. 한 부장님이 여러분들 데려올 때 클라우드창조센터 사업 끝나면 스카우트한다고 했다며? 지금 한 부장님이 KIT 인사부에 얘기하고 있을 거야. 나도 지난주에 가서 물어봤는데 채용 검토하는 거 같애. 조금만 더 기다려 봐."

"부장님, 그럼 빅 클라우드는요? 내년에 빅 클라우드가 여길 맡아서 한다는데, 진짜예요?"

"심 이사가 그러고 다니는 모양인데, 내가 이 자식 가만 안 둘 거야."

"요새 심 이사가 하는 일이 뭐예요? 여긴 오지도 않잖아요."

"이 핑계 저 핑계 대면서 나를 피해."

"심 이사가 박 부장님한테 그러면 안 되죠. 처음엔 뭐든지 다 할 것처럼 아양 떨더니 사업 끝나가니까 피해 다녀요. 나쁜 새끼!"

"다 내 잘못이야. 최 과장 말대로 처음부터 일하지 말아야 했는데, 내가 너무 쉽게 생각했어."

"심 이사가 부장님께 업무 보고는 해요?"

"보고는 무슨 보고. 지난번 홈페이지 오픈할 때가 마지막이야."

"그때하고 한 번도 안 했어요?"

"그렇다니까. 그 후론 연락도 없어."


"저, 부장님."

"막내야 왜?"

"어제 심 이사가 오늘 오후에 온다고 연락했어요."

"오늘 오후에?"

"네. 어떤 사람하고 온다고 회의실 좀 비워달라고 하던데요."


"미친 새끼! 누구보고 비워 달라 말아야. 어디서 주인 행셀 하려고 그래. 부장님, 이따가 심 이사 오면 제가 한마디 할게요."

"최 과장이 뭐라고 하게?"

"따질 건 따져야죠. 우리가 지들 일까지 하는데, 일도 안 하고 돈은 다 가져가잖아요. 부장님은 가만 계세요. 제가 알아서 할게요."

"장중아, 내 얘기 무슨 말인지 알겠지? 다른 사람한텐 얘기하면 안 돼."

"히히, 그럼요 형님. 사업제안서는 저하고 얘들이 쓸게요. 걱정 마세요."

"헤헤, 그래 좋아. 내가 연구원 실장한테도 니 얘기 해놨어. 조만간 보자고 했으니까 나중에 시간 내. 큰 문제 없을 거야. 너는 제안서만 써. 나머진 내가 알아서 할 테니까."

"히히, 알았어요. 근데, 형님이 주신 자료는 아직 사람들이 모르던데 어떻게 구했어요?"

"다 구하는 방법이 있지. 바보들만 모르는 거야."

"그래도 나중에 문제 되지 않을까요?"

"무슨 문제? 지들이 몰라서 못 한 걸 뭐라고 할 거야. 지들도 알면 우리하고 똑같애."

"맞아요. 형님. 제 친구도 그랬어요."

"니 친구 누구?"

"형님은 모르는 놈인데요. 이 자식이 학교 다닐 땐 조용했거든요. 근데, 어느 연구원에 들어가더니, 지 누나하고 매형 이용해서 돈을 엄청 벌었어요."

"그거 봐. 다 아는 놈끼리 해 먹는 거야."

"히히, 맞아요. 형님."

"그리고 애들은 다 모았어? 누구, 누구야?"

"그럼요 형님. 저하고 성태, 기홍이, 동민이, 경선이 다섯이에요."

"야 장중아, 똑똑한 놈들로 모으라니까 고작 그놈들이야. 기홍이하고 동민이는 빼라고 했잖아."

"아니에요. 형님. 이놈들이 일을 얼마나 잘하는데요. 파이팅이 넘쳐요."

"그놈들이 무슨 일을 잘해?"

"기홍이가 손재주가 좋아요. 포토샵 기술이 기가 막혀요. 자격증, 증명서 못 고치는 게 없어요. 지난번에 형님이 부탁했던 지인 딸 표창장 있죠. 그것도 기홍이가 만들었어요."

"동민이는?"

"동민이는 회계학과 나왔잖아요. 돈 계산이 빨라요. 여기저기서 돈 빼는 데 선수예요."

"경선이 그놈은 개 장사한다고 한다며?"

"형님, 개 장사라뇨. 요새 그런 말 하면 큰일 나요."

"개 장사를 개 장사라고 하는데 뭐가 큰일 나?"

"그럼 안 돼요. 애견 분양사라고 해야죠. 안 그러면 애견인들한테 욕 먹어요."

"사람 살기도 힘든데 개까지 신경 쓰냐. 세상 좋아졌다."

"형님, 경선이가 홍보를 잘해요. 강아지 카페 회원이 얼마나 많은데요."

"그래도 이 자식은 마음에 안 들어. 잘난 체하고 거짓말 잘하고 학력도 속였잖아."

"학력을 속여요?"

"너 몰랐어? 그 자식 학력 위조로 경찰서도 갔었어. 전문대 나오고선 박사 명함 돌리고 다녔잖아. 그리고 지가 SK그룹 다녔다고 했는데, 알고 보니까 SK주유소에서 알바 했던 놈이야. 개만도 못한 놈이라구."

"형님, 그거 다 철없을 때 얘기예요. 지금은 결혼하고 착실히 살아요."

"장중아, 이런 놈들하고 어떻게 일하려고 그래? 일할 애가 없잖아."

"성태 있잖아요. 성태가 말발도 좋고 리더십이 있어요. 옛날에 사물인터넷 회사 다녀서 클라우드도 금방 할 거예요. 믿어보세요."

"장중아, 애들 관리 좀 잘해라. 사업은 다 인건비에서 먹는 거야."

"히히. 알았어요. 형님."

"어차피 연구원 실장하고 얘기 다 끝났어. 우리만 잘하면 돼."

"히히. 그럼요. 형님. 저희가 다 해야죠."

"오늘 여기 왔으니까 다음엔 혼자 올 수 있겠지?"

"그럼요. 형님. 다음엔 애들하고 같이 올게요. 근데 형님, 여기 있는 사람들은 내년엔 어떻게 돼요?"

"어떻게 되긴 다 잘리는 거지. 내년에 다 내보내기로 했어. 원래 올초에 갈아치우는 건데, 전에 있던 부장이 총대 메고 나가서 나머지만 있는 거야. 그 인간만 아니었어도 올해부터 여기 일하는 건데, 괜히 1년 손해 봤어."

"잘리는 사람들이 업무 인수인계는 할까요? 얌전히 안 나갈 거 같은데요?"

"안 하면 어쩔 거야. 우리한테 인수인계 안 하면 실장이 쟤들한테 돈 안 줄걸."

"히히, 대단하십니다! 형님. 벌써 그런 거까지 생각하시구."

"장중아, 인생은 타이밍이야. 성공하려면 기회를 잡아야 해. 노력만 해선 안 된다구. 우리나라에서 연줄이 괜히 중요한 게 아니야. 그걸 못 잡아서 다들 안달이라구."

"알겠습니다. 형님. 그럼 저는 애들하고 바로 시작할게요. 더 필요한 거 있으면 얘기하세요."

"헤헤, 알았어. 오늘은 사무실 구경 왔다고 생각해. 지금이 11월이 니까 몇 달만 있으면 우리가 여기서 일하는 거야. 내가 얘기한 거 준비 잘하고 오늘은 이 정도하고 그만 가자."


"심 이사님, 잠깐만요. 저하고 얘기 좀 해요."

"최 과장, 왜요? 지금 손님하고 나가야 해요."

"그래요? 바쁜가 봐요. 근데, 심 이사님 손님이 여길 왜 와요?"

"왜요? 오면 안 돼요? 지금 바빠서 가야 하니까 다음에 해요."

"오랜만에 왔는데 얘기 좀 하고 가요. 잠깐이면 돼요."

"무슨 얘기요? 손님하고 가야 해요. 할 얘기 있으면 빨리 해요."

"뭐 하는데 그렇게 바빠요? 클라우드창조센터 일 때문에 바빠요?"

"하고 싶은 얘기가 뭐예요? 시간 없으니까 용건만 얘기해요."


"심 이사님, 요샌 여기는 오지도 않고 오늘은 다른 사람하고 얘기만 하다 가고, 여기 일은 언제 해요?"

"내가 다른 사람하고 얘길 하든 말든 무슨 상관이에요? 최 과장이 참견할 일이 아닌 거 같은데."

"왜 참견을 안 해요. 당연히 해야지. 하라는 일은 안 하고 엉뚱한 일만 하잖아요. 그리고 회사에 모르는 사람이 들락거리는데 왜 참견을 안 해요."

"여기가 최 과장 회사예요? 연구원이 만들었잖아요."

"나는 클라우드창조센터가 내 회사라고 생각하는 사람이에요."

"흥, 그것도 이제 며칠 안 남은 거 같은데."


"오늘 온 사람 누구예요? 회의실에서 무슨 얘기 했어요? 내년 클라우드창조센터 사업 얘기했죠."

"남이야 무슨 얘길 하든 말든 뭔 상관이에요. 그리고 남에 얘길 왜 엿들어요? 그렇게 할 일이 없어요?"

"듣고 싶어서 들은 거 아니에요. 우리가 뻔히 있는데 어떻게 다른 사람을 데려와서 사업 얘길 할 수가 있어요? 배짱이 대단합니다."

"무슨 말 하는 거예요? 내가 무슨 말을 했다고 그래요?"

"좀 전에 회의실에서 그랬잖아요."

"오늘 최 과장 이상하네. 오랜만에 지인 만나서 얘기한 건데 왜 이럴까? 회의실에서 그것도 못 해요."

"내가 다 들었어요. 내년에 여기 일 같이하자고 했잖아요. 그 사람한테 사업제안서 쓰라고 했죠?"

"없는 말 말아요. 오랜만에 만나서 이런저런 얘기한 게 뭐가 잘못이에요."

"그럼 아니에요? 내년에 클라우드창조센터 한다고 사람들한테 떠벌리고 다녔잖아요."


"뭐? 내가 언제 그랬어? 최 과장 니가 봤어?"

"뭐여? 그럼 안 했냐? 누가 모를 줄 알아. 오늘도 얘기한 거 내가 다 들었어."

"무슨 소리 하는 거야. 왜 없는 말을 지어내! 내가 뭘 잘못했어."

"연구원 실장하고 얘기 다 됐다고 그랬잖아. 내가 들었는데 왜 거짓말이야."

"생사람 잡지 말고 최 과장 니 일이나 잘해."

"그럼, 아까 그 사람은 왜 왔어? 좋은 말할 때 얘기해라."

"내가 그걸 왜 말해. 니가 뭔데?"

"이런 썩을 놈이 있나. 니가 오늘 죽고 잡냐. 너 오늘 나한테 뒈졌어."

"어라? 잘 하면 사람 치겠다? 박 부장도 가만있는데, 니가 왜 나서서 지랄이야!"

"뭐라고? 이 쌍놈의 새끼야! 내가 너 때리고 개 값 물어줄게! 너 요새 박 부장님한텐 업무 보고도 안 하지! 니가 누구 때문에 여기 일하는데, 배은망덕한 새끼! 잔말 말고 빨리 말해! 내년에 여기 사업 같이 하자고 했지!"


"그래서 왜? 뭐, 잘못됐어? 내년에는 일 안 하냐? 우리가 한다는데 뭐가 잘못이야? KIT는 내년에 하고 싶어도 하지도 못해. 왜 남의 일에 신경 써! 최 과장 니 일이나 열심히 하세요!"

"그게 지금 할 소리냐. 니네 실력으로 여기 일할 거 같아?"

"우리가 왜 못해? 못할 게 뭐 있어? 아무려면 니들보다 못할까!"

"시방 뭐라는 겨? 이 사기꾼 새끼야! 입 째졌다고 말이면 다 나와?"

"뭐 사기꾼? 너 나한테 사기꾼이라고 했어? 야! 너 말 가려 해."

"그럼 니가 사기꾼이지, 온전한 놈이냐? 어디서 굴러먹던 놈이 클라우드 한다고 사기나 치고 다니구. 니가 클라우드가 뭔지는 알아?"

"내가 왜 몰라? 내가 클라우드 전문회사 이사야. 함부로 말하지 마."

"놀고 자빠졌네. 너 빼고 세상 사람들이 다 알더라. 그냥 니들한테 어울린 거 하면서 곱게 살아. 다른 사람들 고생시키지 말구."

"나 때문에 니가 고생했냐? 니가 뭔데 그래."

"고생한 사람이 어디 한둘이야? 너, 박 부장님 몰래 연구원 실장하고 연락하지? 그러니까 실장이 좋아하든?"

"내가 왜 박 부장한테 연락을 해? 난 실장님한테만 보고하면 돼."

"그래서 실장한테 보고는 잘했어? 홈페이지는 누가 만들었다고 했어? 설마 니들이 만들었다고 했냐?"

"당연히 우리가 만들었다고 했지."

"그게 왜 니들이 만든 거야. 이 팀장하고 홍 대리가 만들었지. 입은 삐뚤어져도 말은 똑바로 해."

"이런 어린놈의 새끼가 어디서 사람을 가르쳐? 야! 너 몇 살이야?"

"나이 얘기하는 거 보니까 켕기나 보다? 너 이 새끼, 나이도 속이고 다니지? 민증 까 봐! 새끼야! 하여튼 이 새낀 입만 열면 거짓말에, 구라에 사람 속이는 거밖에 없어."

"야, 너 말조심해! 그러다가 큰코다쳐!"

"내가 니 콧구멍 꿰매서 숨 못 쉬게 할 거다! 이 새끼야."

"최 과장한테 그런 재주가 있었어? 할 테면 해봐! 누군 가만있나!"

"이 새끼, 말하는 거 보면 확실히 믿는 구석이 있어. 실장이 아주 단단히 밀어주나 봐."

"그 정도도 없으면 말을 말아야지. 그리고 내가 실장밖에 없을 거 같애. 순진한 새끼."

"닥쳐! 이 새끼야. 그리고 니네 사람 몇 명 뽑았어? 돈은 다 어디에 쓴 거야?"

"그게 니 돈이냐? 니가 줬어? 니가 왜 생색이야!"

"개발자 하나 달랑 뽑아서 홈페이지 개판으로 만들고 늦게 오픈해도 실장이 잔소리 한다든? 둘이 무슨 사이길래 그렇게 잘 해줘?"

"왜 부러워? 그럼 잘하지 그랬어. 오죽하면 나한테 일을 시키겠냐. 실장이 하소연을 하더라!"

"그 인간도 자기 뜻대로 안 하니까 우리 싫어하지? 너처럼 딸랑딸랑 해야 좋아하는데 말이야."

"그게 세상 이치야. 여태 그걸 몰랐어? 하여튼, 멍청한 것들은 답도 없어요. 야! 최 과장, 너는 그 자리 안 가봐서 몰라. 너처럼 불평불만 많은 인간을 누가 좋아하겠냐. 윗사람 눈치 보는 건 당연한 거야. 어떤 미친놈이 아랫사람 눈치 보면서 일해? 윗사람 기분 맞추는 거 싫으면 관두면 되잖! 무슨 말이 많아? 너네는 평생 일해도 모르니까 시키는 일이나 열심히 해! 세상 편하게 살 생각 말구."

"실장이 뒤 좀 봐줘서 배는 부르겠다. 그래도 조심해. 체하는 수가 있어."

"체해도 좋으니까 신경 끄고 니 일이나 잘해. 갈 땐 가더라도 할 일은 다 하고 가야지. 안 그래, 최 과장?"

"당연하지. 우리가 니네 일까지 한 거 다 기록해 놨으니까 걱정 마. 나중에 사업비 정산할 때 돈 모자란다고 개소리 하지 말구. 알았어?"

"곧 죽어도 알량한 자존심은 있나 봐. 근데, 그게 니 말대로 될까? 여기 일 끝나면 최 과장은 일 열심히 했다고 실장님한테 얘기해 줄게. 그래야 내년에도 여기서 일하게 해주지."

"내가 총 맞았냐? 여기서 일하게. 이 버러지 새끼야!"

"그래, 말이라도 시원하게 해라. 떠날 놈이 무슨 말인들 못 하겠냐. 욕해도 좋으니까 마음대로 하시고 난 바빠서 이만 갈게. 잘 있어요. 최 과장님~~~"


"저런 나쁜 새끼. 너 이리 안 와. 저 새끼를 그냥!"

"최 과장님, 그만 하세요. 저런 인간하고 얘기해 봤자 우리만 손해예요."

"이 팀장도 저 새끼 얘기 들었지? 저런 얘기 듣고 어떻게 가만있어? 처음에 와서는 찍소리도 못하더니 이젠 대놓고 주인 행셀 하잖아. 실장한테 내 얘길 해 준다구. 저런 미친 새끼!"


"최 과장, 그만해. 사람들 앞에서 뭐 하는 거야?"

"부장님, 전 이대로 못 참아요. 저런 인간한테 여길 어떻게 줘요? 절대로 안 돼요!"

"진정해, 최 과장. 내년에 심 이사 저놈이 할지 안 할지 아직 몰라. 나도 알아보는 게 있으니까, 오늘은 그만하고 나중에 얘기합시다."

# 제15장 2013년 2차 연도 사업 마무리

## '긴 여정의 끝'

"이 팀장, 올해도 이제 끝이야. 달력이 한 장 남았어."

"그러게요. 크리스마스도 얼마 안 남고, 시간 참 빨라요. 엊그제 온 거 같은데 벌써 여기 일도 끝이네요."

"끝이라고 하니까 마음이 울적해. 연말이라서 그런가, 일도 손에 안 잡히고 뭐 해야 할지도 모르겠어."

"울적하시다. 심 이사하고 싸우던 파이팅은 어디가고 울적하대요. 무슨 걱정 있어요?"

"꼭 그런 건 아닌데 계속 심란하네. 그 자식을 아작아작 조졌으면 덜 할 텐데 말이야"


"자, 저 좀 보세요. 어깨가 축 처 진 게 기운도 없어 보이고. 가만 보자, 얼굴에 홍조도 있고 피부도 푸석하네요. 몸이 화끈거리고 손발도 차고 그런가요?"

"좀 그래. 괜히 짜증만 나고 모든 게 귀찮아."

"감정 변화도 있는 거 같고, 밤에 잠은 잘 자요?"

"아니. 불면증 때문에 계속 뒤척이다가 새벽에 겨우 자."

"아휴, 우리 최 과장님 이를 어쩌나 아직 나이도 젊은데."

"왜, 뭔데 그래?"

"딱 보니까 답 나와요. 갱년기예요."

"갱년기? 내가?"

"겨울에는 해가 짧고 일조량이 적어서 세로토닌 분비가 감소하는데, 이때 생기는 계절성 갱년기예요."

"남자한테도 갱년기가 있어?"

"그럼요. 요새 남자 여자가 어딨어요. 때 되면 똑같이 와요."

"그럼 어떡하지? 병원에 가야 하나?"

"아니요. 밥 잘 먹고 운동 열심히 하고 낮에 햇볕 잘 쬐면 괜찮아져요."

"그래. 요새는 자꾸 돌아가신 아버지 생각이 나. 가끔 눈물도 나고."

"그런 거 말고 즐거운 일을 생각해요. 최 과장님, 우리나라 갱년기 여성들이 가장 많이 듣는 노래가 뭔지 알아요?"

"뭔데?"

"**⁴⁸파두**래요."

"파두?"

"들어보면 알 거예요. 옛날에 TV 드라마에서 여주인공이 비 올 때면 창가에 기대서 술 한 잔 들이켤 때 자주 나왔어요. 검은 돛배라고 아주 유명한 노래가 있어요. 처음에는 좀 청승맞아도 들어보면 마음이 차분해질 거예요."

. . .

48   파두(Fado). 포르투갈의 민속 음악으로 아말리아 로드리게스의 「검은 돛배」와 MBC 드라마 『사랑과 야망』에 삽입됐던 「어두운 숙명」 등이 유명함.

"그건 [49]**샹송** 아니야?"

"샹송은 프랑스 노래구요. 파두는 포르투갈 노래예요. 처음에 들으면 비슷하긴 해요."

"그거 말고 또 있지 않나? 경쾌한 노래가 있던데."

"[50]**칸초네**가 있어요. 이태리 노랜데, 이태리 사람들이 흥이 넘치잖아요."


"그래 알았어. 나중에 들어보지 뭐. 그래도 지금은 연말 분위기가 없는 거 같애. 옛날엔 이맘때면 거리가 시끌벅적했는데 요샌 한산해도 너무 한산해. 눈도 한 번 안 오고 세상이 좀 적막하네."

"그러게요. 눈이 와야 거지들이 빨래를 하는데 말이죠."

"그게 무슨 소리야?"

"눈 오면 날씨가 포근하잖아요. 그래서 눈 오는 날은 거지들이 냇가 가서 빨래한대요."

"그거 재밌네. 요샌 거지고 뭐고 다들 집에서 조용히 있나 봐."


"최 과장님이 감흥이 없네. 연말에 누가 집에 있어요. 다 해외여행 가지."

"해외여행?"

. . .

49 샹송(Chanson). 프랑스의 대중음악으로 에디뜨 피아프의 「사랑의 찬가」와 「장미빛인생」, 이브 몽땅의 「고엽」 등이 유명함.

50 칸초네(canzone). 이태리어로 노래라는 뜻인 이태리 대중음악. 1951년 시작된 산레모 가요제를 통해 많은 칸초네가 나왔으며 볼라레, 알디라 등이 유명함.

"뉴스 보니깐 연말에 인천공항이 바글바글 하대요."

"정말? 경제가 어렵네 불황이네 하면서 해외여행을 가? 어려운 거 맞아?"

"요새 사람들이 내일 생각 하나요. 오늘 좋으면 그만이지. 20~30대 젊은 사람 중엔 직장 관두고 세계 여행하는 사람도 많아요."

"그런 사람들은 팔자 좋은 사람이지, 다 그렇겠어. 이 팀장, 말 나온 김에 우리도 여기 일 끝내고 해외여행 갈까?"

"제 팔자에 무슨 해외여행이에요. 가려면 최 과장님이나 가세요."

"이 팀장, 우리도 이참에 한번 가자. 열심히 일한 당신 떠나라는 말도 있잖아. 그동안 고생했으니까 한번 가야지. 내가 들었는데, 그리스의 산토리니 해 질 녘 석양을 한 시간 동안 보면 소원이 이루어진대."

"어디요? 산토리니요? 차라리 창신동 낙산공원에 가서 노을을 보는 게 빠르겠어요. 서울에서 붉은 노을 보기엔 거기가 최고예요. 거기선 10분만 봐도 돼요."

"그리스 싫으면, 크로아티아는 어때?"

"거긴 또 어디예요?"

"크로아티아에 두브로브니크라는 데가 있는데, 거기 붉은색 지붕들이 그렇게 멋있대. 어느 유명한 [51]작가가 거길 지상 천국이라고 했대요.

...

51  조지 버나드 쇼(George Bernard Shaw, 1856~1950). 영국의 극작가로 1925년 노벨문학상을 수상했으며, 그의 묘비에 적힌 문구(I knew if I stayed around long enough, something like this would happen. 우물쭈물하다가 내 이럴 줄 알았다)가 유명함. 버나드 쇼는 두브로브니크 여행후, '지상의 천국을 보고 싶다면 두브로브니크 가라'고 했다고 함.

이 팀장, 우리도 살아있을 때 천국 한번 가자."

"세상에 천국이 어딨어요. 그거 다 작전이에요. 작전!"

"작전이라구?"

"당연하죠. 다 돈 받고 한 얘기예요. 그런 얘길 어떻게 믿어요. 나한테 줘어 봐. 난 더 한 얘기도 하지. 난 달나라라고 할게요."

"정말?"

"그거 여행사가 사람 모으려고 한 거예요. 그런 거 믿지 말아요."

"그럼, 아프리카는 어때?"

"갑자기 아프리카는 왜 가요?"

"아프리카에 남아공 알지? 남아공에 희망봉이 유명하잖아. 거기가 원래는 바람이 많아서 폭풍의 곶이라고 했대. 근데 말이야 이 팀장, 옛날 유럽 사람들이 거기 폭풍을 뚫고 간 곳이 어딘 줄 알아?"

"어딘데요?"

"어디긴. 인도지. 옛날에 유럽 사람들이 인도하고 무역해서 돈을 많이 벌었잖아. 그때 유럽 사람들이 폭풍의 곶에서 인도로 가는 희망을 본 거야. 일종의 돈 벌러 가는 이정표라고 할까? 그래서 이름을 희망봉으로 바꿨대. 어때? 가고 싶지? 우리도 거기 가서 돈 버는 희망 보고 오자."

"남아공은 너무 멀어요. 희망 보러 갔다가 비행기 값만 수백만 원 나와요."


"이 팀장, 그럼 가까운 곳으로 갈까? 홍콩은 어때? 홍콩은 가깝잖아. 홍콩에 또 핫 플레이스가 많아요."

"앵간히 좀 하죠."

"이 팀장도 [52]『화양연화』봤지?"

"화양, 뭐요?"

"장만옥하고 양조위 나온 영화 말이야. 치파오 입은 장만옥이 얼마나 예뻤는지 몰라. 포마드 잔뜩 바른 양조위도 멋있었구. 양조위하고 장만옥이 홍콩 뒷골목 식당에서 저녁을 먹는데, 그 식당이 영화에 나오고서 그렇게 유명해졌대. 영화에서 두 사람이 식사한 자리가 그대로 있다고 하더라고. 그 자리에서 밥 먹고 사진 찍는 게 인기래. 이 팀장, 우리도 거기 가서 밥 먹고 사진 찍고 영화 속 주인공이 되는 거야. 어때? 괜찮지?"

"최 과장님, 배고프면 뭐하나 시켜 먹어요."

"이 팀장, 화양연화가 무슨 뜻인지 알아? 인생에서 가장 아름답고 행복한 순간이라는 뜻이래. 우리도 거기 가서 첫사랑의 추억을 떠올리면 너무 낭만적이지 않을까?"

"최 과장님, 어디 아파요? 오늘 왜 그래요?"

"이 팀장, 그 식당에서 장만옥이 스테이크를 먹는데, 양조위가 뿌려준 게 뭔지 알아?"

"뭔데요?"

"겨자 소스! 홍콩 사람들은 스테이크 먹을 때 겨자 소스를 찍어 먹나 봐."

"아주 소설을 써라, 소설을 써. 그 영화 불륜 내용이에요. 양조위 부인하고 장만옥 남편이 바람피우니까 지들도 같이 맞바람피우는 거잖아요."

...

52  2000년 10월 개봉된 왕가위 감독, 양조위, 장만옥 주연의 홍콩 영화.

"이 팀장, 양조위가 장만옥을 잊기 위해 간 곳이 어딘 줄 알아?"

"가긴 어딜 가요. 간통죄 다시 만들어서 바람피우는 연놈들은 싹 다 잡아다가 감방에서 쫄쫄 굶기고 쌍코피를 흘리게 해야 해요. 간통죄를 왜 폐지했는지 모르겠어요."

"앙코르와트! 앙코르와트도 가야 하는데."

"최 과장님, 그냥 집에 있어요. 집 나가면 개고생이에요. 엄동설한에 자꾸 어딜 간다는 거예요."


"그렇지, 이런 겨울에는 따뜻한 곳이 최고지. 이 팀장, 라스팔마스라고 알아? 거긴 일 년 내내 따뜻하대."

"나는 라스베가스도 몰라요."

"옛날에 <sup>53</sup>『서울의 달』이라고 있었잖아. 한석규하고 채시라가 주인공이었던 드라마. 거기에 재밌는 사람들 참 많았는데."

"그래서요?"

"한석규가 마지막에 가고 싶었던 곳이 바로 라스팔마스야."

"왜요?"

"돈 없는 제비족이었거든. 나중에 할 거 없으니까 돈 벌려고 가려고 했어. 실제로 70년대에 우리나라 원양어선들이 외화 벌려고 라스팔마스에 가서 고기 잡았대."

"그래서 거기 갔어요?"

...

53  한석규, 최민식, 채시라 주연의 MBC 드라마로 1994년 1월부터 10월까지 방영됨. 시골 출신의 두 젊은이가 서울에서 겪는 애환과 서민들의 생활을 그려 많은 인기를 얻음.

"아니 못 가고 죽어. 아주 애절하게."

"애절하게 죽어요?"

"사랑의 말로라고 할까? 사실은 꽃뱀한테 사기 치다 걸려서 두들겨 맞고 죽어. 그리고 끝나잖아. 이 팀장은 서울의 달 안 봤어? 얼마나 인기였는데."

"언제 적 드라마를 어떻게 기억해요. 근데, 채시라가 꽃뱀이에요?"

"아니. 다른 여자가 꽃뱀인데, 이름을 모르겠네. 유명한 배운데. 아무튼 이 팀장, 한석규가 그렇게 가고 싶었던 라스팔마스를 우리가 가자. 라스팔마스 있는 섬 이름이 카나리아래. 이름도 너무 이쁘지?"

"완전히 미쳤구나. 최 과장님, 제발 정신 좀 차려요."

"이 팀장은 나한테 왜 이러니. 나 갱년기라며. 이러다가 치매 오겠다. 그러지 말고 나 기분 전환 좀 시켜줘."


"최 과장님이 이렇게 앙탈을 부리면 얘기가 길어져요, 듣는 사람도 지루하구."

"무슨 소리야? 할 얘기가 많이 남았는데 이걸로 끝내려고? 갑자기 왜 그래?"

"뭐가요?"

"조금만 더 들으면 박진감 넘치는 얘기가 쏟아지는데 그걸 못 참아. 내가 들려줄게."

"그런가요? 이렇게 끝내는 것도 예의는 아니겠죠?"

"당연하지. 여기까지 왔으면 끝까지 들어봐야. 지금부터 절정으로 가. 이대로 끝내고 욕먹고 싶어. 다른 사람들 생각해서라도 깔끔하게 마무리해야 해."

"알겠어요. 다시 시작해요."


"그래야지. 그럼 어디 갈까?"

"나폴리요."

"어쩜, 역시 이 팀장이야. 이태리의 나폴리 좋지. 나폴리를 얘기하자
면… "

"아니요. 한국의 나폴리요."

"한국의 나폴리?"

"네, 거기 가서 조용필 노래 들어요."

"무슨 노래?"

"「돌아와요 부산항에」."

"거기가 어딘데?"

"통영이요. 통영에 충무항이 있는데, 원래는 「돌아와요 충무항에」
였대요. 그리고 통영에는 박경리 박물관도 있고 이순신 공원, 벽화마을
도 있어요. 케이블카 타면 한려수도가 한눈에 들어오구요. 먹을 건 또
얼마나 많은데요. 충무 김밥, 꿀빵, 우짜, 빼떼기죽 등등 보고 먹을 게
천지예요. 통영에서 좀 더 가면 거제도의 바람의 언덕이 있어요. 거기
도 좋아요."


"지금 해외여행 얘기하잖아. 통영은 나중에 가자. 이 팀장이 먹는 얘
길 해서 말하는데, 세계 3대 미식 국가가 어딜 줄 알아? 그게 어디냐면
중국, 프랑스 그리고 나머지는… "

"대한민국!"

"에이, 우리나라는 거기 못 끼지. 힌트 줄까? 우리나라 형제 국가야."

"미국이요."

"미국이 왜 형제 국가야."

"그럼 어디예요?"

"터키!"

"터키요? 중국은 사람이 많으니까 먹는 것도 많을 테고, 프랑스는 워낙 음식을 좋아하니까 알겠는데 터키가 왜요?"

"터키가 625 전쟁 때 우리나라 도와줄 거 알지? 터키가 옛날엔 오스만 투르크였는데 그때는 강대국이었어. 지리적으로 아시아하고 유럽을 잇는 곳이어서 아시아 사람, 유럽 사람, 중동 사람들이 다 터키 통해서 오고 간 거야. 그러니까 어떻겠어? 자기들 먹을 음식도 가지고 다녔지. 그리고 오스만 투르크는 이슬람교, 기독교를 모두 인정해서 이슬람 음식, 기독교 음식이 다 있었대. 그야말로 음식 천국이야."

"그래서 터키에 가자구요?"

"이 팀장, 터키에 카파도키아라고 있는데, 거기 열기구가 그렇게 유명하대요. 달력 사진에도 나와."

"터키는 이스탄불이 유명하잖아요. 가려면 수도에 가야죠."

"아니야. 사람들이 이스탄불을 수도로 생각하는데, 수도는 앙카라야. 여의도에 앙카라 공원도 있어."

"앙카라 공원이요?"

"옛날에 서울시하고 앙카라시하고 자매결연 맺은 기념으로 만든 공원이래. 앙카라가 카파도키아에서도 가까워. 가는 김에 같이 가면 되지. 그리고 카파도키아에 바위산들이 많은데, 옛날 사람들이 바위에 난 구멍에서 살았다네. 못 믿겠지? 영화 『스타워즈』를 거기서 찍었다나 어쨌다나. 이 팀장, 이번에 형제의 나라에 가서 확인해 봅시다."

"최 과장님, 그런 얘기는 해외여행 안 가도 알 수 있어요."

"어떻게?"

"[54]『걸어서 세계 속으로』보면 돼요. [55]『세계테마기행』도 있구요. 그거 보면 다 알아요."

"보는 거하고 가는 거하고 같애? 제발 내 말 좀 듣고 한 번 가자."

"최 과장님 갱년기 달래려면 가야 하는데, 전 가고 싶어도 못가요."

"왜 못가? 나하고 홍 대리, 막내하고 가면 되지. 해외여행 갔다 와서 KIT 가면 되잖아."

"전 여기 일 끝나면 바로 복학해야 해요."

"무슨 소리야? 우리하고 KIT 가야지."

"KIT요? KIT 갈 수 있을까요?"

"왜 못가? 한 부장님이 여기 일 끝나면 우리 스카우트한다고 했잖아?"

"글쎄요. 그냥 한 얘기예요."

"그냥 한 얘기라구?"

"작년에 일할 사람 없으니까 우리 데려오려고 그냥 한 얘기죠. 말이 쉽지 대기업 가기가 쉽겠어요."

"그럼 안 되지. 홍 대리하고 막내는 지금 그것만 기다리고 있어."

"최 과장님, 요새 KIT 분위기가 안 좋아요."

"분위기가 안 좋아?"

...

54    2005년 11월부터 KBS가 방영 중인 해외여행 프로그램.

55    2008년 5월부터 EBS가 방영 중인 해외여행 프로그램.

"이번에 채용 비리 터졌잖아요. 아무래도 우리가 가기 힘들 거예요. 최 과장님도 빨리 차선책을 준비하세요. 홍 대리하고 막내한테도 얘기하구요."

"난 한 부장님만 믿고 있었는데 큰일이네. 난 여기 나가면 갈 때도 없어. 내가 이럴 때가 아니야. 박 부장님한테 물어봐야겠어."

"뭘 물어보게요?"

"우리 어떻게 되는지 물어봐야지. 박 부장님도 우리 얘기했다고 했잖아."

"지금은 안 돼요. 회의실에서 윤 책임하고 회의하고 있어요. 나중에 물어봐요."

## | 클라우드창조센터 회의실

"윤 책임님, 올해 사업 결과보고서는 다 끝났어요. 다음 주에 보내드리고 클라우드창조센터 사업은 종료할게요. 업무 인수인계는 언제 할까요?"

"부장님, 그거 말고 다른 일이 생겼어요."

"다른 일이요? 결과보고서 말고 다른 일이라뇨?"

"급하게 회의를 해야 할 거 같아요."

"무슨 회의요?"

"클라우드창조센터 사업 끝나기 전에 전문가 간담회를 해야 해요."

"전문가 간담회요? 갑자기 그걸 왜? 무슨 일 있나요?"

"올해 사업 끝나기 전에 클라우드 전문가 간담회를 하라고 미래부에서 지시가 내려왔어요."

"윤 책임님, 사업 다 끝났는데 간담회를 어떻게 해요?"

"부장님, 그러지 말고 간담회하고 끝내세요."

"간담회 하는 이유가 뭐예요?"

"올해 KIT가 클라우드창조센터 사업하는 마지막이잖아요. 미래부 사무관께서 내년에 여기 운영하는 회사가 무슨 일을 할지 전문가 의견을 듣고 싶대요. KIT 사업 노하우도 듣고 싶어 하구요."

"내년에 무슨 일할지 아직도 정하지 않았어요?"

"미래부가 올해 생겼잖아요. 공무원들 인사이동도 있고, 미래부 사무관도 새로 와서 업무 파악이 안 됐어요. 구체적인 건 간담회 끝나야 아니까 마지막으로 간담회하고 끝내세요."

"연말이라서 전문가들 부르기도 힘든데 간담회를 언제 해요?"

"사무관이 빨리 하라고 하니까 다음 주에 바로 하시죠. 전문가는 클라우드 잘 아는 사람 몇 명 부르세요."

"간담회 주제는요?"

"그냥 클라우드창조센터 사업 논의한다고 하세요. 별다른 거 없잖아요."

"간담회 때 실장님도 오세요? 준비는 어떻게 할까요?"

"실장님은 미래부 사무관이 와야 올 거예요. 제가 일정 확인하고 연락드릴게요."

"알겠습니다. 그럼 준비하겠습니다."

"이 팀장, 이번 간담회는 사람들이 많이 안 오네. 아직 반도 안 왔어."

"이럴 줄 알았어요. 간담회를 하려면 일찍 해야지 12월 연말이 가장 바쁜데, 사람들이 오겠어요. 연구원 놈들 일하는 거 보면 답답해요."

"그러게 말이야, 연말에 모임이 많을 텐데 이깟 간담회에 오겠어. 오라고 한 우리가 잘못이지. 그래도 사람들이 반은 와야 하는데 이러다가 회의 못 할 거 같애."

"확 그랬으면 좋겠어요. 어차피 사업도 다 끝났는데 이런 간담회 한들 누가 알겠어요."

"이 팀장, 저기 봐. 심 이사 온다. 저 새끼는 부르지도 않았는데 왜 오고 지랄이야."

"오라는 사람은 안 오고 재수 없는 놈만 보게 생겼어요."

"심 이사 저 새끼 하는 것 좀 봐봐. 우리 눈도 안 마주치고 휙 가는 거 봐. 지가 뭔데 윤 책임 옆에 앉는 거야 싸가지 없이. 회의 때 헛소리만 해봐. 오늘은 정말 뒈질 줄 알아."

"최 과장님, 근데 연구원 실장이 안 보여요. 아직 안 왔나요?"

"오늘 미래부 사무관이 못 온대. 사무관 없는데 누구한테 잘 보이려고 여길 오겠어. 하여튼 그 자식도 눈치는 빨라."

"안녕하세요. 박 부장님 계신가요?"

"네, 어떻게 오셨어요?

"오늘 간담회가 있다고 해서 왔습니다."

"성함이?"

"장 교수라고 해요."

"아, 장 교수님이세요. 지난번에도 오셨었죠?"

"네, 그렇습니다. 절 아시나요?"

"그럼요. 박 부장님한테 들었어요. 지금 박 부장님이 기다리고 계세요. 교수님, 이쪽으로 오세요. 제가 안내해 드릴게요."

"네 감사합니다."


"최 과장, 잘 있었어? 부산에서 보고 오랜만이야."

"강 대표님, 오셨어요. 바쁘신데 오라고 해서 죄송해요."

"나야 최 과장이 오라면 와야지 힘 있나. 최 과장 인사해. 내가 한 사람 데려왔어. 클라우드 업체 모임 이산데 클라우드 기술 전문가야. 민 이사도 인사해."


"안녕하세요. 최 과장님. 처음 뵙겠습니다."

"반갑습니다. 민 이사님. 잘 오셨어요."


"최 과장은 서울 가서 연락한다더니 왜 연락을 안 해? 내가 얼마나 기다렸는데."

"강 대표님, 죄송해요. 부산 클라우드 행사 끝나고 연락하려고 했는데 일이 있어서 못 했어요. 행사는 잘 마치셨죠?"

"그저 그렇지. 지방 행사가 뭐 있나. 근데, 오늘은 무슨 일이야?"

"오늘 전문가 간담회가 있어서요. 강 대표님이 클라우드 전문가시니까 모신 거죠."

"난 또 뭐라구. 이런 간담회 백 번 하면 뭐 해? 돈 되는 걸 해야지. 최 과장, 오늘 간담회 때 좋은 것 좀 있어?"

"그냥 간담회예요. 내년에 클라우드창조센터 사업 뭐 할지 얘기하는 자리예요."

"그거 아직 결정 안 났어? 내년에 여기 누가 사업해? 나도 할 수 있는 거야?"

"아직 몰라요. 나중에 사업 공고 나면 사업제안서 써서 지원해 보세요."

"최 과장, 그럼 늦는다고 했잖아. 빅 클라우드는 다 준비했을 텐데 나중에 언제 제안서를 써. 그러지 말고 얘기 좀 해봐."

"강 대표님, 없어요. 오늘 오셨으니까 간담회 때 몇 마디만 해주세요."

"최 과장은 융통성이 없어서 탈이야. 그렇게 순진해서 어떻게 살래? 나하고 하자니까 왜 말을 안 들어. 내 스타일 알잖아."

"자자, 강 대표님 그만하시고 회의실에 들어가세요. 사람들이 기다려요."


"이 팀장, 몇 명 왔어?"

"잠시만요. 박 부장님하고 윤 책임, 심 이사 빼고, 하나, 둘, 셋, 넷. 네 명 왔어요."

"네 명? 그게 누구야?"

"장 교수님하고 강 대표님, 강 대표님하고 같이 온 민 이사님 그리고 이 사람은?"

"누군데?"

"부장님이 부른 거 같은데 누군지 모르겠어요. 이름이 가물가물한데 기억이 안 나네요. 알 거 같기도 하고."

"그럼 됐어. 부장님이 알아서 하겠지. 이 팀장, 우리도 회의실에 들어가자."

## | 클라우드창조센터 회의실

"안녕하세요. ICT 융합연구원에 윤 책임입니다. 바쁘신데 오늘 회의에 와 주셔서 감사합니다. 연말이라서 많은 분들이 오시질 못했지만 그래도 오늘 오신 클라우드 전문가분들과 간담회를 시작하겠습니다. 오늘 간담회 주제는 2013년 올해 클라우드창조센터가 진행한 사업들을 검토하고 2014년 내년에는 어떤 사업을 할지, 전문가들께서 의견을 주시면 됩니다. 오늘 하신 말씀은 제가 정리해서 연구원 실장님과 미래부 사무관님께 전달하고 내년 사업에 반영하도록 하겠습니다. 자, 그럼 제일 먼저 얘기하실 분 말씀해 주세요."

"……."

"아 참, 그리고 의견은 한 번씩만 주세요. 다들 바쁘신데 일찍 가셔야 되니까 회의는 빨리 끝내도록 할게요."

"최 과장님, 저거 봐요. 윤 책임이 회의를 빨리 끝내려고 해요."

"저럴 거면서 왜 간담회를 한다고 야단이야. 메일 보내서 몇 마디 적어 달라고 할 것이지. 괜히 바쁜 사람들 오라 가라 시간만 뺏구. 일하는 게 꼭 아마추어 같다니깐."


"윤 책임님, 제가 먼저 얘기하겠습니다."

"네, 강 대표님 말씀하세요."

"윤 책임님, 올해는 클라우드창조센터가 외부 행사를 안 한 거 같아요. 작년에 했던 클라우드 로드 쇼가 좋아서 올해 기대가 컸는데, 안 한 이유가 뭐죠?"

"다른 데서 클라우드 행사를 많이 해서요."

"에이, 무슨 행사를 많이 해요. 클라우드 행사 몇 개 없어요."

"지난 9월에도 부산에서 했잖아요."

"부산하고 서울하고 같나요. 서울에서 해야 클라우드가 홍보되죠. 부산은 아직 규모가 작아서 힘들어요. 그나마 서울에서 해야 사람들이 많이 오죠. 작년 로드 쇼 보세요. MS에 클라우드 이사가 오니까 사람들이 많이 왔잖아요."

"그래도 올해는 클라우드 업체들에게 도움 되는 일을 많이 했어요."

"윤 책임 그게 아니죠. 제가 클라우드 업체 모임 회장인데, 한결같이 하는 얘기가 아직까지 우리나라 사람들이 클라우드를 모른다는 거예요. 홍보를 많이 해서 클라우드를 알려야 하는데 사람들이 모르니까 다들 힘들어해요. 롯데 보세요. 롯데가 클라우드(Kloud)를 많이 홍보하니까 사람들이 클라우드 맥주는 다 알잖아요. 클라우드(Cloud) 얘기하면 사람들이 맥주 얘기하는 줄 알아요. 그리고 요샌 홈쇼핑에 라클라우드(La

Cloud) 인지 뭔지 라텍스 침대가 나와서, 저희 집사람은 그거 사자고 난리예요. 자기 남편이 클라우드(Cloud) 일하는 것도 모르고 말이죠."

"강 대표님, 그런 데는 돈이 많지만, 저흰 홍보비가 없잖아요."

"그래도 행사를 1년만 하는 게 어딨어요. 꾸준히 해서 업체도 모으고 사람들한테 알려야죠. 작년 클라우드 로드 쇼에서 클라우드 제품 시연하고 기술 보여주니까 사람들이 관심을 갖잖아요. 우리나라 클라우드 업체들이 대부분 중소기업이에요. 중소기업이 언제 외부에다 제품 홍보하고 마케팅을 하겠어요. 클라우드창조센터가 행사를 해서 홍보지원을 해야 하는데, 왜 그걸 안 하는지 모르겠어요. 제가 공무원한테 수없이 얘기해도 잘 안 되는 거 같아요."

"강 대표님, 요새 정부나 공공기관들이 클라우드 제품하고 기술을 많이 도입하고 있어요."

"윤 책임님, 그거 다 해외기업들 거예요. 정부하고 공공기관들도 우리나라 클라우드를 모르니까 안 쓰잖아요. 일단, 우리나라 클라우드를 알려서 사람들이 사용할 수 있게 해야 해요."

"글로벌 경쟁 시대에 우리나라 기업들만 우대한다고 해외기업들이 반발할 수 있습니다."

"윤 책임님, 지금 무슨 소리 하는 거예요. 우리나라 정부가 우리나라 제품 쓰도록 장려해야지 누가 해요? 그게 나쁩니까?"

"네, 알겠습니다. 내년에는 클라우드 행사 많이 해서 우리나라 클라우드 홍보하고 지원하는 걸로 할게요. 강 대표님, 이럼 됐죠? 그럼, 다음 분 말씀해 주세요."


"저, 윤 책임님, 제가 얘기해도 될까요?"

"네, 장 교수님 말씀하세요."

"여기 자료 보니까 올해 클라우드창조센터에서 일을 많이 했네요. 클라우드 컨설팅도 하고 인프라도 제공하고 보고서 발간, 중소기업 지원 등등 수고가 많으셨습니다."

"아닙니다. 교수님."

"저는 이 중에서 클라우드창조센터 홈페이지 개편은 정말 잘했다고 생각합니다. 특히 영문 홈페이지 만든 건 아주 잘한 일이라고 생각해요. 영문 홈페이지가 있어서 제가 외국 학생들한테 우리나라 클라우드를 많이 소개하고 있어요. 영문 홈페이지 때문에 외국 학생들이 우리나라 클라우드를 쉽게 이해하고 관심도 많이 갖더군요."

"헤헤. 교수님, 그건 저희가 만든 거예요."

"누구시죠?"

"전 빅 클라우드에 심 이사라고 해요. 방금 말씀하신 영문 홈페이지는 빅 클라우드가 만들었어요. 저희가 올해 클라우드창조센터 일을 같이 했거든요. 헤헤."

"그러세요. 그것까진 제가 몰랐네요."

"교수님이 영문 홈페이지를 잘 만들었다고 하시니까 기분이 좋네요. 헤헤."

"네, 잘하셨습니다. 근데, 국문 홈페이지에 있는 내용이 영문 홈페이지에는 없던데, 그건 왜 그런가요?"

"……."

"그리고 저희 학생들이 영문 홈페이지 게시판이나 Q&A 페이지에 글을 올리면 답변이 없다고 하던데, 답변은 안 하시나요?"

"교수님, 그건 저희가 하는 게 아니에요."

"그럼 누가 하나요? 심 이사님이 영문 홈페이지 만들었다고 하셨잖아요."

"저희가 만들었어도 운영관리는 클라우드창조센터가 해서요. 헤헤."

"클라우드창조센터 일하셨다는 게 홈페이지만 만든 건가요?"

"그렇죠. 헤헤."

"홈페이지만 만들고 운영관리를 안 했으면 일했다고 하기는 좀 힘들 거 같은데요. 홈페이지는 운영관리가 제일 중요한데 그걸 안 했다고 하면 어떻게 생각할지."

"교수님, 저희는 잘 만들었는데 클라우드창조센터에 있는 사람들이 운영관릴 못해서 그런 거예요. 헤헤."

"글쎄요. 일을 같이했으면 누구 책임이 아니라 공동 책임 아닌가요?"

"……."


"알겠습니다. 장 교수님. 내년에는 홈페이지 운영관리를 잘하는 걸로 정리하겠습니다. 자, 이어서 다른 분 말씀해 주세요."


"윤 책임님, 저도 홈페이지에 대해서 질문할게요."

"민 이사님, 말씀하세요."

"제가 클라우드창조센터 국문 홈페이지하고 영문 홈페이지를 다 봤는데요. 양쪽에 있는 클라우드 기술 모델이 다른데, 왜 그렇죠?"

"헤헤. 민 이사님, 저희는 클라우드창조센터가 준 내용대로 홈페이지를 만들었어요. 여기서 일하는 홍 대리가 저희 개발자한테 줬거든요. 아무래도 그게 잘못된 거 같아요."

"아니에요. 심 이사님. 내용에는 문제가 없어요. 국문 홈페이지 설명도 맞고 영문 홈페이지에 번역한 것도 다 맞아요."

"그럼 뭐가 문젠가요?"

"그림이 잘못됐어요. 클라우드 기술 모델을 설명하는 그림이 잘못됐네요. 이 그림으로는 클라우드 기술을 서비스할 수 없어요. 특히 영문 홈페이지 그림은 완전히 잘못됐어요. 내용대로만 그림을 만들면 되는데 왜 이렇게 했는지 이해가 안 되네요."

"……."


"심 이사님, 그림은 누가 만들었어요? 빅 클라우드가 만든 거 아닌가요?"

"헤헤. 민 이사님, 저희 개발자가 실수한 거 같아요. 바로 수정할게요."

"이건 아주 기초적인 건데 왜 이렇게 했는지 모르겠네요. 클라우드 개발자라면 다 아는데 이상하네요."


"저도 질문 있는데요. 빅 클라우드는 개발자가 그림을 그리나요? 그림은 웹 디자이너가 그리지 않나요?"

"선생님은 성함이 어떻게 되시죠? 하시는 일은?"

"전 클라우드 컨설팅을 하는 송 팀장입니다."

"송 팀장님, 홈페이지 얘기는 했으니까 다른 질문을 하시죠."

"아니에요. 윤 책임님. 중요한 거라서 그래요. 심 이사님, 빅 클라우드는 웹 디자이너가 없나요?"

"있죠. 왜 없겠어요."

"이 정도 홈페이지 만들려면 개발자하고 디자이너가 여러 명 필요한데, 몇 명이나 있나요?"

"인원은 다 있어요. 헤헤."

"그러세요. 근데, 왜 홍 대리가 그 일을 했죠? 분명히 심 이사님이 클라우드창조센터 홍 대리가 빅 클라우드 개발자한테 클라우드 기술 내용을 줬다고 하셨는데, 그럴 이유가 있었나요?"

"……."

"괜히 일을 어렵게 하신 거 아니에요? 사람이 없는 것도 아니고, 왜 양쪽 인원들이 중복으로 일을 했는지 궁금해요. 저는 빅 클라우드가 클라우드 전문회사라고 알고 있는데… 심 이사님, 제 말이 맞죠?"

"헤헤, 그럼요."


"그리고 심 이사님, 더 궁금한 게 있어요. 여러 명이 홈페이지를 만들었는데 잘못된 그림이 올라간 것도 이상하고 또 오늘 얘기 안 했으면 모르고 넘어갔을 거 같은데, 빅 클라우드는 홈페이지 만들고 수정 과정이 없었나요?"

"……."


"그리고 심 이사님, 홈페이지 만드는 기간은 얼마나 걸렸나요?"

"기간이요?"

"네. 제가 듣기론 연구원하고 클라우스창조센터가 홈페이지를 같이 개편했는데, 오픈 날짜가 달랐다고 들었어요. 연구원은 6월 말에 했고 클라우드창조센터는 7월 말에 했다고 들었거든요. 클라우드 전문회사면 더 빨리 오픈해야 하는 거 아닌가요?"

"개발하다 보면 좀 늦을 수도 있죠. 헤헤."

"늦어도 한 달이나 늦었잖아요. 그리고 영문 홈페이지는 8월에 오픈하셨죠? 인원도 다 있으면서 너무 늦은 거 아니에요?"

"……."

"그리고 심 이사님, 홈페이지 만들었으면 데이터 가지고 계시죠?"

"데이터요?"

"홈페이지 방문자 수나 조회수, 많이 본 페이지 그런 거 있잖아요. 홈페이지 개편 후에 어떻게 달라졌는지 궁금해서요. 그것 좀 알 수 있을까요?"

"그건 확인하고 알려드릴게요."

"알겠습니다. 그럼 나중에 알려주시구요. 그리고 혹시 홈페이지는 얼마에 만드셨어요?"

"송 팀장님, 갑자기 그건 왜 물어보시죠?"

"윤 책임님, 여기 자료에 없어서 그래요. 올해 클라우드창조센터가 진행한 사업별 금액은 다 있는데, 빅 클라우드가 만든 홈페이지 금액만 없네요."

"그건 아직 사업이 다 안 끝나서 비워났어요."

"윤 책임님, 올해 사업 다 끝난 거 아니에요?"

"사업은 끝났어도 사업 결과 검토가 남았어요."

"이상하네요. 이쯤 되면 사업 정산도 다 끝나는데. 윤 책임님, 나중이라도 알 수 있을까요?"

"그건 연구원에 물어보고 알려드릴게요."


"네. 알겠습니다. 같이 부탁드릴게요. 그리고 윤 책임님, 올해 센터 이름이 클라우드육성센터에서 클라우드창조센터로 바꿨죠? 1년 만에 바뀐 이유가 뭐죠?"

"올해 정권이 박근혜 정부로 바꿔서 새로 시작하는 의미에서 바꾼 겁니다."

"아 그래요. 그럼, 빅 클라우드는 어떻게 클라우드창조센터 일을 하게 됐나요?"

"송 팀장님, 왜 그러시죠?"

"작년에는 KIT 혼자 하지 않았나요? 근데, 올해는 왜 빅 클라우드와 같이했는지 말씀해 주세요."

"그것도 나중에 알려드릴게요."

"윤 책임님, 지금 말씀해 주세요. 간담회에서 말씀해 주시는 게 좋겠어요."

"그건 제가 결정한 게 아닙니다."

"그럼 누구한테 물어볼까요? 오늘 미래부 사무관님은 왜 안 오셨죠? 연구원 실장님도 안 보이시구요?"

"사무관님은 다른 일정이 생겨서 못 오셨습니다."

"그럼 실장님이라도 오셔야 하는 거 아니에요?"

"송 팀장님, 그만하시죠. 시간이 많이 지났습니다. 다른 사람들도 생각해 주세요."

"이 팀장, 저 사람 누구야? 질문이 예사롭지 않은데. 윤 책임이 쩔쩔

매네."

"그러게요. 집요하게 묻네요. 아무튼, 심 이사 저 인간 잘난 척하더니 오늘 아주 된통 걸렸어요."

"쌤통이지 뭐. 윤 책임하고 심 이사 얼굴 좀 봐봐. 완전 똥 씹은 표정이야."

"윤 책임님, 그러지 말고 사람들 있을 때 말씀해 주세요."

"송 팀장님, 제가 다 말씀드렸잖아요."

"알겠습니다. 그럼 나중에 부탁드릴게요."

"오늘 오신 분들 말씀 다 하셨으니까 간담회는 이것으로 마칠게요."

"윤 책임님, 잠깐만요. 궁금한 게 있는데요?"

"강 대표님, 또 뭐가 궁금해요?"

"다른 게 아니고, 내년에 클라우드창조센터 사업은 누가 해요? KIT는 못 한다고 들었거든요."

"새로운 사업자를 뽑을 거예요."

"사업자는 언제 뽑아요? KIT한테 인수인계 받고 내년 사업 준비하려면 빨리 뽑아야 되지 않나요?"

"조만간 사업 공고 날 거예요. 기다리고 계세요."

"윤 책임님, 클라우드 업체들이 많이 기다려서 그래요. 일정 좀 알려주세요."

"기다리세요. 사업 공고 난다고 하잖아요. 궁금하면 연구원에 물어보시던가. 그럼 오늘 간담회는 이걸로 마칠게요. 안녕히 가세요. 심 이사님은 저하고 얘기 좀 해요."

"심 이사님, 도대체 홈페이지를 어떻게 만들었길래 사람들이 저래요?"

"헤헤. 윤 책임님, 신경 쓰지 마세요. 오늘 온 사람들이 이상해서 그래요."

"이상하긴 뭐가 이상해요. 사람들이 물어보면 대답이라도 잘해야죠. 대답도 못 했잖아요. 이래서 같이 일하겠어요."

"사람들이 자꾸 이상한 얘기만 해서요. 헤헤."

"지금 실장님이 내년 클라우드창조센터 사업 때문에 얼마나 예민한지 알아요? 이러면 같이 일 못 해요."

"윤 책임님, 오늘 일은 실장님한테 얘기하지 마세요. 제가 알아서 할게요. 헤헤."

"제대로 좀 하세요. 지금 보는 눈이 많아요. 일 잘못되면 어떻게 되는 줄 알죠? 클라우드고 뭐고 없어요."

"그럼요, 윤 책임님. 걱정 마세요. 알려주신 일정대로 준비할게요. 실장님한테도 말씀 잘 해주시구요. 헤헤."

"전 이만 갈게요. 준비되면 연락 주세요."

"알겠습니다. 윤 책임님. 그럼 조심히 들어가세요."

"박 부장님, 드디어 간담회 끝났어요. 수고하셨습니다."

"그래, 여러분도 수고했어."

"부장님, 아까 그 송 팀장은 누구예요?"

"최 과장, 누군지 몰라? 나는 아는 줄 알았는데."

"누군데요?"

"송 기자잖아. 막내 선배."

"아! 맞다. 그 사람이구나. 작년에 지경부 차관 인터뷰했던 기자였네. 이 팀장, 맞지?"

"네 맞아요. 저도 이제 생각이 나요. 막내야, 넌 왜 얘기 안 했어?"

"부장님이 가만있으라고 해서요. 선배하고도 아는 척 안 했어요."

"어쩐지 질문하는 게 다르더라. 근데 부장님, 그 사람이 여긴 왜 왔어요?"

"내가 일부러 불렀어."

"일부러요?"

"이 팀장, 오늘이 마지막이잖아. 오늘 아니면 심 이사 저놈을 또 언제 보겠어. 내가 송 기자한테 분위기 좀 보라고 했지."

"그래서 기자가 아니고 팀장이라고 했구나. 부장님이 막판에 한 건 하셨네요. 어떻게 그런 생각을 하셨어요?"

"나도 몰라. 심 이사 저놈 때문에 일이 힘드니까 별의별 생각이 다 들더라구. 이게 잘한 건지 모르겠어."

"잘하셨어요. 부장님. 아깐 속이 다 시원했어요. 연구원 실장이 왔어야 하는데 안 와서 아쉬워요."

"최 과장도 그랬어? 괜히 윤 책임한테 미안하네. 윤 책임은 잘못한 것도 없는데 말이야."

"아니에요. 부장님. 윤 책임 그 인간도 똑같아요. 아까 말하는 거 보셨잖아요. 그 인간도 나중에 실장처럼 될 놈이에요."

"그거야 모르지. 나중에 어떻게 될지."

"부장님, 송 기자하고 또 무슨 얘기 하셨어요?"

"아니, 더 한 얘기는 없어. 오늘 와서 심 이사가 어떤지 한 번 보라고 한 거야."

"그래도 아까 매섭게 물어보던데 뭐 좀 나올까요?"

"글쎄, 송 기자가 오늘 한 번 봤는데 뭐가 나올까? 없어도 그만이고."


"아니죠. 부장님. 실장하고 심 이사는 뭔가 있어요. 계속 파야 해요."

"홍 대리, 그걸 우리가 어떻게 파. 이젠 사업도 다 끝났잖아. 아무튼, 다들 고생했어. 다음 주에 사업 결과보고서 제출하면 여기 일은 끝이야."

"부장님, 그럼 클라우드창조센터는 어떻게 되는 거예요? 내년엔 누가 일을 하죠?"

"조만간에 사업 공고 난다니까 기다려 봐야지. 우린 더 이상 못하잖아. 난 인수인계나 빨리했으면 좋겠어."


"사업 공고가 무슨 소용 있어요. 내년에 심 이사가 여기 일할까 봐 걱정이에요."

"막내야, 이젠 신경 쓰지 마. 누군가 알아서 하겠지."

"그래도 심 이사는 안 돼요. 그 인간이 맡으면 클라우드창조센터가 어떻게 되겠어요? 완전 엉망 될 거예요. 절대로 쌔벼가게 할 순 없어요."

"이제 그만 합시다. 우리 일은 다 끝났어. 새로운 사업자한테 인수인계하면 그 사람이 잘할 거야."


"부장님은 인수인계하고 KIT에 다시 가셔야죠?"

"그래야지 이 팀장. 본사에선 빨리 오라는데, 다음 주에 사업 결과보고서 제출하고 간다고 했어. 여기 인수인계는 나중에 해야 할 거 같애. 그리고 여러분들 약속은 어떻게 될지 모르겠어. 같이 가면 좋은데 지금 KIT 분위기가 안 좋아서 말이야. 고생만 시키고 약속 못 지켜서 미안해."

"아니에요. 부장님. 그게 부장님 탓인가요."

"하지만, 내가 계속 알아볼 테니깐 힘들어도 조금만 참아봐. 여러분들은 실력이 좋아서 KIT보다 더 좋은 데 갈 거야. 그리고 내가 부르면 언제든지 와야 해, 알겠지?"

"그래야죠. 부장님."


"여러분들하고 못다 한 얘기가 많은데, 이대로 헤어지면 서운할 거야. 작별 인사를 어떻게 해야 할지 모르겠어."

"부장님도 참. 다음에 보면 되죠."

"그래. 고마워 최 과장. 최 과장이 나 때문에 고생 많았어. 다음에 꼭 보자구. 그러고 보니, 며칠 있으면 성탄절이네. 새해도 일주일 밖에 안 남았구. 해준 것도 없는데 최 과장, 홍 대리, 막내 그리고 이 팀장, Merry Christmas and Happy New Year.”

"네, 부장님도 Merry Christmas and Happy New Year.”

박근혜 정부의 사물인터넷(IoT) 비리 사건

# 제16장 그 후 이야기

## '돌이킬 수 없는 길'
### Happy ending? Sad ending? or Same thing?

## | 4개월 후, 2014년 4월 말

'따르르릉 따르르릉'

"여보세요?"

"여보세요? 이 팀장, 나야. 잘 있었어?"

"네, 최 과장님 안녕하세요. 오랜만이에요."

"그래, 오랜만이야. 잘 지냈어? 공부를 얼마나 하길래 전화 한 통 없어. 섭섭하게."

"죄송해요. 논문 때문에 그렇게 됐어요. 최 과장님도 잘 지내시죠?"

"나야 맨날 그렇지 뭐. 하는 일이 똑같잖아."

"왜 똑같아요? 좋은 데 가서 승진했다고 들었어요. 이젠 최 부장님이라고 불러야겠네요."

"다 이 팀장 덕분이지 뭐. 작년에 이 팀장이 KIT 말고 다른 회사 알아보라고 했잖아. 그때 이 팀장 얘길 듣기 잘했어."

"다행이에요. KIT는 분위기가 계속 안 좋던데 다른 회사 가시길 잘했어요."

"그래 맞아. KIT 갔으면 고생했을 거야."


"바쁘실 텐데, 어떻게 전화 하셨어요?"

"이 팀장 목소리 듣고 싶어서 했지. 요샌 일하는 재미도 없고 사는 낙도 없어."

"하하하, 왜 사는 낙이 없어요?"

"이 팀장 없으니까 그렇지. 작년에 클라우드창조센터에서 지지고 볶고 싸웠어도 같이 일할 때가 재밌었는데… 내 말 대로 작년에 해외여행 갔으면 이러지도 않을 거야."

"그러게 말이에요. 지금 생각하니 아쉬워요. 언제 시간 되면 가까운 홍콩이라도 가요."

"홍콩? 홍콩 어디?"

"그 식당이요. 양조위하고 장만옥이 밥 먹은 식당."

"가려면 진작에 갔어야지. 그 식당 없어졌어."

"왜요?"

"재개발됐대."

"헉! 정말요?"

"이 팀장이 좋아하는 그 프로그램에 나오더라. 그러니까 내 말을 들었어야지."

"우물쭈물하다가 이렇게 될 줄 알았어요. 다음에 더 좋은 데 가요."

"그런 날이 올지 모르겠네."

"왜 안 와요. 새로 옮긴 회사에서 사람들하고 가세요."

"마음이 맞아야 가지. 여긴 담배 피우는 사람도 없어. 맨날 나 혼자 옥상 가서 피운다니까. 이 팀장하고 담배 피우면서 이런저런 얘기할 때가 좋았지."

"조만간 담뱃값 오른대요. 이젠 담배 끊어야 해요."

"정말 오른대?"

"국민 건강 생각해서 담뱃값 올린대요. 박근혜 대통령님이 손수 말씀하셨어요."

"쳇, 국민 건강 좋아하네. 말이 좋아 국민 건강이지 세금 더 걷으려고 하는 거잖아."

"우리나라는 담뱃값이 싸요. 그리고 금연에는 담뱃값 올리는 게 최고예요."

"금연이 말처럼 쉽나? 단기간에는 줄어도 시간 지나면 똑같애."

"왜요? 담뱃값 올린 돈으로 흡연자들한테 금연 교육시키면 흡연율이 더 낮아지는 선순환 효과도 생겨요."

"이 팀장이 학교에 있더니만 샌님이 다 됐네. 공무원 같은 얘길 다 하고. 이 팀장, 나하고 내기할까?"

"설마, 세금 더 걷으려고 담뱃값을 올리겠어요?"

"그럼 뭐야? 담뱃값 올리자는 사람들이 누군지 알아?"

"누군데요?"

"누구긴. 기재부 공무원들이지. 거기 공무원들이 세금에 관심 있지, 국민 건강을 신경 써? 그리고 금연 교육에 돈을 얼마나 쓸 거 같아? 쥐꼬리만큼 쓰고 생색낼 거야. 금연은 스스로 해야지 나라가 못 해줘."

"그야 그렇죠. 세금 때문에 담뱃값 올린다니까 괜히 열 받네요."

"담뱃값 올리면 박근혜 대통령 분명히 민심 잃을 거야. 꼼수로 국민을 속이는 거니까."

"취임한 지 1년이 넘었는데 경제도 어렵고 아무런 성과가 없어서 사람들이 더하겠죠."

"그건 그렇고, 이 팀장은 언제 시간 돼? 사람들하고 한번 봐야지?"

"그래야죠. 다른 사람들도 잘 있죠?"

"그럼, 나나 홍 대리, 막내는 클라우드창조센터 사업 끝나고 KIT 갈 줄 알았잖아. 근데 이 팀장 말 듣고 다 자기 살길 찾았어. 아 참, 막내 석원이는 대학원에 갔어."

"석원이가 대학원에 갔어요? 무슨 대학원이요?"

"로스쿨 갔어. 작년에 클라우드창조센터 나오고 공부하겠다더니 올해 로스쿨에 들어가더라구"

"로스쿨이요?"

"그래. 석원이가 보통 애가 아니야. 법도 모르는 놈이 어떻게 로스쿨에 갔는지 몰라."

"그러게요. 석원이 공대 나오지 않았어요?"

"맞아, 공대 나왔지. 근데 갑자기 법 공부하겠다고 로스쿨에 가더라구. 잘 하면 변호사 동생 생길 거 같애. 난 이제 석원이한테 잘 보일 거야."

"석원이가 똑똑했잖아요. 작년에 클라우드창조센터에서 고생하더니 판검사 돼서 나쁜 놈들 잡아가려고 로스쿨에 갔나 봐요."

"그런가. 아무튼, 잘 됐어. 로스쿨 나오면 우리 같은 공돌이보단 낫겠지."

"그럼요. 요샌 변호사들도 힘들다고 하는데 막내는 똑똑해서 잘할 거예요. 홍 대리는 뭐 해요?"

"홍 대리는 말이야. 그놈은 더 웃겨."

"아니, 왜요?"

"홍 대리는 방송국에 취직했어."

"방송국이요? 어디요?"

"SBS PD 됐어."

"정말요?"

"그렇다니까. 두 달 전에 시험 보고 합격해서 무슨 프로그램 맡았대."

"무슨 프로그램이요?"

"[56]『그것이 알고 싶다』알지? 거기서 대본 쓴대. 아직 신입이라서 작가들하고 같이 대본 쓴다고 하더라구. 홍 대리 그놈이 글솜씨가 있었잖아. 요새 제보들이 많아서 바쁜가 봐."

"무슨 제보요?"

"뭐라더라? 서울시 동물교감교육 사업이라고 했나? 그 제보가 들어와서 이것저것 조사한대. 조만간 방송한다고 했어."

"그럼 꼭 봐야겠어요. 동물교감교육 어떻게 하는지 알려주나 봐요."

"그게 아니지.『그것이 알고 싶다』뭔지 몰라? 비리 의혹 파헤치는 프로그램이잖아. 서울시 동물교감교육 사업에 무슨 비리가 있나 봐. 거

...

56    1992년 3월부터 SBS가 방영 중인 취재 탐사 보도 프로그램.

기도 이전투구가 많은 모양이야. 그거 조사해서 방송한다고 했어. 자기 첫 작품이라고 신경을 많이 쓰더라구. 방송 나가면 서울시장도 발칵 뒤집힐 거야."

"그래요? 동물교감교육 사업이 큰가 보죠?"

"요새 반려동물 키우는 인구가 천만 명이 넘어. 강아지 한두 마리 키우는 게 유행이야. 그러니까 그런 사업을 다 하는 거지. 거기에 개떼처럼 달려드는 거구."

"거기도 심 이사 같은 놈들이 있나 봐요?"

"어딘들 없겠어. 대한민국 천지가 사기꾼들이고 비리 투성이야. 어찌 된 게 옛날보다 더한 거 같아. 누구 욕할 거 없어."

"아무튼, 홍 대리가 만든 거면 꼭 본방사수 해야겠어요. 서울시는 무슨 비리가 있는지 재밌겠어요."

"거기도 사업을 개같이 하나 봐. 아마 개만도 못한 놈들 많을 거야. 때 되면 하나둘씩 나오겠지."


"아 참, 박 부장님은 어떻게 지내세요? 잘 계시죠?"

"박 부장님? 부장님은 잘 안됐어."

"부장님이 왜요?"

"박 부장님은 지금 지방에 있어. 그래서 나도 잘 못 봐."

"왜요? 무슨 일이에요?"

"박 부장님이 작년에 클라우드창조센터 끝나고 다시 KIT에 갔잖아. 근데, 지난달에 지방 발령받고 내려갔어."

"부장님이 왜 지방에 내려가요?"

"아무래도 클라우드창조센터 일이 잘못돼서 그런 거 같애."

"클라우드창조센터 일이 잘못돼요? 작년에 잘 끝났잖아요?"

"이 팀장 정말 몰라?"

"무슨 일인데요?"

"이 팀장이 학교에서 공부만 하더니 세상 물정 모르네. 지금 연구원 난리 났잖아. 뉴스 안 봤어?"

"연구원이 왜요? 뭐 터졌어요?"

"터졌지. 제대로 터졌어. 지금 거기 검찰이 압수수색하고 말도 아니야. 연구원 실장하고 윤 책임은 잡혀갔어."

"잡혀가요? 언제요?"

"지난주 KBS 9시 뉴스에 크게 났어. 신문에도 났는데 그걸 못 봤어?"

"뉴스에 나왔다구요? 난 못 봤는데, 그래서 어떻게 됐어요?"

"뉴스에 나왔는데 경찰이 가만있겠어. 바로 다음 날부터 조사하더라구. 실장하고 윤 책임도 조사받았을걸."

"야, 그 자식들 진짜 뭔가 있긴 있었나 봐요."

"그럴 줄 알았어. 꼬리가 기니깐 잡힌 거야. 나쁜 새끼들!"


"최 과장님, 근데 어떻게 터진 거예요? 정말 비리가 있었어요?"

"이 팀장, 작년에 간담회 한 거 기억나지?"

"기억나죠. 작년 말에 했잖아요."

"그때 송 기자라고 왔잖아. 막내 선배라는 사람"

"그럼요. 그 사람이 왜요?"

"그 사람이 윤 책임하고 심 이사한테 얘기했던 거 기억나?"

"글쎄요. 그것까진 잘 모르겠는데요."

"그 사람이 돈이며 자료며 이것저것 많이 물어봤잖아. 근데, 윤 책임이 시간 없다고 나중에 알려준다고 하고선 연락을 안 했나 봐."

"그래서 그 사람이 터트렸어요?"

"그런 셈인데, 얘기 더 들어봐. 그리고 올해 1월에 연구원이 클라우드창조센터 사업 공고를 냈어. 근데, 공고 기간을 일주일 만에 바로 마감하더라구."

"그렇게 빨리요. 보통 한 달은 하지 않나요?"

"그렇지. 그래야 업체들이 입찰 서류를 준비하는데 일주일 만에 마감하니까 업체들이 가만있겠어. 민원 넣고 다시 공고하라고 난리가 났지."

"올해 클라우드창조센터 하려는 업체들이 많았을 텐데 반발이 심했겠네요."

"당연하지. 근데, 재밌는 게 뭐냐면 그 짧은 기간에 입찰 서류를 제출한 회사가 있었는데, 거기가 어디냐 하면?"


"어딘데요?"

"어디긴 빅 클라우드지. 심 이사 있는데 말이야."

"빅 클라우드요?"

"그래. 빅 클라우드만 입찰 서류 내고 나머지는 하나도 못 낸 거야."

"야, 심 이사 그 자식이 일을 내긴 냈어요. 그래서 빅 클라우드가 선정됐어요?"

"될 뻔했지. 될 뻔했는데 그때부터 일이 복잡해지더라구."

"어떻게요?"

"원래 정부나 공공기관 사업은 복수 입찰이잖아. 클라우드창조센터 사업도 그래야 하는데, 빅 클라우드가 혼자 서류를 냈어도 연구원이 유찰 안 시키고 빅 클라우드를 사업자로 선정한 거야."

"진짜요? 연구원이 왜 그랬대요?"

"뻔하지 뭐. 지들끼리 해 먹으려고 그런 거지. 다른 데서 민원 넣어도 사업 늦었다고 하면서 빅 클라우드하고 바로 계약을 하지 뭐야."

"정말요? 연구원 실장하고 심 이사하고 진짜 일을 만들었네요."

"그렇다니까. 둘이 보통 사이가 아니었나 봐."


"근데, 그게 어떻게 걸렸어요?"

"이 팀장, 잘 들어봐. 그게 말이지, 여러 얘기가 있는데 뭐가 진짠지 모르겠어. 아무튼, 사람이 죄짓고는 못 살아."

"여러 얘기가 있어요? 그게 무슨 말이에요?"

"작년에 간담회 왔던 송 기자 있잖아. 그 사람이 무슨 노트북을 찾았는데 그걸 열어보니까 별의별 문서가 다 나왔나 봐."

"무슨 문서요?"

"실장하고 심 이사가 주고받은 사업 자료며, 입찰 서류, 돈 거래 내역 뭐 그런 것들 있잖아. 그런 게 나왔는데, 그 얘긴 너무 터무니없어서 못 믿겠어. 출처도 불분명하구. 하지만 송 기자가 뒷조사 한 건 확실해. 그래서 딱 걸린 거지."

"송 기자가 뒷조사를 해요?"

"아무래도 이상하잖아. 자기한테 연락 주겠다고 했는데 연락도 없지, 빅 클라우드가 올해 선정된 것도 말이 많으니까 여기저기 알아봤나 봐."

"그래서요?"

"그리고 결정적인 게 실장하고 심 이사 이놈들이 사업 계약 끝나고

2월 초에 독일로 여행을 갔다네. 근데, 송 기자가 그걸 안 거야. 사업은 늦었는데 사업 담당자하고 선정된 자가 여행을 간다? 이것도 이상하잖아. 그래서 송 기자가 실장하고 심 이사 관계를 취재해서 보도했어.”

“그래서 어떻게 됐어요?”

“그때부터 난리 났지. 9시 뉴스에 나가고 다른 방송하고 신문에도 나오니까 경찰청 내사팀에서 조살 했어. 그래서 비리가 걸렸어. 아마 지금은 검찰에 넘어갔을걸?”

“실장하고 윤 책임, 심 이사 다 잡혀갔어요?”

“윤 책임은 모르겠고 연구원 실장하고 심 이사는 검찰한테 넘어갔어. 지금 조사받고 있을 거야.”

“아주 된통 걸렸네요. 인간들이 작작 좀 하지 얼마나 잘살겠다고 그렇게 했대요.”

“자업자득이야. 작년에 심 이사 처음 봤을 때부터 느낌이 안 좋았잖아. 이렇게 될 줄 알았어.”


“송 기자 사람이 당차 보이더니 막판에 한 건 했네요.”

“겉보기는 그런데, 얘기 들어보면 그렇지도 않은 거 같애.”

“왜요? 송 기자 때문에 잘 끝났잖아요.”

“그렇긴 한데, 송 기자도 요새 힘든 모양이야.”

“또 무슨 일 있어요? 그 일 때문에 어디서 압박을 받나 보죠?”

“그건 아니고. 송 기자가 사기를 된통 당했다고 하더라구”

“사기요?”

“그렇다니까. 아주 새파란 어린놈한테 사길 당해서 속으로 끙끙대고 있대.”

"어떻게 사길 당해요? 보이스피싱 같은 거요?"

"그렇지. 알지도 못하는 놈한테 전활 받고서 수천만 원을 보냈대요."

"그 똑똑한 사람이 확인도 않고 돈을 보내요? 뉴스에는 안 나오던데, 누가 그래요?"

"당연하지. 쪽팔리게 지한테 안 좋은 뉴스를 내보내겠어. 남들 구린내는 쥐 잡듯이 찾아서 알려도 지들 구린내는 절대 안 내보내는 게 그 사람들 일이잖아. 일언반구 없이 쏙 뺀 거지. 나도 막내한테 간신히 들었어."

"그래서 어떻게 됐어요?"

"회사도 안 가고 집에 앓아누워서 방바닥 긁고 있대. 세상에 믿을 놈 없다더니 그 인간도 구린 게 많은 거 같애."

"구린 게 많은데 회사를 다녀요?"

"그럼 다녀야지. 요즘 같은 불경기에 어딜 가겠어. 동아줄이라도 잡고 있어야 기자 생색이라도 내지. 나오면 바로 끝장이야."


"어이가 없네요. 그건 그렇고 클라우드창조센터는 어떻게 됐어요? 올해 사업은 해요?"

"어떻게 되긴 폐쇄됐지. 이런 비리가 터졌는데 사업을 하겠어. 아마 없어질지도 몰라."

"차라리 없애야 해요. 괜히 만들어서 비리의 온상이 됐잖아요."

"그래 맞아. 없애는 김에 연구원도 없애야 해. 문제 있는 놈들 싹 다 갈아엎고 다시 시작해야 해."

"최 과장님, 그리고 또 어떻게 됐어요? 그 후 일은 뉴스에 나왔어요?"

"아니. 며칠 전에 세월호 사고 났잖아. 그거 때문인지 뉴스에 안 나오더라구. 지금 온통 세월호 뉴스밖에 없잖아. 그냥 흐지부지되는 거 같애."

"근데, 박 부장님은 왜 지방에 갔어요?"

"박 부장님이 참 운이 없어."

"박 부장님이 왜요?"

"박 부장님도 경찰서에 몇 번 갔을 거야."

"박 부장님이 뭘 잘못했다고 경찰서에 가요? 사고는 실장하고 심 이사가 쳤잖아요."

"그래도 클라우드창조센터 책임자였잖아. 경찰이 참고인으로 부르더라."

"그거하고 지방 발령하고 무슨 상관이에요?"

"일이 안 되려니까 정말 안 되더라고. KIT 감사팀에서도 박 부장님을 부른 거 같애."

"KIT 감사팀에서요?"

"비리 사건에 KIT 이름이 나오니까 감사팀에서 박 부장님을 조사했나 봐. 그리고 올 초에 KIT 회장이 바뀌었는데, 그 회장이 아주 독한 사람이라고 하더라구."

"독해요?"

"그래. 그 회장이 오자마자 구조조정을 했는데 얼마나 독한지 조금이라도 안 좋은 일에 얽힌 사람은 모두 잘랐대. 박 부장님은 해당 사항이 없는데 클라우드창조센터 비리 때문에 KIT 이름도 나오고 경찰서도 가니까 안 좋게 본 거지. 원래는 사표 써야 했는데 박 부장님이 평판이 좋아서 그나마 지방 가는 걸로 정리했대.”

“그래도 다행이에요. 괜한 사람 잡을 뻔했어요.”

“가만 보면 대기업 감사팀이 무서운 곳이야. 경찰이나 검찰보다 더해. 그래도 같은 회사 식군데 꼬투리 하나 잡아서 아주 달달 볶더라니까. 그 착한 사람이 얼마나 스트레스를 받았겠어. 박 부장님이니까 참은 거지 다른 사람은 당장 사표 썼을 거야. TV에는 일하기 좋은 회사라고 맨날 나오더니만 그것도 아닌가 봐.”

“이게 다 그놈의 실장하고 심 이사 때문이에요.”


“근데 이 팀장, 내가 뉴스 보니까 이상한 게 있어?”

“뭐가 이상해요?”

“지난주 방송 뉴스 말이야. 분명히 우리 얘긴데 다른 이름이 나오더라구.”

“뭐가 달라요? 비리 터져서 뉴스에 나왔다면서요?”

“그래 맞아. 분명히 클라우드 비린데 사물인터넷이라고 나왔어.”

“사물인터넷이요? 그건 또 뭐예요?”

“나도 모르지. 근데 왜 사물인터넷이 나왔는지 몰라? 아무래도 이상해. 연구원 실장하고 심 이사를 잡아가면서 왜 사물인터넷 비리라고 하는지 통 알 수가 없어.”

“최 과장님이 잘못 본 거 아니에요.”

“아니야. 두 사람 이름이 TV에 나왔다니까. 근데, 클라우드가 아니고 사물인터넷이라고 나왔어.”

“설마요. 최 과장님이 잘못 봤겠죠. 클라우드가 잘못했는데 사물인터넷이 왜 나와요. 잘못 봤을 거예요.”

"그런가. 아무튼, 연구원 실장하고 심 이사 잡혀간 건 분명해. 어찌 됐건 죄를 지었으면 벌을 받아야지. 안 그래?"

"그럼요. 세상은 인과응보예요. 다른 사람 눈물 나게 하면 지는 피눈물 난다는 걸 알아야죠. 오늘 최 과장님 덕분에 좋은 소식 들었어요. 다음엔 만나서 얘기해요."

"그리고 이 팀장, 오늘 우리가 한 얘긴 비밀이야. 어디 가서 얘기하면 안 돼."

"왜요?"

"사람들이 오해할 수 있잖아. 괜한 논란이 될 수 있구."

"이때까지 다 얘기하곤 무슨 논란이에요. 누가 잡아갈까 봐요?"

"그건 아니지만 우리 얘기잖아. 좋은 일도 아니고."

"걱정 말아요. 아무한테도 얘기 안 해요. 그리고 별일 없을 거예요."

"그래 알았어. 그럼 이 팀장 잘 지내고 내가 또 연락할게. 잘 있어."

## | 며칠 후, 서울중앙지방검찰청 경제범죄전담부 검사실

"이름?"

"심재훈이요."

"나이?"

"마흔둘이요."

"주소?"

"서울 용산구 동부이촌동 현대아파트요. 헤헤."

"어쭈, 웃어? 지금 웃음이 나와?"

"헤헤. 검사님, 제가 웃음이 많아서요."

"그래? 아직 마음이 편한가 봐? 여기 어딘지 몰라?"

"검사실이죠. 헤헤."

"웃지 마. 재수 없어. 지금 장난하는 거 아니다."

"……."


"내가 너 같은 놈 때문에 퇴근을 못 한다. 지금 청사에 너하고 나밖에 없어. 밤늦게까지 이게 뭔 고생이냐?"

"죄송해요. 검사님."

"나하고 같이 공부한 놈들은 의뢰인 잘 만나서 수억씩 받고 떵떵거리고 사는데, 나는 왜 너 같은 놈 때문에 퇴근도 못 할까? 당신은 이게 공평하다고 생각해, 불공평하다고 생각해?"

"불공평한 거 같네요. 헤헤."

"재훈 씨, 오늘은 내가 집에 가야 할 거 같아. 어차피 경찰에서 다 진술했고 증거 확보도 다 됐어. 이거 당신이 쓴 거 맞지? 사실 확인만 하면 되니까 빨리 끝냅시다."

"그래야죠. 헤헤."

"연구원 실장하곤 어떤 사이예요?"

"그냥 아는 사이예요. 별거 없어요. 헤헤."

"별거 없는데 어떻게 일을 같이하나? 서로 주고받은 것도 많던데, 언제부터 알던 사이야? 어디서 만났어?"

"사실, 대학교 선배예요. 학교 졸업하고 2~3년 전에 우연히 만났어요."

"학교는 어디 나왔어?"

"헤헤, 서울대요."

"뭐? 서울대? 니가? 정말 서울대 나왔어?"

"그럼요. 학력을 어떻게 속여요. 저에 유일한 자랑인걸요."

"그 학교 출신 중에 범죄자가 많아. 공부만 하는 줄 알았는데 말이야. 학교에서 뭘 배운 거야?"

"범죄자가 따로 있나요. 살다 보면 되는 거죠. 헤헤."

"은근히 호박씨도 잘 까더라구. 머리가 좋아서 그런가?"

"머리가 좋긴요. 학교 들어갈 때나 똑똑하지 나오면 똑같은 거 아닌가요."

"그러게 말이야. 그런 학교를 뭐가 좋아서 가려고 안달인지 몰라."

"수험생하고 학부모만 고생이죠. 지나면 아무것도 아닌데 말이죠. 헤헤."

"서울대 나와서 그런지 말씀을 잘하시네. 너 같은 놈 때문에 서울대가 욕먹는 거야. 그 좋은 학교 나와서 왜 그러고 사니? 학교 이름이 아깝다."

"요새는 서울대도 별수 없어요. 먹고 사는 게 다 힘들잖아요."

"클라우드창조센터 일은 어떻게 했어?"

"원래 저희 회사가 사무용품 파는 회사였는데요 경기가 너무 안 좋아서 하게 됐어요. 헤헤."

"그래서?"

"그래서 놀고 있는데 선배를 알게 돼서 클라우드를 하게 됐죠."

"그럼, 클라우드 일은 처음이야? 처음이면 잘 모르겠네?"

"그렇죠. 헤헤."

"모르는데 일을 했어? 클라우드 이런 건 좀 어려운 일 아닌가? 아무나 할 수 있어?"

"실장이 걱정하지 말래서요. 전 시키는 것만 했거든요. 헤헤."

"너 같은 놈들은 꼭 그러더라. 자기가 했다고는 절대 안 해."

"진짜예요. 검사님. 실장한테 물어보세요."

"그럼, KIT하고 일은 어떻게 했어? 제출한 서류가 없던데?"

"실장이 필요 없다고 했어요."

"뭐? 필요가 없어? 대기업하고 일하기가 쉬워? 서류 없이 중소기업하고 일을 해? 그건 실장이 잘못했네. 직권남용이지."

"검사님, 저도 그게 좀 이해가 안 되는데요. 실장이 정말 그랬어요."

"조용히 해. 나중에 대질 신문할 거야. 그때 가서 얘기해."

"네. 검사님. 헤헤."

"내가 궁금한 게 있는데, 클라우드(Cloud)가 뭐냐? 클라우드(Kloud) 맥주는 아닐 테고 홈쇼핑에 나오는 클라우드(La Cloud) 침대도 아닐 거고, 도대체 뭐야?"

"헤헤, 그냥 IT 기술이에요"

"IT 기술? 근데, 하필 왜 이름이 클라우드야? 다른 것도 많은데, 왜 구름(Cloud)이라고 했어?"

"헤헤, 그건 제가 모르죠."

"그렇지. 니가 그걸 어떻게 알겠냐. 물어본 내가 바보지. 근데, 그게 중요해? 사람들이 꼭 알아야 돼?"

"중요하긴요. 아무것도 아니에요. 그냥 IT 일하는 사람들이 하는 얘기예요."

"근데, 왜 그 일을 못 해서 안달이야? 니들 머리 좋잖아. 좋은 머리로 다른 거 하지, 사고는 왜 쳤어?"

"헤헤, 이유가 있나요. 돈 벌려고 한 거죠. IT 일하는 사람들이 좀 영악하잖아요."

"하긴 그래. 니들 잔머리 굴리는 거 보면 진절머리가 난다. 한 가지 물어보자. 니들은 태생이 그런 거냐 아니면 IT가 사람을 그렇게 만든 거냐? 그 일하는 인간들은 사람이 진중하지 못하고 얍삽한 거 같아."

"헤헤, 그러죠 뭐. IT 일하는 사람들도 먹고살아야죠."


"하긴 그래. 얼마 전에 넥스트 사장이 왔는데, 뭔 되도 안 되는 얘길 하더라구."

"무슨 얘기요?"

"봉고차로 공유 사업을 한다나 뭐라나. 통 무슨 소릴 하는지 알 수가 있어야지."

"헤헤. 그래서 뭐라고 하셨어요?"

"뭐라긴. 엄연한 불법인데 안 된다고 했지."

"그 사람은 뭐라고 하나요?"

"자기는 억울하다고 하지. 근데, 어쩌겠어. 법대로 해야지."

"그래서 구속했나요?"

"아니, 그런 놈들이 법은 또 더럽게 무서워해요. 변호사하고 같이 왔는데 그놈이 나하고 학교 동기라서 그냥 좋은 말로 보냈어. 착하게 살라고 한마디 해줬지. 세상 변한다고 하는데 그게 쉽지 않아, 재훈 씨도 알잖아?"

"헤헤, 그럼요. 검사님. 지당하신 말씀이죠. 있는 놈들은 꼭 변호사 하고 다녀요."

"넥스트 말고 이웃을 잡아야 하는데 잡히지가 않아. 거기 사장이 변호사 출신이라며? 법 공부한 사람이 인터넷은 알고 일하나?"

"헤헤. 검사님이 잘 모르시네요."

"뭘?"

"지금 이웃 사장은 여자예요. 변호사 사장은 옛날 사람이구요."

"그래? 언제 바꿨지?"

"꽤 됐어요. 궁금하시면 한번 알아볼까요?"

"그럴 수 있어?"

"저 검사님, 연수원 몇 기세요?"

"뭐? 사법고시도 아니고 연수원 기수를 물어?"

"그걸 알면 좀 빠를 거 같아서요. 헤헤."

"어떻게?"

"저희 집안에 그쪽을 잘 아는 분이 계세요. 그분한테 얘기하면 금방 돼요. 대한민국은 연줄이잖아요. 헤헤."

"가만있어봐… 여기 서류 보니까 재훈 씨 집안이 보통 아니네. 이 사람이 누구야? 장관 하신 국회의원이 계시네. 잘 아는 분이 이분이세요? 어떤 관계세요?"

"헤헤, 친척이에요."

"그래요? 정말 친척이에요?"

"네, 먼 친척이지만, 자주 봬요."

"그러세요. 그럼 진작에 말씀하시지. 몰라 봬서 죄송합니다. 제가 아주 큰 실수를 할 뻔했네요.”

“헤헤. 그럴 수 있죠. 그냥 편하게 말씀하세요.”

“네. 알겠습니다.”

“그럼, 제가 그분한테 이웃 사장 알아보면서 검사님도 살짝 소개할 게요.”

“알겠습니다. 잘 부탁드리겠습니다.”

“에이, 말씀 편하게 하시라니까.”


“그럴까요. 심재훈 씨, 이제 마음 좀 편해졌죠. 시간 없으니까 묻는 말에 빨리빨리 대답하고 금방 끝냅시다. 알았지?”

“네?”

“뭐가 네야 이 새끼야! 니 얘기 들어주시니까 대한민국 검사가 니 친구 같애? 이게 어디서 설렁설렁 거려. 검사가 만만해?”

“…….”

“지금부터 딴소리 말고 묻는 말에 대답이나 잘해. 알았어?”

“네.”


“당신 보니까, 처음치곤 너무 많이 해 먹었어. 죄질도 안 좋구. 어쩌려고 그랬어?”

“검사님, 전 실장이 시키는 대로 했어요. 아무것도 몰라요.”

“또 이런다. 모르긴 뭘 몰라. 서로 어울려 다녔잖아. 룸하고 노래방 가서 같이 술 마시고 여자하고 놀았으면 말 다 했지. 여기 보니깐 해외 여행도 갔네. 여행 가서 명품 가방은 왜 이렇게 많이 샀어? 누구 주려고?”

"검사님, 그거 다 연구원 실장이 샀어요. 전 하나도 안 샀어요."

"이봐요 심재훈 씨, 좋은 건 생각 안 나고 나쁜 것만 생각나지? 사람들이 다 그래. 내가 검사 생활 10년 넘게 했는데, 여기 와서 자기가 잘못했다고 한 사람이 없더라구. 다 다른 사람이 잘못했대. 지 민낯 부끄러운 줄도 모르고 말이야. 어제 실장 왔던 건 알지?"

"헤헤 검사님, 실장은 뭐라고 했어요?"

"왜 궁금해? 실장은 조용하던데. 그리고 어제 금방 갔어. 재훈 씨도 빨리 가야지. 오래 있으면 뭐 해. 재훈 씨도 이 정도하고 그만 끝냅시다. 여기 조서에 지장 찍어요."


"검사님 잠깐만요. 전 잘못한 게 없어요. 실장이 다 시킨 거예요. 전 무죄라구요."

"아 놔, 이 새끼 다 끝났는데 뭐라는 거야. 하여간 좋게 얘길 하면 듣질 않아, 씨발! 넌 무죄가 무슨 뜻인진 아냐? 죄가 없어서 무죄가 아니고 유죄가 아니라서 무죄란 거야 새끼야. 무슨 말인지 알겠어?"

"검사님, 전 억울해요. 열 도둑을 놓쳐도 한 명의 억울한 사람은 만들지 말라고 했잖아요. 제가 그 한 명이에요."

"미친 새끼! 완전 어이없네. 어디서 그런 나부랭일 지껄여! 여기 볼펜 있으니까 그 말이 무슨 뜻인지 글로 써봐, 새끼야. 너 같은 새끼가 자꾸 거짓말을 하니까 순진한 검사들이 깡패가 되는 거야. 안 그러면 제정신으로 일을 못 하거든. 무슨 말인지 알아듣겠어? 넌 죄가 차고 넘쳐."

"정말이에요 검사님, 전 아무것도 몰랐어요."

"뭐가 어째? 아무것도 몰랐어? 그럼 니 죄가 뭔지 알려줄게. 잘 들어."

"……."

"첫째, 인건비 부풀려서 사업비 빼돌렸지, 이건 공금횡령! 둘째, 빼돌린 돈 중에 니네 사장한테 준 거 있지, 이건 뇌물공여죄! 셋째, 연구원 실장한테 정보 받아서 입찰 서류 제출한 건, 공정거래법 위반에다 정부사업계약법 위반! 넷째, 니 후배 장중이한테 취업시켜준다고 사업제안서 쓰게 했지, 이건 업무방해에다 사기죄! 다섯째, 장중이 애들 중에 기홍이가 자격증 위조하고 허위경력증 만들었지, 이건 사문서위조에 사문서위조행사! 마지막으로, 실장하고 해외여행 가서 유흥하고 접대한 건, 부정청탁법금지 위반!"

"……."

"아주 알뜰히도 해 먹었다. 이게 도대체 몇 개냐? 넌 간이 부은 거냐, 배 밖으로 나온 거냐? 이렇게 해서 살림살이 좀 나아졌어? 왜 말을 안 해? 말 좀 해 봐."

"헤헤, 제가 할 말이 있나요. 죄송해요. 검사님."

"그리고 니 후배란 놈들은 뭐 하는 인간들이야? 장중이, 성태, 기홍, 동민, 경선이 뭐 하나 제대로 된 놈들이 없어. 장중이는 공갈 협박, 성태는 폭행, 기홍인 서류 위조, 동민이는 공금횡령, 한 번씩은 다 갔다 왔네. 징글징글한 새끼들! 사는 게 애잔하다, 애잔해. 이런 놈들하고 있으면 재미는 있겠어."

"그렇죠, 뭐. 애들이 착해요. 헤헤."

"경선이… 얘는 뭐야? 이름을 많이 들어본 거 같은데?"

"걔가 강아지 분양하는데요. 그쪽에선 좀 유명해요. 검사님이 강아지 좋아하시면 한 마리 보내라고 할게요. 헤헤."

"닥쳐! 이 새끼야. 어디서 개수작이야. 애들하고는 어떻게 연락했어? 통신 기록이 하나도 없던데, 혹시 대포폰 썼냐?"

"헤헤. 그렇죠."

"그럼, 전기통신사업법 위반 추가!"


"검사님, 다른 건 알겠는데 유흥하고 접대한 것도 죄가 되나요?"

"[57]**김영란 법** 몰라. 너하고 연구원 실장은 적용 대상이야. 자 그럼, 여기 지장 찍고 빨리 끝내자."


"헤헤, 저기요 검사님."

"또 뭐야, 새끼야? 왜 또 그래?"

"헤헤 검사님, 다른 게 아니구요. 드릴 말씀이 있어요."

"싫어, 새끼야. 지금 니 얘기 들을 시간 없어. 빨리 찍기나 해."

"아니에요. 검사님. 제 얘기 들어보시면 검사님이 좋아하실 거예요."

"아 놔, 이 새끼 다 끝났는데 또 지랄이네."

"검사님, 그게 아니구요. 제 얘기 좀 들어보세요."

"뭔데 새끼야? 빨리 얘기나 해."

"헤헤. 검사님, 사실 이번 일이 검사님한테 도움이 될 거예요. 앞으로 큰일 하셔야죠. 그래서 제가 좋은 것 좀 말씀드리려구요."


...

57   정식 명칭은 '부정 청탁 및 금품 등 수수의 금지에 관한 법률'로 2016년 9월 부터 시행됨.

"뭐라구? 이 새끼 봐라."

"검사님, 이번 건은 돈으로 따져도 많아야 1~2억이에요. 바쁘신 검사님이 이런 작은 일 하시면 되겠어요? 큰일 하셔야 높은 자리 가시죠. 헤헤."

"어쭈, 니가 날 놀려?"

"아니에요. 검사님. 제가 감히 검사님을 어떻게 놀려요? 다 검사님 위해서 드리는 말씀이에요. 헤헤."

"쳇, 날 위한다고? 너 말 잘해라. 나 대한민국 검사야. 화투 쳐서 된 거 아니거든. 공부 잘해서 됐어."

"당연하죠. 검사님. 여부가 있겠어요. 헤헤."

"생각하고 말해. 말하고 후회하지 말구. 어디 해봐."


"검사님, 다른 게 아니구요. ICT 융합연구원이 클라우드 말고 다른 IT 사업도 많이 하거든요."

"당연한 거 아니야? 그거 하라고 있는 건데, 그게 어째서?"

"다른 부서 중에 사물인터넷 팀이 있는데요. 그 팀이 말이죠. 문제가 아주 많아요."

"무슨 문제?"

"거기 팀장이 있는데요. 몇 년 전부터 사업을 하고 있어요."

"연구원 팀장이 사업을 해? 무슨 사업?"

"박근혜 정부에서 4차 산업혁명으로 IT 신산업을 만들었는데요. 그 중 하나가 사물인터넷이에요. 근데, 이게 초기다 보니깐 돈 쓸데가 없는 거예요. 연구원에 예산은 있는데 돈 쓸데가 없으니까 부인 이름으로 회사를 만들어서 거기에다 돈을 준 거죠. 부인 이름이 황 씨라고 했던가?"

"황 씨? 그래서?"

"그렇게 부인 회사로 돈이 수십억이 넘어갔어요. 아주 오지게 해 먹은 거죠."

"뭐? 수십억?"

"그렇다니까요. 저하곤 클래스가 달라요. 그리고 친인척하고 지인들 위장 취업시켜서 그 돈 빼돌리구요. 애가 둘인데요. 아직 어린데도 등기이사에 올려서 회사 지분을 나눠줬대요. 둘 다 캐나다로 유학 보내고 거기에 집도 샀대요. 그 집 애들이 공부를 못하는데요, 부인 욕심이 얼마나 많은지 기상천외한 방법으로 대학교, 대학원까지 보냈다고 했어요. 누가 표창장을 줬다고 했는데, 그게 누구더라?"


"어느 집이나 자식새끼가 문제야. 나 봐봐. 공부 잘해서 검사되니까 부모님이 좋아하잖아. 자식은 부모한테 효도하는 게 최고다. 입신양명 별거 없어."

"헤헤, 검사님 부모님은 좋으시겠어요. 똑똑한 아들을 둬서요."

"닥쳐, 새끼야. 그 부인 회사 이름이 뭐야?"

"그게 재단인가… 협회라고 했어요."

"재단? 협회?"

"네. 아무래도 일반 회사보단 돈 빼돌리기가 쉽잖아요. 헤헤."

"사무실은 어디야?"

"사무실이 강남에 있는데 건물이 어마어마하대요. 그 팀장 집안 수완이 엄청 좋다고 들었어요. 친척 조카가 펀드 매니전데, 그 조카 시켜서 빼돌린 돈으로 주식하고 펀드, 부동산 투자해서 돈을 어마어마하게 벌었대요. 집도 잠실하고 부산 해운대에 있는데 해운대 집이 무슨 시티의 펜트하우스라고 들었어요. 지방에 별장도 있대요."

"이 새끼들 봐라. 완전 아사리판이네."

"아, 참 그리고 예전에 정보통신부 국장 했던 사람이 회사 고문으로 있다고 했어요. 행정고시 출신이라는데 신 국장인가, 서 국장이라고 했어요."

"그 사람이 거기 왜 있어?"

"원래 행시들은 영혼이 없잖아요. 검사님 같은 사시하곤 다르죠. 솔직히 뒷방 늙다리 꼰대를 누가 좋아하겠어요. 은퇴하고 갈 곳 없는데, 전관예우 차원에서 용돈이라도 주니까 얼씨구나 하는 거죠. 그리고 회사에 전직 행시 출신 공무원 하나 있으면 얼굴마담으로 좋아요. 사람들 의심도 덜 받고 로비 창구도 하니까요. 헤헤."

"이 새끼들이 나랏일 하라고 월급 줬더니 일은 안 하고 나라를 해쳐 먹어. 버라이어티한데. 액션이 좋아."

"그러게요. 거긴 문제가 아주 많은 곳이에요."


"어제 실장은 그런 얘기 안 하던데?"

"실장은 모를 거예요. 부서가 다르니까요. 그리고 거기 사물인터넷 팀장이 문인지, 묵인지 워낙 조용한 사람이라서요. 아마 다른 사람들도 모를 거예요."

"당신은 어떻게 알았어?"

"장중이한테 들었어요."

"장중이는 어떻게 알았대?"

"헤헤, 그게 말이죠. 장중이가 그 사물인터넷 팀장하고 친구예요."

"이제야 본색이 나오네. 지금 나한테 그 얘기 하는 이유가 뭐야? 사물인터넷으로 클라우드 덮자는 얘긴가?"

"역시 검사님이라 이해가 빠르시네요. 전 그냥 검사님 위해서 드린 말씀이에요."

"너 같은 놈들 때문에 나랏일이 어렵다. 그래서 니가 원하는 게 뭐야?"

"제가 뭐가 있겠어요. 전 그냥 검사님이 잘 봐주시면 좋은 거죠. 헤헤."

"이거 확실한 거지?"

"그럼요, 검사님. 제가 누구 앞이라고 거짓말을 하겠어요."

"조사해서 아니면 넌 나한테 죽을 줄 알아. 각오해."

"그럼요, 검사님 헤헤."


"지금 한 얘기 또 누구한테 했어?"

"없어요. 검사님한테만 특별히 말씀드린 거예요. 헤헤."

"너 어디 가서 이 얘기 하지 마라. 입이 싸면 신세 망친다."

"헤헤. 그럼요. 검사님하고 한 얘기는 무덤까지 가지고 갈게요."

"그럼 너하고 니 후배 장중이, 연구원 실장 셋만 봐주면 돼?"

"검사님 바쁘신데 다른 사람들까지 챙기시게요? 우선 저만이라도… 헤헤."

"교활한 새끼! 설마 한 내가 잘못이지. 분명히 말하는데 각오하고 있어."

"알겠습니다. 검사님. 헤헤."

"오늘은 그냥 돌아가. 딴 데 갈 생각말구. 넌 어차피 출국 금지야. 다음 주에 다시 부를 테니까 싸돌아다니지 말고 집에 조용히 있어. 쓸데없이 SNS에 글도 쓰지 마. 누구처럼 욕먹지 말고."

"헤헤, 그럼요. 검사님. 전 SNS 안 해요. 그럼, 조사해 보시고 연락주세요. 제 말이 맞을 거예요. 필요하시면 더 알려드릴게요. 검사님, 그럼 가보겠습니다. 안녕히 계세요."

## │ 같은 시각, ICT 융합연구원 원장실

"원장님, 저 왔습니다."

"자네가 이 시간에 웬일인가? 지금 여기 올 때야?"

"원장님께 인사드리려고 왔습니다."

"내 핑계 대지 말게. 더 이상 자넬 보고 싶지 않아."

"심려 끼쳐드려 죄송합니다."

"심려? 자네 때문에 연구원이 쑥대밭이 됐는데, 심려라고? 날벼락 맞은 심정을 자네가 알아? 자네 덕에 한 번도 경험하지 못한 일들을 겪고 있어."

"제 부덕의 소치입니다."

"하고 싶은 얘기가 뭐야?"

"원장님 임기도 많이 남았는데, 누를 끼쳐 몸 둘 바를 모르겠습니다."

"지금 자네가 내 걱정하는 건가? 고맙군."

"면목 없습니다."

"어제 검사한테 가서 뭐라고 했나? 얘기는 다 했어?"

"일단 묵비권을 행사했습니다. 변호사와 협의 후에 대응할 생각입니다."

"묵비권? 자네처럼 당당한 사람한테 그런 게 있었나?"

"원장님, 무죄 추정의 원리가 있습니다. 검사의 일방적인 판단으로 유무죄를 가릴 순 없어요. 지금 검사는 사실을 선택적으로 편집하고 왜곡해서 공소장을 공개하고 있어요. 피의 사실 공표는 엄연한 불법입니다. 저에 대한 진실은 오직 법정에서 밝혀질 거예요. 그전까진 명백한 허위 사실입니다. 전 끝까지 싸울 거예요."

"쳇, 모르는 사람이 들으면 무슨 대단한 일이라도 하는 줄 알겠어. 자네만 정의감이 넘치는 게 아니야. 대한민국 검사들은 한평생 정의감 속에서 일해. 자네에게 불리하다고 그들을 욕하는 건 옳지 않아. 그리고 공무원은 검찰 기소만으로도 해임되는 거 몰라. 좋은 변호사 만나서 무죄 받아도 자네 허물은 지워지지 않아."

"검사가 수사권으로 못살게 굴면 그게 깡패지, 검산가요? 원장님이 오해하시는 겁니다."

"오해? 무슨 오해? 세상이 다 알게 됐는데, 무슨 오해야."

"이번 일은 저하고 무관합니다. 이건 전부 심 이사가 저지른 일이에요."

"자넨 생 양아치하고 어울렸어. 같이 노래방도 갔지?"

"노래방에 갔지만 노래는 하지 않았습니다."

"그럼 뭐 했어?"

"전 계산만 했습니다. 노래는 심 이사가 불렀어요."

"어디서 그따위 얘기야. 처신을 잘했어야지. 오얏나무 밑에선 갓끈도 고쳐 쓰지 말라고 했어. 이런 얘기 하는 거 자체가 문제라구."

"작정하고 달려드는 놈을 제가 어떡하겠습니까? 전 심 이사한테 이용당한 거예요."

"핑계거릴 만들지 말았어야지. 그럼, 자넨 뭐 했어?"

"심 이사가 단독으로 한 일이라서 전 알지 못했어요. 알 수도 없었고 알려고 하지도 않았습니다."

"흥, 그 좋은 대학 나와서 유학까지 다녀온 사람이 할 말은 아닌 거 같은데. 그럴 거면 집어치워."

"정말이에요. 원장님. 믿어주세요."


"나한테 왔으면 뭔가 준비했을 거 아니야. 그거나 얘기해."

"저에 대한 원장님의 오해를 풀고 싶습니다."

"이 봐, 일국이! 변명하지 말고 사실을 말해."

"아닙니다. 원장님. 제 얘길 들어주세요. 전 심 이사가 한 일을 몰랐어요. 정말 몰랐습니다."

"그놈 끌어들이고 정보를 준 건 맞잖아. 근데, 무슨 말이 많아."

"억측이에요 원장님. 저도 심 이사한테 당했습니다."

"이 봐, 노 실장! 내가 여기 원장이야. 다 알아봤는데 무슨 소리야?"

"원장님, 다른 사람 얘긴 듣지 마세요. 새빨간 거짓입니다. 절 음해하는 세력들의 선동이에요. [58]**마타도어**에 넘어가시면 안 됩니다. 제 말을 들으세요. 제가 끝까지 싸워서 밝히겠습니다."


...

58    마타도어(Matador). 근거 없는 사실을 조작해 상대편을 중상모략하거나 그
      내부를 교란시키는 흑색선전.

"모른 게 자랑이 아니야. 창피한 줄 알아야지. 그런 말로 넘길 생각
마."

"아니에요. 원장님. 심 이사가 독단적으로 한 일이에요. 그걸 제가
어떻게 알겠어요. 심 이사가 경거망동해서 제가 억울한 주홍글씨를 새
긴 겁니다."

"난 자네 때문에 고립무원이 됐어. 사면초가라구. 심 이사 그놈은 지
금 어딨어?"

"검찰에서 조사받고 있습니다."

"자넨 그놈하고 어떤 사이야? 그놈이 학교 후배라고 했다는데, 사실
인가?"

"저와는 전공이 달라서 누군지도 몰랐습니다. 심 이사가 제 이름을
팔았어요."

"미꾸라지 한두 마리가 서울대를 욕보이고 있어. 인재 양성이 아니
라 사기꾼 양성소가 됐다구. 앞으로 후배들을 어떻게 볼 거야?"

"서울대 학생들은 이해해 줄 겁니다. 저도 그랬구요."

"노 실장! 말 같은 소릴 해. 자넨 학교 명예를 더럽혔어. 후배들이 가
만있을 거 같애. 명색이 서울대야. 바보가 아니라구."

"저도 당했어요. 원장님. 심 이사의 감언이설에 제가 속은 거예요.
사기꾼한테 당한 겁니다."


"그래. 그럼, KIT하고 일할 때 필요한 서류는 왜 안 받았어?"

"그건 절차 간소화를 위해 그랬어요."

"절차 간소화? 그걸 전화로 얘기했어? 공무원이 서류 없이 일하는
거 봤어? 지금 세상이 어떤 세상인데 누가 일을 그렇게 해. 그게 바로

청탁이고 직권남용이야. 왜 절차대로 일을 안 해?"

"전화는 했지만 부정 청탁은 안 했습니다."

"전화한 게 잘못이지. 술은 마셨지만 음주운전은 안 했다는 거하고 뭐가 달라."

"원장님, 이건 심 이사 욕심 때문에 벌어진 일이에요."

"전화는 누가 했어?"

"윤 책임이 했습니다."

"윤 책임은 자넬 얘기했어."

"아니에요. 전 윤 책임한테 전화번호만 줬어요. 윤 책임이 전화한 줄은 몰랐습니다."

"전화번호를 왜 줬어? 전화하라고 줬잖아. 상급자가 주는 걸 가지고 만 있을 바보가 어딨어."

"아닙니다. 원장님. 윤 책임이 일 처리를 잘못한 거예요."

"지금 KIT 서버를 확인 중이야. 나중에 통화 기록 나오면 딴소리하지 마. 당장은 넘어가도 나중에 반드시 문제가 될 거야. 각오해."

"원장님, 믿어주세요. 전 결백합니다."


"노 실장! 어제 윤 책임이 다 실토했어. 그런데도 발뺌할 거야."

"전혀 사실이 아니에요. 윤 책임이 거짓말한 겁니다. 윤 책임이 심 이사를 자주 만났어요. 심 이사하고 더 친했다구요."

"그만해! 자넨 아직도 정신을 못 차렸어. 그래도 윤 책임은 자넬 두 둔했는데 자넨 계속 남 탓만 하잖아."

"원장님, 제가 윤 책임을 만나겠습니다. 윤 책임을 만나게 해주세요. 그럼 사실을 아실 거예요."

박근혜 정부의 사물인터넷(IoT) 비리 사건

"그만하지 못해! 어제 윤 책임은 잘못을 인정했어. 모든 걸 자기가 책임지겠다고 했단 말일세. 자넨 윤 민이 상관이야. 윤 민이가 느꼈을 박탈감을 모르겠나?"

"제가 윤 민 책임을 헤아리지 못했습니다. 원장님 말씀은 겸허히 받들겠습니다."

"겸허히! 겸허히! 도대체 '겸허히'가 뭐야? 나하고 말장난해? 자네가 겸허히 했으면 이런 일은 생기지도 않았어."

"믿어주세요. 원장님. 전 사실을 말씀드리는 거예요. 제가 다시 제자리로 돌려놓겠습니다. 시간을 주세요."


"자넬 신뢰하고 믿었던 건 사실이야. 집안 좋고 유식한 자네가 내 곁에 있어서 좋았으니까. 하지만, 지금은 날 배신하고 자꾸 속이고 있잖아. 이젠 솔직히 말해. 이럴수록 자네만 더 비참해져. 지금 자네 모습이 어떤지 알아? 과거의 다른 사람들과 똑같애. 자네 얘기도 다를 게 없어. 다른 사람들이 잘못했을 때 제일 앞장서서 독설을 날린 게 누구였나? 그 사람들한테 미안하지도 않아. 이런 게 자네가 얘기했던 정의고 공정이야? 자네의 공정은 또 다른 불공정을 낳고 있어. 지금 그 모습으로 나랏일을 하려고 했냐구."

"정의가 늘 이기는 건 아니잖아요."

"뭐라구?"

"지난 얘기는 하고 싶지 않습니다. 그게 뭐가 중요한가요. 지금 제가 겪는 고통이 더 중요해요. 지금 제게 필요한 건 정의, 공정이 아니라 투쟁입니다."

"어떻게 그런 말을 할 수 있어? 자넨 대체 어떤 사람이야?"

"전 원장님을 위해서 일했습니다. 원장님을 위하는 것이 나랏일이라고 생각했어요. 전 원장님을 배신하지 않습니다. 우국충정의 제 마음을 알아주세요."


"지금 사람들이 자넬 뭐라는 줄 아나?"

"다른 사람은 괘념치 마세요. 리터러시(literacy)라곤 눈곱만큼도 없는 사람들입니다. 그저 댓글 비방으로 욕구 불만을 배설하는 것뿐이에요."

"자네도 똑같은 짓을 했잖아."

"그땐 그게 정상이었어요. 하지만 지금은 아니에요. 다들 미쳤어요."

"자네 때문에 미친 거야."

"원장님, 이럴 줄 알았으면 제가 그랬겠어요. 지금의 이 고통이 지난날의 제 업보라면 다 털어버리고 싶습니다."

"그래, 아주 잘 났군."

"절 욕해도 괜찮습니다. 저에 대한 뉴스는 사실이 아니니까요. 진실 보도는 하나도 없습니다. 추측과 상상으로 쓴 소설이에요. 유언비어에 속아서 하는 얘기에 일절 대응하고 싶지 않습니다. 전 끝까지 싸워서 이길 겁니다."

"쳇, 말은 번지르르 하구만. 사람들이 괜히 그래? 이때까지 자네가 한 짓을 생각해."

"원장님, 저도 사람입니다. 한 집안에 가장이자 남편이고 애 아빠예요. 이런 식으로 매도하면 저라고 어떻게 버티겠어요. 사는 게 사는 것이 아니에요."

박근혜 정부의 사물인터넷(IoT) 비리 사건

"찔러도 피 한 방울 안 나올 줄 알았는데 그런 인간적인 면이 있었나? 이게 다 자네의 인과응보야. 누군 독불장군으로 사는 줄 알아? 이 세상에 완벽한 사람은 없어. 털어서 먼지 안 나는 사람이 어딨어? 좋든 싫든 자네가 평생 짊어져야 할 숙명이야. 그러니까 말보다 진심 어린 용서를 구해. 그래야만 자유로워질 수 있어."

"검찰은 절 먼지 날 때까지 털고 있어요. 공정하지 못한 사람들이 혹세무민하는 겁니다. 저에 대해 부화뇌동하고 있어요. 원장님만 절 믿어주시면 돼요. 제 마음은 일편단심입니다."

"배운 사람이라 그런지 언변이 현란하군. 아주 청산유수야. 말로 성한 자 말로 망한다고 했어. 자넨 그 입을 조심했어야 해. 사람들은 자네의 표리부동에 경악을 금치 못해."

"사람들의 선입견입니다. 전 후안무치하지 않아요. 비분강개했지만 원장님을 위해 참았습니다."

"위선자 같으니라구. 다른 사람한텐 그 많은 비난을 하더니 자신한텐 어떻게 관대할 수 있어. 나 말고 다른 사람한테 먼저 용서를 구하란 말이야."

"원장님이 믿어주셔야 다른 사람이 절 믿습니다."

"난 자넬 믿고 실장에 앉혔어. 사람들은 자네한테 문제가 많다고 했지만, 난 자넬 믿고 실장에 앉혔단 말일세."

"그건 절 폄훼하는 겁니다. 실장 일을 하라고 한 건 원장님이세요."

"그땐 자네를 몰랐을 때지. 이렇게 날 감쪽같이 속였는데 어떻게 알아."

"원장님, 그러지 말고 절 믿어주세요. 제가 결초보은하겠습니다. 연구원에는 아직 절 믿는 사람들이 많아요."

"뭐? 그런 순진한 사람들이 있어? 언제 그런 똘마니들을 호위무사로 뒀어? 그게 누구야?"

"유 실장하고 공 팀장, 강 수석입니다."

"뭐 누구? 유 실장? 그 인간은 연구원 나갔잖아. 그 인간이 왜?"

"유 실장은 밖에서도 저에 대해 진실을 말하고 있어요."

"진실? 그 인간의 진실은 아주 끔찍해. 그놈 말을 믿다니 어지간히 급한 모양이야."

"원장님, 유 실장을 만나보세요. 제가 자리를 마련하겠습니다."

"내가 왜 그 역겨운 면상을 봐. 그 인간은 이전 원장 밑에서도 그렇게 설치더니, 아직도 미련이 남았대? 왜 자네한테 기웃대는 거야? 나한 텐 어림도 없어. 그놈은 어디 가서 글쟁이나 하면 딱 어울릴 놈이야. 꼴도 보기 싫으니까 썩 꺼지라고 해."

"아닙니다. 원장님. 유 실장은 심지가 곧은 사람이에요. 다른 사람들처럼 침소봉대하지 않아요. 소신 있는 강직한 지식인입니다."

"어디서 지식인 소릴 하고 있어! 사이비 어용일 뿐이야. 그 인간은 곡학아세의 달인이라구. 오죽하면 미친놈을 계몽주의자라고 하겠어. 그게 제정신이야. 허언증 환자니까 병원 가서 정신감정이나 받으라고 해. 그 인간 세 치 혀에 더 이상 놀아나지 마. 자네한테도 손해니까."

"유 실장은 원장님 동료였어요. 원장님의 성공을 위해 열렬히 애쓴 **59파티산**이에요. 그 사람을 전적으로 믿으셔야 합니다."

...

59  파티산(Partisan). 당파, 당원, 동지 등을 뜻하는 단어로, 유격대원 혹은 비정규군 요원을 나타내기도 함. 파티산이 변형되어 우리말의 빨치산이 됨.

"가당치도 않은 소리! 더 이상 편협한 인간은 필요 없어. 얼굴을 봐 봐. 교언영색 하잖아. 입만 살아서 돈과 권력에 기생하는 놈을 어떻게 믿으란 거야. 친구를 보면 그 사람을 안다고 했어. 그런 놈하고 다니면 자네도 기생충이 되는 걸 몰라. 근데, 고작 그런 놈으로 날 설득하려고 했어?"

"아니에요. 원장님. 다른 사람도 많습니다. 안 팀장, 고 수석, 탁 책임도 있어요."

"꼴불견이 따로 없군. 자넨 자네 같은 사람들과 어울린 게 비극의 시작이었어. 그걸 아직도 모르겠나? 근데, 진 실장은 왜 없어? 자네 친구잖아."

"그 자식은 친구도 아닙니다. 변절자예요. 이율배반적이고 견강부회해요. 제가 말한 사람들이 진실을 말하고 있어요. 제 명예를 걸고 그들과 다시 일어서겠습니다."

"자네 잘못을 탓하는 사람들이 더 많아. 부끄러운 줄 알아야지. 몇 사람 때문에 자넬 위로하지 마. 맹신하지 말라구."

"원장님, 전 당당합니다. 사람들이 절 모함하는 거예요. 괜한 스테레오타입(stereotype)에 잡혀서 절 불신하고 멸시했어요. 제 얘긴 듣지 않고 조롱만 했다구요."

"듣기 싫어. 자넬 비호하는 똘마니보단 나아. 자넨 지금 <sup>60</sup>**나르시시**

...

60  나르시시즘(Narcissism). 자기 자신에게 애착을 느끼는 증상. 그리스 신화에 나오는 이야기로 호수에 비친 자기 모습을 사랑해 물에 빠져 죽은 나르키소스(Narcissos)에서 유래함.

즘에 빠졌어. 그 오만한 태도부터 고쳐. 고개 숙이는 법을 배우란 말이야. 그렇지 않고선 절대 용서받지 못해."

"편견이에요 원장님. 전 원장님을 연구원에 모시기 위해 모든 걸 바쳤습니다. 원장님이 연구원에 오실 때 제일 기뻐했던 사람이 바로 저예요. 제가 다른 사람을 욕한 것도 원장님을 지키기 위해서였어요."

"그 입 다물어. 누가 들으면 자네가 날 원장으로 만든 줄 알겠군. 자네 아니어도 이 자리는 올 수 있었어."

"동의할 수 없습니다. 전 누구보다 원장님을 위해 동분서주했어요. 원장님께 쏟아지는 비판들을 제가 대변했습니다. 제가 막았다구요. 이대로 토사구팽 당할 순 없어요."

"자네 없이도 난 건재해. 날 따르는 사람은 많다구. 자네 말고도 그런 사람은 많아."

"다른 사람은 오래가지 못합니다. 제가 끝까지 모실게요. 원장님은 여기서 멈추시면 안 됩니다. 장관을 하셔야 해요. 공무원은 하루를 살아도 장관을 해야 합니다."

"쳇, 내가 그깟 장관 그릇으로밖에 안 보여? 정작 그 말 한 사람은 국회의원이 되더니 딴소릴 하더군."

"원장님, 절 믿으세요. 제가 심기일전하겠습니다. 거듭 성찰해서 원장님을 위해 이루지 못한 일을 완수할게요."

"그럼, 한 가지 묻겠네. 자네, 감사팀 업무는 왜 개입했나? 감사팀 백 팀장한테 감사 무마를 했다고 하던데, 사실이야? 자네 일도 아닌데 왜 지시했어? 지난번 우 실장이 직권남용으로 어떻게 됐는지 몰라?"

"말도 안 됩니다. 원장님. 그건 왜곡이고 날조예요."

"자네가 작년에 클라우드육성센터 김 부장을 강압적으로 해고했다는 투서가 들어왔어. 그걸 무마하려고 지시한 거 아니야?"

"아닙니다. 김 부장이 스스로 사표를 썼어요."

"부당한 요구를 했잖아. 클라우드육성센터에 왜 사물인터넷 일을 시켰어? 심 이사 그놈 회사하고 같이 일하라고 했지? 이유가 뭐야?"

"김 부장은 제 말을 듣지 않았어요. 절 거역했습니다."

"사업계약서로 압력을 넣었잖아."

"그건 업체 관리를 위한 통상적인 관행이었습니다. 당시 지경부 예산을 얻으려는 조치였어요."

"뭐? 관행으로 멀쩡한 사람을 잘라?"

"원장님, 백 팀장이 괜한 일로 분란을 일으킨 거예요. 권모술수에 넘어가선 안 됩니다. 재고해 주세요."

"재고는 김 부장한테 했어야지. 다른 사람의 재고는 거들떠보지도 않고 자네 일은 재고하라는 말이 나와?"

"원장님, 진짜예요. 근본적으로 케이스가 다릅니다."


"좋아 그럼, 연구원 인사에는 왜 관여했어?"

"그건, 인사실 임 실장이 일할 사람이 필요하다고 해서 한 사람 추천해 준 겁니다."

"그래? 임 실장은 자네가 먼저 연락했다고 하던데?"

"절대로 아닙니다. 임 실장의 모략이에요. 원장님을 속인 겁니다."

"노 실장! 이젠 동료들까지 해칠 생각이야? 임 실장은 내 사람이야. 백 팀장은 날 위해 목숨까지 바친 사람이라구. 이런 사람들을 배신할 거야? 지금 자네 때문에 곤란한 사람이 한둘인 줄 알아. 피해가 막심해. 그런데도 정신 못 차리고 그딴 얘길 해?"

"원장님, 이건 누군가의 계략입니다. 제가 덫에 걸린 거예요. 전 임 실장한테 이력서만 전달했어요."

"그게 누군가?"

"확인해 줄 수 없습니다."

"어서 말해! 사물인터넷 문 팀장이지? 문 팀장하고 무슨 사이야?"

"말씀드릴 수 없습니다."

"뭐? 자네 처남인 걸 다 아는데 말을 안 해? 도대체 숨기는 게 뭐야?"

"대답하기 싫습니다."

"노 실장! 묻는 말에 대답해! 지경부 예산이 왜 문 팀장한테 갔어? 클라우드 예산이 사물인터넷에 쓰인 이유가 뭐냔 말이야?"

"원장님, 그건 실수였어요. 문 팀장이 그럴 줄 몰랐습니다."

"적의 조치를 했어야지. 처남을 팀장에 앉히고 일을 몰아 준 건 제척 사유 아닌가?"

"……."

"자네 부인도 문씨라고 들었는데?"

"처가 일은 집사람한테 얘기해서 당장 원상복구 하겠습니다."

"이쯤 되면 잘못했단 말이 나올 법도 한데 자네 입에선 끝까지 나오지 않는군. 반성이라곤 눈곱만큼도 없어. 자네가 이렇게까지 타락한 줄 몰랐네. 이미 타락해 있었는지도 모르지만."

"원장님, 절 믿어주세요."

"자넨 처음부터 계획이 다 있었어. 모든 걸 알고도 백 팀장하고 임 실장한테 청탁한 거야. 지난번 우 실장을 직권남용으로 고발해서 검찰에 보낸 이가 바로 자네였는데, 어떻게 그럴 수 있어? 시간이 얼마나 지났다고 그런 거야?”

“우 실장하곤 다릅니다. 외압은 절대로 없었어요.”

“자네의 이중성에 할 말이 없군. 자넬 보면 인간 본성이 뭔지 알겠어. 지금 자네 모습이 어떤 줄 알아? 아주 천박해. 저급하기 짝이 없어. 자넨 이번 일이 영원할 줄 알았나? 그렇게 어리석은 사람이었어? 자네가 실장이 되고 사람들이 자네만 지켜보고 있었는데 무사할 줄 알았냐구.”

“억울합니다. 원장님. 전 열심히 하려고 했어요. 사람들과 소통을 원했지만, 그들은 알지도 못하고 저에게 악담만 퍼부었어요. 절치부심하고 두문불출했어도 돌아온 건 온갖 비아냥과 우롱뿐이었습니다.”

“소통? 그 말을 누가 했는지 알고나 얘기해. 소통이 안 되면 고통인 걸 몰라.”

“원장님은 제가 겪은 고초를 모르실 거예요.”

“뻔뻔스럽게 그 입에서 고초란 말이 나와. 더 이상 자네 궤변은 통하지 않아. 난 자네한테 자괴감을 느껴. 이러려고 나하고 일했나? 깨끗한 척은 다 하고 뒤에선 호가호위 하려고 날 내세웠어? 남들을 그렇게 욕하더니 자네 자식도 유학 보내려고 그런 거야? 어서 말해.”

“원장님, 전 숱한 모멸감을 견뎠습니다. 이번 일도 마찬가지예요. 사람들이 생각 없이 내뱉는 의혹일 뿐입니다. 저하곤 아무런 상관이 없어요. 문 팀장 일은 제 처가에서 벌인 일이에요. 저도 이번에 알았다구요.”

“자넨 이 상황이 상식적이라고 생각해? 이때까지 그 누구도 자네처럼 논란이 된 사람은 없었어. 우 실장도 자네만큼은 아니었다구. 그나마 언론 덕을 보니까 잠잠한 거야.”

"원장님, 이건 단순 실수입니다. 문 팀장과 집사람의 사소한 일탈이에요."

"일탈은 달콤하지만 결과는 허망하지. 차라리 검찰에 가서 진실을 말해. 안 그러면 후회해. 순간의 달콤한 때문에 평생을 허망하게 살지 마."

"전 이미 검찰 조사를 받고 있어요. 검찰의 악의적인 언론 보도와 과장된 혐의에 시간이 걸리더라도 지치지 않고 싸울 겁니다."

"자네 부인하고 문 팀장은 경제공동체였어. 구린내가 진동을 해. 근데 자네하고 상관이 없어? 이때까지 돈 싫다는 사람 못 봤어. 내가 다 못 쓸망정 자식에게 줄 수 있잖아. 자네 자식에게도 말이야. 이젠 다른 변명은 듣기 싫어."

"원장님, 전 진실을 말씀드리는 거예요. 진실을 밝힐 때까지 끝까지 싸울 준비가 되어있습니다. 개가 짖어도 기차는 달립니다. 목적지가 머지않았어요. 원장님, 제게도 반격할 기회를 주세요. 반드시 쟁취할게요."

"진실은 현실의 생각으로 이해하기 힘들 때가 있어. 그러니까 있는 사실이나 말해. 근데, 난 자네의 잘못을 말하는데 자넨 대체 누구하고 싸우겠다는 거야?"

"저와 제 가족의 모든 진실은 법원에서 밝혀질 거예요."

"흥, 법원은 믿을 만한가 보지. 나중에 법원 결과에 딴소리나 하지 마."

"전 방어권 차원에서 정당한 기본권을 요구하는 겁니다."


"자넨 참 대단한 망각을 가졌구만. 이때까지 자네가 했던 말들을 생각해. 다른 사람의 사소한 일을 공론화시키고, 검찰의 공소사실만으로도 옷을 벗어야 한다고 한 사람이 누군가? 거기에 자넨 없어?"

"검찰은 저인망식 짜 맞추기 수사를 하고 있어요. 누구도 벗어나기 힘듭니다."

"검찰이 그런 덴 줄 몰랐어? 그 사람들은 없는 죄도 만들어서 잡아가는 사람들이야. 검찰은 예나 지금이나 똑같애. 변한 건 자네라고. 그걸 모르는 것도 자네고."

"전 제 가족의 허위, 과장 보도, 명예훼손은 민형사상의 손해배상으로 하나하나 따박따박 전부 청구할 겁니다. 언론사한테도 반론 보도와 정정 보도를 요구할 거예요. 세상은 변하고 있어요. 이젠 적폐 검찰과 보수 언론을 개혁해야 합니다. 변해야 한다구요."

"천만에. 자네 같은 사람을 없애는 게 개혁이야. 현실을 직시하라구. 잠깐! 그러고 보니 자네가 강남 좌파란 걸 잊고 있었네. 좌파라면 못 먹고 못 살아도 정신은 올바른 줄 알았는데 말이야."

"좌파라고 못 살란 법이 어딨나요?"

"그야 그렇지. 하지만 돈 때문에 정신이 타락한 게 문제지. 그런 면에서 자넨 다른 사람을 비판할 자격이 없어."

"아니요. 전 남들과 다릅니다. 어리숙하게 당하지 않아요. 제 억울한 누명을 벗기 위해서라도 꼭 보상을 받을 겁니다."

"세상에 억울한 사람이 한둘인 줄 알아. 세상은 모자란 듯이 손해 보면서 사는 거야. 사연 없는 묘지 없지만, 그냥 묻히는 게 태반이지. 그 많은 사연을 다 들어주면 세상이 어떻게 돌아가겠어. 자네가 꿈꾸는 세상은 이상주의일 뿐이야. 현실은 훨씬 혹독해. 동화 속 세상이 아니라구. 현실에선 어쩔 수 없이 누군가의 희생도 필요해. 자네가 그 희생자가 된 들 호들갑 떨지 마."

"검찰은 저의 반론권을 무시한 채 일방적으로 매도하고 있어요. 최소한의 기계적인 균형도 없습니다. 허위 사실 유포로 제 명예를 훼손하고 있다구요. 검찰의 **61파쇼**적인 형태는 더 이상 용납될 수 없습니다."

"그러니까 죄짓고 살지 말라는 거야. 자네한테만 법의 잣대를 엄격히 들이대는 것도 아니잖아. 자네가 그런 식으로 몰아붙여서 검찰에 불려간 사람들은 생각 안 해? 이제 그 화살이 자네한테 돌아오니까, 왜 억울한가? 검찰이 다른 사람들 잡아갈 땐, 우리 사회의 마지막 보루로서 제 역할을 해야 한다고 자네 입으로 말했네. 이제 와서 검찰을 적대시하는 건 또 다른 파쇼와 다를 게 없어. 자네 혹시 그들한테 자격지심이라도 있나?"

"……."

"자네 같이 바득바득 우기는 인간들이 한둘이겠어. 검사는 세상에서 가장 교활한 인간들을 다루는 사람이야. 그런 사람들이 물렁물렁하면 일을 어떻게 해. 검사가 왜 검사겠어. 우리나라 검사들이 호텔 벨보이처럼 친절한 줄 알았다면 착각이지. 자네 같은 귀남이가 착각하는 것도 당연하구."

"……."

"귀남이는 너무 올드한가? 요즘 말로 금수저가 낫겠네. 불행은 느닷없이 온다는데, 똑똑한 자네가 몰랐다니 안타깝군."

...

61   파쇼(Fascio). 파시즘(Fascism. 국가주의, 전체주의, 권위주의 등) 형태를
      띤 운동이나 경향, 단체, 체제를 뜻함.

"전 그래도 포기하지 않을 겁니다. 이대로 물러설 수 없어요. 바보처럼 당하지 않습니다. 절 응원하는 사람들을 실망시키지 않을 거예요."

"다들 그러고 살아. 혼자 유난 떨지 마. 자네 얘긴 공허한 외침뿐이야. 혹시, 자네 잘못을 모르는 건 아니지?"

"원장님, 전 떳떳합니다. 한 점 부끄럼 없어요. 전 돈보다 명예가 중요합니다. 우리 애들도 절 믿을 거예요. 그러니 원장님도 절 믿어주세요. 전 언제나 원장님을 응원했어요."

"자넨 날 바람막이로 이용했어. 10년 넘게 자넬 믿은 내가 바보였네. 이젠 사람들도 날 믿지 않아. 날 과대망상증 환자라고 놀려. 짐승에 비유하는 사람도 있다구."

"전 다릅니다. 원장님에 대한 초심은 변함없어요. 다른 사람처럼 원장님을 비난 않습니다. 그러니 제발 제 가슴에 맺힌 응어리를 풀어주세요."

"자넨 가증스러워. 끝까지 비겁해. 이젠 자네의 선동질에 신물이나."

"원장님, 전 시정잡배가 아니에요. 구차하지 않습니다. 비루하게 살지 않았어요."

"자넨 추하게 늙을 거야. 남들보다 더 형편없이 말이야."

"……."


"이런 일로 자네와 언쟁을 벌일 거라곤 상상도 못 했네. 난 더 이상할 말이 없어. 나와의 인연은 여기까지 하세."

"원장님 다시 생각해 주세요. 전 원장님과 함께할 때가 가장 행복했습니다. 전 원장님 없인 살 수 없어요."

"이것으로 끝내. 자네가 계속 변명을 늘어놓는 이상, 이 논쟁은 끝나지 않아. 소모적일 뿐이야. 하지만 자네의 명석한 머리, 재기발랄했던 행동들은 인정해. 그동안의 정을 생각해서 자네 일은 밖에다 말하진 않겠네."

"원장님, 원장님과 이렇게 끝낼 순 없어요."

"날 원망 말게. 이젠 나도 힘들어. 자네 말고도 챙길 사람들이 많아. 어찌 됐건 자네 일이야. 자네가 헤쳐가게."

"원장님, 제가 뭘 하면 될까요? 시키는 건 다 하겠습니다. 어떻게 하면 마음을 푸시겠어요? 제가 명예회복 할 수 있게 도와주세요."

"자넨 아직도 자네 잘못을 몰라. 그 얼굴, 몸짓, 행동, 입을 보란 말이야. $^{62}$카덴차가 심하다구. 그 교만에서 벗어나야 해."

"원장님, 너무 하세요. 전 원장님을 위해 모든 걸 바쳤습니다. 어떻게 저한테 이럴 수가 있으세요."

"노 실장! 교만한 자가 모르는 게 뭔 줄 알아? 정작 자기 자신은 교만할 줄 모르는 거야. 불빛에 취해 불로 달려드는 불나방 같애. 결국, 자기 스스로 파멸하지. 자네라고 예외일 순 없어."

"원장님, 제발 절 버리지 마세요. 흐흐흐."

"다음 주에 연구원 인사 발령이 있어. 자네 후임으로 주 실장을 임명했네. 자네와 있던 사람들은 전부 교체하고 연구원도 싹 물갈이할 거야. 자넨 집으로 돌아가."

...

62  카덴차(Cadenza). 클래식 음악에서 악장이 끝날 무렵 등장하는 독주 악기의 기교적인 부분을 말함. 독주 협주곡의 화려한 클라이맥스를 이루는 곳으로, 독주자의 기교를 돋보이기 위해 다른 협주자들은 연주를 하지 않음.

"안 됩니다. 원장님. 그들 없이 전 재기할 수 없어요. 제 수족들입니다. 그들을 교체하면 사람들이 원장님을 의심하고 떠날 겁니다. 인심을 잃으실 거예요. 원장님 임기 내내 힘들어집니다. 그들을 내보내지 마세요."

"뭐야? 지금 항명이라도 하는 거야?"

"원장님, 주 실장만은 안 됩니다."

"자네가 애지중지 강조하는 개혁 적임자로 고른 거야. 토 달지 마."


"원장님, 주 실장 가족들은 문제가 많아요. 결점이 차고 넘쳐요."

"쳇, 가족? 자네가 가족 얘길 해? 어이가 없어 말이 안 나오는군."

"주 실장은 능력 없는 사고뭉치예요. 경험이 미천한 사람입니다. 쓰레기차 보내고 똥차 보는 거예요."

"실장 되는 인간들은 왜 그 모양이야? 인성에 문제 있어? 본인이 문제야, 가족이 문제야?"

"……."


"주 실장도 문제 있으면 당장 내칠 거야. 비리에 연루된 인간들은 이젠 진저리가 나."

"원장님, 제 말을 들으세요. 원장님 곁엔 제가 있어야 해요. 제가 반드시 후일을 도모하겠습니다."

"천만에! 옛사람들은 공(功)이 있으면 상을 주고 능력이 있어야 자릴 주라 했어. 그걸 모르고 자넬 실장에 앉혀서 이 사달이 났어. 자넨 표창장 하나면 됐다구."

"원장님, 그건 나이브(naive)한 생각이에요. 잘 생각하셔야 합니다.

주 실장은 이전 원장을 버렸어요. 원죄가 있다구요. 잘못했다고 무릎꿇고 두 손 빌던 때를 기억하세요."

"주 실장이 들으면 소설 쓴다고 하겠군. 다 지난 일이야. 나하곤 상관없어."

"아니에요. 주 실장은 야망이 있어요. 앙칼지고 표독스러워요."

"강단이 있는 거지."

"전혀요. 자신이 불리하면 반드시 보복하는 스타일이에요. 원장님께 더 큰 화근이 될 겁니다. 그땐 늦어요."

"시끄러워! 끝까지 이럴래? 질척대지 말고 깨끗이 나가. 집에 가서 뒤안길이나 준비해. 자네 얘긴 밖에다 안 한다고 했잖아."


"원장님 잘못했습니다. 제가 책임질게요. 제발 용서해 주세요."

"사전에 기회가 없었단 말은 마. 난 충분히 기회를 줬어. 하지만 끝까지 거짓말로 버티는 자네에게 더 이상의 관용은 없네. 다른 건 참아도 거짓말은 참을 수 없어. 그건 날 진짜 배신하는 거니까. 절대로 용서 못 해."

"원장님, 거짓말이 아니에요. 저의 진심을 말씀드린 겁니다. 흐흐흐."

"일국이! 내 얘기 잘 들어. 지난주에 세월호가 침몰했어. 그거 때문에 나라가 말이 아니야. 신문이고 방송이고 온통 그 얘기뿐이라구. 사람들이 아직도 물속에 잠겨있어. 언제 구조될지 아무도 몰라. 언론은 몇 달간 세월호만 얘기할 거야. 자네한텐 호재라고 생각하네. 자네 일은 아무도 모르게 묻힐 테니까."

"원장님… 흐흐흑."

"자넨 돌아가서 자숙해. 스스로 반추해 봐. 누구도 원망 말고. 그래야 자네 멍에를 벗는 거야. 이게 내 마지막 부탁일세. 이제 보니 자네 신발이 많이 낡았군. 좋은 신발을 신어야 좋은 곳으로 가는데 말이야. 그럼, 건강하게나 노 실장. 잘 가게.”

## | 5월 중순, 박근혜 대통령 대국민 담화문 발표

“시청자 여러분 SBS 뉴스 속보입니다. 잠시 후에 박근혜 대통령의 대국민 담화가 있을 예정인데요. 오늘 담화에는 세월호 침몰 사고에 대한 내용이 담긴 것으로 전해졌습니다.

지난 4월 16일 이후, 거의 모든 언론들이 세월호 침몰 사고를 핵심 뉴스로 연일 보도했는데요. 한 달 넘게 침묵으로 일관해 온 박근혜 대통령이 오늘 어떤 입장을 밝힐지 관심이 주목되고 있습니다. 그럼, 청와대를 연결해 박근혜 대통령의 [63]담화문을 직접 들어보겠습니다.”

...

63  2014년 5월 19일 당시 박근혜 대통령의 담화문을 인용함.

존경하는 국민 여러분, 세월호 침몰 사고가 발생한 지 오늘로 34일째가 되었습니다. 온 국민이 소중한 가족을 잃은 유가족들의 아픔과 비통함을 함께 하고 있습니다. 국민의 생명과 안전을 책임져야 하는 대통령으로서 국민 여러분께서 겪으신 고통에 진심으로 사과드립니다.

국민 여러분, 지난 한 달여 동안 국민 여러분이 같이 아파하고, 같이 분노하신 이유를 잘 알고 있습니다. 살릴 수도 있었던 학생들을 살리지 못했고, 초동 대응 미숙으로 많은 혼란이 있었고, 불법 과적 등으로 이미 안전에 많은 문제가 예견되었는데도 바로 잡지 못한 것에 안타까워하고 분노하신 것이라 생각합니다.

채 피지도 못한 많은 학생들과 마지막 가족여행이 되어 버린 혼자 남은 아이, 그 밖에 눈물로 이어지는 희생자들의 안타까움을 생각하며 저도 번민으로 잠을 이루지 못한 나날이었습니다.

그들을 지켜주지 못하고, 그 가족들의 여행길을 지켜 주지 못해 대통령으로서 비애감이 듭니다. 이번 사고에 제대로 대처하지 못한 최종 책임은 대통령인 저에게 있습니다. 그 고귀한 희생이 헛되지 않도록 대한민국이 다시 태어나는 계기로 반드시 만들겠습니다.

이번 세월호 사고에서 해경은 본연의 임무를 다하지 못했습니다. 사고 직후에 즉각적이고, 적극적으로 인명 구조 활동을 펼쳤다면 희생을 크게 줄일 수도 있었을 것입니다. 해경의 구조 업무가 사실상 실패한 것입니다. 그 원인은 해경이 출범한 이래, 구조 구난 업무는 등한시하고, 수사와 외형적인 성장에 집중해온 구조적인 문제가 지속되어 왔기 때문입니다.

해경의 몸집은 계속 커졌지만 해양 안전에 대한 인력과 예산은 제대로 확보하지 않았고, 인명 구조 훈련도 매우 부족했습니다. 저는 이런 구조적인 문제를 그냥 놔두고는 앞으로도 또 다른 대형 사고를 막을 수 없다고 판단했습니다. 그래서 고심 끝에 해경을 해체하기로 결론을 내렸습니다. 앞으로 수사 정보 기능은 경찰청으로 넘기고, 해양 구조  구난과 해양 경비 분야는 신설하는 국가안전처로 넘겨서 해양 안전의 전문성과 책임을 대폭 강화하겠습니다.

국민 안전을 최종 책임져야 할 안전행정부도 제 역할을 다하지 못했습니다. 안전행정부의 핵심 기능인 안전과 인사  조직 기능을 안행부에서 분리해서 안전 업무는 국가안전처로 넘겨 통합하고, 인사  조직 기능도 신설되는 총리 소속의 행정혁신처로 이관하겠습니다. 그래서 안행부는 행정 자치 업무에만 전념토록 하겠습니다.

해경을 지휘 감독하는 해수부도 책임에서 자유롭지 못합니다. 해수부의 해양교통관제센터(VTS)는 국가안전처로 넘겨 통합하고, 해수부는 해양 산업 육성과 수산업 보호 및 진흥에 전념토록 해서 각자 맡은 분야의 전문성을 최대한 살려내는 책임 행정을 펼쳐나가도록 하겠습니다. 이런 내용을 담은 정부조직법 개정안을 조만간 국회에 제출하겠습니다.

국민 여러분, 그동안 정부는 우리 사회의 비정상적인 관행과 제도를 바꿔서 정상화하기 위한 개혁 작업을 진행해 왔습니다. 이 개혁 작업을 서둘러 진행해서 이런 잘못된 관행들을 미리 끊어버리지 못하고 국민 여러분께 큰 아픔을 드리게 된 것이 가슴에 크나큰 회한으로 남습니다.

이번 사고는 오랫동안 쌓여온 우리 사회 전반에 퍼져 있는 끼리끼리 문화와 민관 유착이라는 비정상의 관행이 얼마나 큰 재앙을 불러올 수 있는지를 보여주고 있습니다. 평소에 선박 심사와 안전 운항 지침 등 안전 관련 규정들이 원칙대로 지켜지고 감독이 이루어졌다면 이번 참사는 발생하지 않았을 것입니다.

해운사들의 이익단체인 해운 조합에게 선박의 안전 관리 권한이 주어지고, 퇴직 관료들이 그 해운 조합에 관행처럼 자리를 차지해 왔습니다. 선박 안전을 관리 감독해야 할 정부와 감독 대상인 해운사들 간에 이런 유착 관계가 있는 한, 선박 안전 관리가 제대로 될 수 없었던 것은 자명한 일입니다.

20년이 다 된 노후 선박을 구입해서 무리하게 선박 구조를 변경하고, 적재중량을 허위로 기재한 채 기준치를 훨씬 넘는 화물을 실었는데, 감독을 책임지는 누구도 잘못된 부분을 바로잡지 않았습니다. 이러한 민관 유착은 비단 해운 분야뿐만이 아니라 우리 사회 전반에 수십 년간 쌓이고 지속되어 온 고질적인 병폐입니다.

지금 정부가 추진하고 있는 비정상의 정상화 개혁을 반드시 이뤄내서 국민의 생명을 담보로 끼리끼리 서로 봐주고, 눈감아 주는 민관 유착의 고리를 반드시 끊어 내겠습니다. 그래서 지금 문제가 되고 있는 관피아 문제를 해결하겠습니다.

우선, 안전 감독 업무 이권이 개입할 소지가 많은 인허가 규제 업무, 그리고 조달 업무와 직결되는 공직 유관 단체 기관장과 감사직에는 공무원을 임명하지 않을 것입니다. 다른 기관에 대한 취업도 더욱 엄격하게 제한할 것입니다. 현재 퇴직 공직자 취업 제한 규정이 있지만, 최근 3년간 심사 대상자 중 7%만이 제한을 받을 정도로 규정의 적용이 미약한 실정입니다.

이번 사고와 관련이 있는 해운 조합이나 한국선급은 취업 제한 심사 대상에 들어있지도 않았습니다. 앞으로 이와 같이 취업 제한 대상이 아니었던 조합이나 협회를 비롯해서 퇴직 공직자의 취업 제한 대상 기관수를 지금보다 3배 이상 대폭 확대하겠습니다.

또한, 취업 제한 기간을 지금의 퇴직 후 2년에서 3년으로 늘리고, 관피아의 관행을 막기 위해 공무원 재임 때 하던 업무와의 관련성 판단기준도 고위공무원의 경우 소속 부서가 아니라 소속 기관의 업무로 확대해서 규정의 실효성을 대폭 높일 것입니다.

고위 공무원에 대해서는 퇴직 이후 10년간 취업 기간 및 직급 등을 공개하는 취업 이력 공시 제도를 도입할 것입니다. 이런 내용을 담은 공직자 윤리법의 개정안을 정부 입법으로 바로 국회에 제출하겠습니다. 그리고 전·현직 관료들의 유착 고리를 끊는 것이 중요한데, 지금 정부가 제출한 일명 김영란법으로 불리는 '부정청탁금지법

안'이 국회에 제출되어 있습니다. 국회의 조속한 통과를 부탁드립니다.

지금 우리 공직 사회는 폐쇄적인 조직문화와 무사안일이라는 문제를 안고 있습니다. 창의성에 기반한 21세기 경쟁에서 살아남으려면 우리 공직 사회를 근본적으로 바꾸기 위한 개혁이 필요합니다.

저는 관피아의 폐해를 끊고 공직 사회를 근본적으로 개혁하기 위해 공무원이 되는 임용부터 퇴직에 이르기까지 개방성과 전문성을 갖춘 공직 사회로 혁신하려고 합니다. 이를 위해 민간 전문가들이 공직에 보다 많이 진입할 수 있도록 채용 방식을 획기적으로 바꾸겠습니다. 민간 전문가 진입이 보다 용이하도록 5급 공채와 민간 경력자 채용을 5대 5의 수준으로 맞춰가고, 궁극적으로는 과거 고시와 같이 한꺼번에 획일적으로 선발하는 방식이 아니라 직무 능력과 전문성에 따라 필요한 직무별로 필요한 시기에 전문가를 뽑는 체제를 만들어 가겠습니다.

현재 과장급 이상의 직위에 민간 전문가가 들어올 수 있도록 개방형 충원 제도를 시행하고 있지만, 결국 공무원들만 다시 뽑아서 무늬만 공모 제도라는 비판을 받고 있습니다. 이런 잘못된 관행은 현재 부처별로 선발 위원회를 두고 공모 제도를 시행하고 있기 때문입니다. 앞으로는 중앙에 별도의 '중앙선발시험위원회'를 설치해서 공정하게 민간 전문가를 선발해서 부처로 보낼 것입니다. 이와 함께 공직 사회의 문제점으로 계속 지적받아온 순환보직제를 개선해서 업무의 연속성과 전문성을 유지할 수 있도록 하겠습니다. 전문성을 가지고 국가와 국민을 위해 헌신하는 공무원들은 더욱 자긍심을 갖고 일할 수 있도록 인센티브와 함께 보다 나은 여건을 만들어 갈 것입니다.

국민 여러분, 이번 사고의 직접적인 원인은 선장과 일부 승무원들의 직무 유기와 업체의 무리한 증축과 과적 등 비정상적인 사익 추구였습니다. 이번에 사고를 일으킨 청해진해운은 지난 1997년에 부도가 난 세모그룹의 한 계열사를 인수하여 해운업계에 진출한 회사입니다.

17년 전, 3천억 원에 가까운 부도를 낸 기업이 회생절차를 악용하여 2천억 원에 이르는 부채를 탕감받고, 헐값에 원래 주인에게 되팔려서 탐욕적인 이익만 추구하다 이번 참사를 내고 말았습니다. 이런 일을 더 이상 용납해선 안 됩니다. 앞으로 기업이 국민의 생명과 재산에 큰 피해를 입히면서 탐욕적으로 사익을 추구하여 취득한 이익은 모두 환수해서 피해자들을 위한 배상 재원으로 활용하도록 하고 그런 기업은 문을 닫게 만들겠습니다.

이를 위해, 범죄자 본인의 재산뿐 아니라, 가족이나 제3자 앞으로 숨겨놓은 재산까지 찾아내어 환수할 수 있도록 하는 입법을 신속하게 추진할 것입니다. 이번 사고와 관련해서는 국가가 먼저 피해자들에게 신속하게 보상을 하고, 사고 책임자에게 구상권을 행사하는 특별법안을 정부 입법으로 즉각 국회에 제출하도록 하겠습니다. 그래서 이번에 크나큰 희생을 당한 분들이 부도덕한 기업과 범죄자들로

부터 피해를 보상받느라 또 한 번 고통을 받는 일이 없도록 할 것입니다. 만약 그렇게 구상권을 행사하지 못한다면, 죄지은 사람이나 기업의 잘못을 국민의 혈세로 막아야 하는 기막힌 일이 생기게 될 것입니다.

이번에 청해진해운이 문제가 되면서 많은 국민들이 청해진해운의 성장 과정에서 각종 특혜와 민관 유착이 있었던 것을 의심하고 있습니다. 이를 비호하는 세력이 있었다면 그것 역시 명백히 밝혀내서 그러한 민관 유착으로 또다시 국민의 생명과 안전이 위협받지 않도록 우리 사회 전반의 부패를 척결해 나갈 것입니다. 이를 위해 필요하다면 특검을 해서 모든 진상을 낱낱이 밝혀내고 엄정하게 처벌할 것입니다. 그리고 여야와 민간이 참여하는 진상조사위원회를 포함한 특별법을 만들 것도 제안합니다. 거기서 세월호 관련 모든 문제들을 여야가 함께 논의해 주기 바랍니다.

이번 참사에서 수백 명을 버리고 도망친 선장과 승무원의 무책임한 행동은 사실상 살인 행위입니다. 선진국 중에서는 대규모 인명 피해를 야기하는 중범죄를 저지른 사람에 대해서는 수백 년의 형을 선고하는 국가들이 있습니다.

우리도 앞으로 심각한 인명 피해 사고를 야기하거나, 먹을거리 갖고 장난쳐서 많은 사람들에게 피해를 준 사람들에게는 그런 엄중한 형벌이 부과될 수 있도록 형법 개정안을 제출하겠습니다. 이렇게 해서 앞으로 대한민국에서 부당하게 이득을 취하는 것이 결코 이득이 되지 않고, 대형 참사 책임자가 솜방망이 처벌을 받지 않도록 만들겠습니다.

국민 여러분, 이번 참사로 우리는 고귀한 생명을 너무나 많이 잃었습니다. 그 희생이 헛되지 않도록 대한민국의 개혁과 대변혁을 만들어 가는 것이 남은 우리들의 의무라고 생각합니다. 이런 상황에서도 우리가 개혁을 이뤄내지 못한다면 대한민국은 영원히 개혁을 이뤄내지 못하는 나라가 될 것입니다.

그동안 국민의 안전과 재난을 관리하는 기능이 여러 기관에 분산되어 있어서 신속하고 일사불란한 대응을 하지 못했습니다. 컨트롤타워의 문제도 발생했습니다. 이런 문제를 해결하기 위해 국가안전처를 만들어 각 부처에 분산된 안전 관련 조직을 통합하고, 지휘체계를 일원화해서 육상과 해상에서 일어나는 모든 유형의 재난에 현장 중심으로 대응할 수 있는 체제를 만들겠습니다.

…중략…

"이상, 박근혜 대통령의 대국민 담화문을 들으셨습니다. 박근혜 대통령은 담화에서 세월호 침몰 사고에 대한 사과와 함께 제대로 대처하지 못한 최종 책임은 대통령 본인에게 있다고 말했습니다. 또한, 담화문 말미에는 세월호 침몰 사고 당시 구조 작업을 하다 돌아가신 분들의 이름을 호명하면서 눈물을 흘리셨는데요.

담화 내용을 요약하면, 세월호 침몰 사고의 책임을 물어 해경을 해체하고 국가안전처를 신설하는 것으로 정리할 수 있겠습니다. 그리고 방금 전, 새정치민주연합의 문재인 의원이 특별 성명을 발표했습니다.

문 의원은 특별 성명에서, '세월호 참사는 대통령의 불통과 독선, 무능력과 무책임 때문에 발생한 비극'이라면서, '대통령 스스로가 바뀌어야 한다'고 주장했는데요. 그러면서 '대통령의 담화가 계기가 될 것으로 생각했으나 표피적인 대책뿐 비극적 참사에 대한 근원적 성찰은 어디에도 없었다'고 담화 내용을 비판했습니다.

특히, '국가 운영의 작동 시스템에서 드러난 총체적 부실은 외면하고 하부 기관에게만 책임을 묻는 건 옳지 못한 일'이라고 강조했는데요. 그럼, 문재인 의원의 [64]특별 성명을 직접 보시겠습니다."


국가란 도대체 무엇입니까? 왜 존재하는 것입니까? 세월호 참사 이후 국민들이 거듭해서 묻는 질문입니다. 하지만 대통령의 담화에서는 그 답을 찾을 수 없습니다. 박근혜 대통령에게 다시 묻습니다. 국가는 왜 존재하는 것입니까? 국가와 정부의 역할은 무엇입니까?

세월호 참사는 국가의 무능력과 무책임 때문에 무고한 생명들이 죽음으로 내몰린 비극입니다. 이 억울한 희생이 헛되지 않으려면 대한민국이 환골탈태해야 합니다. 돈이 먼저인 나라에서 사람이 먼저인 나라로 바뀌어야 합니다. 효율과 속도가 먼저인 나라에서 생명과

...

64   2014년 5월 20일 당시 새정치민주연합 문재인 의원의 특별 성명을 인용함.

안전이 먼저인 나라로 바뀌어야 합니다. 그것이 희생자들의 원혼을 달래주는 유일한 길입니다.

대통령의 담화가 그 계기가 될 것으로 생각했습니다. 그러나 오히려 실망만을 안겨주었습니다. 표피적인 대책뿐이었습니다. 희생양으로 삼은 표적에 대한 호통과 징벌만 있었습니다. 비극적 참사에 대한 근원적 성찰은 그 어디에도 없었습니다. 앞뒤가 바뀌었습니다. 지금 바뀌어야 할 것은 바로 대통령의 국정 철학입니다. 국정 운영 기조입니다. 그리고 국가의 재원 배분 기조입니다.

지난 대선 당시 박근혜 후보는 더불어 사는 따뜻한 공동체의 비전을 많이 제시했습니다. 그러나 세월호에 비친 대한민국의 모습은 그 비전과 정반대였습니다. 지난 대선에서 국민적 공감대가 있었던 경제민주화 공약은 이미 후퇴했습니다. 그 대신 정부는 규제 완화라는 명분으로 기업주의 돈벌이와 자본의 이윤 추구에 앞장서고 있습니다. 이런 식의 규제 완화 정책하에서는 철도와 항공도 위험하다는 우려가 높습니다.

모든 규제 완화가 선은 아닙니다. 인권 관련 규제, 생명과 안전을 위한 규제, 공정한 시장을 위한 규제를 완화하는 것은 오히려 악입니다. 이명박 정부에서 박근혜 정부로 이어진 국정 기조는 생명 안전 공존 등 사람의 가치를 극단적으로 무시해 왔습니다. 그 결과 우리 사회는 인권이 위협받고 인명이 경시되는 위험한 지경에 처했습니다.

고 있습니다. 이 틈을 이용해 민주주의를 후퇴시키는 후안무치한 인사도 벌어지고 있습니다.

이 정부가 출범한 이래 민주주의와 나라의 기틀을 흔드는 범죄들이 거듭되었습니다. 그러나 진상이 규명된 일도 없었고 최고 책임자가 책임을 진 일도 없었습니다. 책임은 희생양이 된 실무자들의 몫일 뿐이었습니다. 모든 권한을 가진 대통령과 청와대는 아무런 책임도 지지 않았습니다. 책임과 권한의 극심한 불일치입니다. 비겁과 무책임에 다름 아닙니다. 법치와 민주주의 시스템이 붕괴되면서 '책임 의식'이 사라지고 '나만 살고 보자'는 나쁜 풍토가 사회 전반에 만연되고 있습니다.

박근혜 대통령은 불통과 독주를 멈추어야 합니다. 무너진 국가 위기관리 시스템을 다시 세우는 일에 여야가 함께 힘을 모을 수 있도록 야당과 시민사회의 협력을 구해야 합니다. 국정조사든 특검이든 수용을 해야 합니다. 회초리를 맞는 심정으로 받아들여야 합니다. 사고의 근본 원인을 규명하면서 우리 사회를 진단하고 그 토대 위에서 국가 위기관리 및 재난 대응 시스템을 재구축하는 작업에는, 여야는 물론 시민사회까지 함께 참여해야 합니다.

박 대통령은 담화문을 발표하자마자 UAE에 수출한 원자로 설치 행사 참석을 위해 출국했습니다. 이해하기 어렵습니다. 세월호 참사를 계기로 '안전 사회'로 가겠다는 의지가 진정으로 있는 것인지 심각한 의문을 갖게 됩니다. 안전 전문가들은 세월호 이후 위험성이 가장 높은 재난으로 원전 사고를 지적하고 있습니다. 대통령이 진심으로 '안전'을 이야기하려면 세월호 이상의 위험을 안고 있는 노후 원전 가동을 중단시켜야 합니다. 원전 선진국인 일본의 후쿠시마 사고가 말해주고 있습니다. 원전에서 '안전 신화'는 없습니다.

우리나라에는 2007년과 2012년에 이미 설계 수명을 다한 고리원전 1호기와 월성원전 1호기가 있습니다. 그 가운데 고리원전 1호기는 잦은 고장이 있음에도 무리하게 연장 가동 중입니다. 월성원전 1호기는 연장 가동을 위한 평가 중에 있습니다. 이 원전들의 위험 반경 안에 수백만 국민이 살고 있습니다. 후쿠시마 원전 사고가 설계 수명을 넘어 가동한 노후 원전에서 발생했다는 사실을 직시해야 합니다.

국민들의 목숨을 담보로 무모한 도박을 하고 있는 셈입니다. 생각하기도 싫지만 만에 하나 재난이 발생한다면 엄청난 국가적 재앙이 될 것입니다. 원전 수출이 중요한 때가 아닙니다. 설계 수명을 다한 노후 원전의 가동 중단이 우선입니다.

세월호 참사를 계기로 박근혜 대통령이 스스로 바뀌기를 간곡히 바랍니다. 국정 운영 시스템과 기조뿐만 아니라 국정 철학과 리더십을 완전히 바꿔야 합니다. 우리 사회가 민주주의를 회복해야 합니다. 어린 학생들과 무고한 희생자들의 비극 앞에서 정치적 유·불리를 따져 말하는 것이 결코 아닙니다.

세월호는 우리에게 교훈을 주고 있습니다. 위기 상황에서는 지도 자 한 사람의 선택이 국가 전체의 명운을 가릅니다. 불통과 독선이 계속된다면 '대한민국호'는 기울 수밖에 없습니다. 그러면 국민들의 분노와 슬픔은 더 이상 거기에 머물지 않고 참여와 심판으로 바뀌게 될 것입니다.

"이상, 문재인 의원의 특별 성명을 보셨는데요. 이어지는 SBS 정규 뉴스에서는 목포 팽목항을 연결해 현재 진행되고 있는 세월호 구조 사항을 자세히 전해 드리겠습니다.

그리고 내일 밤 방송 예정이었던 『그것이 알고 싶다』 '서울시 동물교감교육 사업 비리 의혹'편은 오늘 오전 법원이 서울시의 방송금지 가처분 신청을 받아들여 긴급 편성을 통해 대체 프로그램이 방영됩니다.

서울남부지법은 판결문에서 'SBS는 국민의 알 권리를 충족시키고 올바른 여론에 이바지하기 위해 방송을 기획했으나, 확인되지 않은 정보를 제공하는 것이 국민의 알 권리 충족에 미흡하고 방송에 따른 당사자들의 정신적 고통과 불필요한 사회적 논란이 더 클 것으로 보인다.'며 방송금지 가처분 신청 인용을 설명했습니다.

법원 판결에 서울시 대변인은 즉각적인 입장문을 발표했는데요. 대변인은 '법원 판결을 환영한다면서 언론은 확인되지 않은 무차별적인 보도를 자제해야 한다'고 밝히고 '이번 판결로 인해 적폐 언론의 한바탕 쇼가 끝나 다행이라며, 언론의 허위사실에서 서울시 공무원들의 소중한 명예와 권리를 지킨 승리'라고 평가했습니다.

아울러 '언론은 관행적으로 이어온 무분별한 보도에서 벗어나, 각자 영역에서 열심히 일하는 공직자들의 명예를 더 이상 훼손하는 일은 없어야 한다'고 강조했습니다.

마지막으로, '박원순 시장을 비롯한 서울시 전체 공무원은 그 어떤 형태의 비리 사건이나 비리 의혹에 연루되지 않을 것을 다짐한다'고 말했습니다.

이에 반해, 『그것이 알고 싶다』 제작진은 '이번 판결은 언론의 공익성을 무시한 채, 헌법에 보장된 표현의 자유를 억압한 결과라며, 앞으로 어떤 역경이나 압력에도 굴하지 않고 진실을 밝히는 프로그램을 만들겠다'고 전했는데요.

제작진은 'SBS의 모든 프로그램은 방송통신심의위원회의 심의 규정을 준수한다며, 서울시야말로 언론에 재갈을 물리는 행위에서 벗어나야 한다'고 반박했습니다.

또한, '반려동물 양육인구 1천만 명 시대를 맞아, 잘못된 반려동물 사업 개선은 물론 선진 반려동물 문화 보급을 위한 추가 취재를 준비 중'이라면서, 향후 재편성을 예고했는데요.

제작진은 '서울시 동물교감교육 사업 비리 의혹에 많은 분들의 제보가 이어지고 있다'며, '제보 내용이 단순치 않고 서울시 최고위급 인사도 포함돼 있어 폭넓고 정확한 사실 확인 후 프로그램을 다시 방영하겠다'고 밝혔습니다. 시청자 여러분들의 많은 관심 바랍니다.

이상, SBS 뉴스 속보를 마칩니다. 끝까지 시청해 주셔서 감사합니다."

'대한민국 뉴스의 기준, 중심을 지키는 저널리즘 SBS'

이야기 끝.